끝까지 쓰는 용기

끝까지 쓰는 용기

1판 1쇄 발행 2021. 7. 15.
1판 6쇄 발행 2021. 11. 23.

지은이 정여울
그린이 이내

발행인 고세규
편집 김성태 디자인 박주희 마케팅 김새로미 홍보 반재서
발행처 김영사
등록 1979년 5월 17일 (제406-2003-036호)
주소 경기도 파주시 문발로 197(문발동) 우편번호 10881
전화 마케팅부 031)955-3100, 편집부 031)955-3200, 팩스 031)955-3111

값은 뒤표지에 있습니다.
ISBN 978-89-349-8707-9 03800

홈페이지 www.gimmyoung.com   블로그 blog.naver.com/gybook
인스타그램 instagram.com/gimmyoung   이메일 bestbook@gimmyoung.com

좋은 독자가 좋은 책을 만듭니다.
김영사는 독자 여러분의 의견에 항상 귀 기울이고 있습니다.

정여울의
글쓰기
수업

끝까지 쓰는 용기

정여울 글 · 이내 그림

김영사

창조적 글쓰기를 꿈꾸는 크리에이터들이여, 타인의 악의적 댓글에 무너지지 말기를. 기꺼이 오해받을 준비, 언제든 비판받을 준비를 하되, 마침내 이해받고 공감받을 준비를 합시다.

쓰고 싶지만 시작하기가
두려운 당신에게

글을 쓰는 동안에는 온전히 나 자신에게 푹 빠져보세요. 잘될 거라는 생각, 잘되지 않을 거라는 생각, 그 모두를 떨쳐내고요. 내가 부족하다는 생각, 남들이 내 글을 어떻게 생각할까 하는 생각도 멀리 던져버리세요. 지금 여러분이 쓰는 바로 그 이야기가 세상에서 가장 아름답고 소중한 글임을 믿어야 해요. 글을 쓰는 순간만은 온전히 나 자신과 사랑에 빠지는 거예요.

한겨레교육문화센터에서 열린
'정여울과 함께하는 글쓰기 수업' 중에서

무작정 쓰고 싶어 쓰는 글이 있습니다. 마음대로 끄적이는 일기도 아니고 이후에 출판할 생각도 없는데, 그냥 무작정 쓰는 글이 있습니다. 이런 글을 내가 왜 쓰는지 한동안 몰랐는데, 몇 년이 지나서야 비로소 무엇인지 알았습니다. 그건 바로 저의 습작이었습니다. 무엇을 꼭 성취해야 한다는 목적 없이 그저 쓰고 싶은 글을 쓸 때, 글쓰기의 순정한 기쁨이 시작되지요. 습작만이 지닌 순수한 기쁨이 있어요. 책을 만들 목적으로 글을 쓰면 독자들의 반응을 생각하지 않을 수가 없거든요. 저는 작가가 되고 나서 수십 권의 책을 펴냈음에도 여전히 습작을 하고 있습니다. 습작을 하는 순간에는 여전히 아마추어인 나를 깨닫는 기쁨이 있지요.

저는 프로페셔널이라는 단어에 붙어 있는 무거운 자부심을 좋아하지 않습니다. 굳이 분류하자면 저는 전업 작가이지만 아직도 아마추어처럼 매일 글쓰기를 배우는 느낌입니다. 날마다 걸음마를 배우며 새로운 세상을 느끼는 아이의 설렘이, 바로 제가 사랑하는 글쓰기가 주는 변함없는 설렘입니다. 어떤 날은 하루 종일 한 문장도 제대로 쓸 수가 없어 쩔쩔매기도 합니다. 열심히 노력해도 한 줄도 못 쓸 때가 있습니다. 또 어떤 날은 아주 많이 써놓은 글이 부끄러워 다 지워버리기도 합니다. 그래도 남들에게는 보여줄 수 없지만 나 자신에게는 마음 탁 터놓고 보여줄 수 있는 글이 있습니다. 그런 글이 바로 습작이지요. 습작의 매력은 그 누구에게도 평가당할 필요가 없다는 거예요.

이제 제 글쓰기의 비결을 알려드릴게요. 매일 화초에 물을 주듯이, 마음속에서 습작을 하는 거예요. 잘될 거라는 기대도 없이, 잘 안 될 거라는 비관적 생각도 걷어치우고, 뭔가를 해내야 한다는 부담감에서 벗어나 무작정 신이 나서 씁니다. 물론 괴로워하면서 쓰기도 하지요. 독자들에게 칭찬을 들은 날도 여전히 습작을 합니다. 자만심이나 나태함에 빠지기 싫으니까요. 많은 책을 쓰고도 여전히 습작을 한다는 게 쑥스럽지만, 사실입니다. 맞아요, 저는 아직도 습작생이랍니다. 제가 엄청나게 잘 쓴다고 생각하지 않아요. 다만 매일 쓰는 사람이라는 사실을 기뻐합니다. 작가란, 단지 책을 내는 사람이 아니라 매일 글을 쓰며 온갖 희로애락을 느끼는 사람이 아닐까요. 매일 글을 쓰며 나 자신을 조금씩 새로운 존재로 만들어가고, 식물의 나이테처럼 조금씩 자신을 갱신하여, 마침내 언젠가는 깨달음의 열매가 주렁주렁 매달린 아름드리나무로 자라게 될 사유의 묘목을 키우는 사람이라고 생각합니다.

글을 쓰면서 가장 기쁜 순간이 있습니다. 무엇을 써야 할지 몰라서 몇 날 며칠을 자료 조사만 하고, 다른 작가의 훌륭한 책을 읽으면서 감탄하고, 그러다가 내가 글을 써야 할 최고의 소재가 이미 내 마음 안에 자리하고 있음을 발견하는 순간입니다.

머나먼 바깥 세계에서 글쓰기의 재료를 찾다가, 마침내 내 오랜 기억의 보물창고 어딘가에 내가 먼 옛날 분명히 느끼고 체험했던 삶의 이야기가 숨어 있음을 깨닫는 순간입니다.

여러분, 국화차를 드셔본 적이 있나요? 따뜻한 물을 부으면, 꼬들꼬들 아주 작게 시든 것처럼 보이는 국화가 물속에서 싱싱하고 샛노랗고 아름답게 새로운 꽃으로 피어납니다. 시들어버린 기억을 글쓰기라는 따뜻함으로 되살려내는 과정 또한 그와 비슷합니다. 따뜻한 물을 넣으면 놀랍도록 아름답게 피어나는 종이꽃도 있지요. 글을 쓰기 전에는 오랫동안 잊어버리고 있었던 체험이, 글을 쓰고 나면, 마치 물에 불은 종이꽃이 온갖 알록달록한 자태를 드러내며 피어나듯이 새롭게 재탄생합니다. 오래전 사라져버린 줄 알았던 기억의 씨앗은 내 안에서 불현듯 싱그러운 이야기의 꽃으로 새롭게 피어납니다. 우리 안에 바로 그런 아름다운 기억의 꽃이 현재의 열정이라는 따스한 물 한 바가지의 힘을 얻어 마침내 기어이 이야기의 꽃으로 화하는 순간입니다. 여러분의 가장 멋진 글감도 분명 여러분의 마음속 깊은 곳에, 특히 '설마 이런 게 글이 되겠어'라고 하찮게 여겼던 기억의 장롱 그 어딘가에 숨어 있을 거예요. 그 숨은 기억의 보물창고를 찾는 데 이 책이 도움이 되었으면 좋겠습니다.

제가 헤매고 또 헤매며 길을 찾는 과정을 들여다보면, 여

꼬들꼬들 아주 작게
시든 것처럼 보이는 국화에

따뜻한 물을 부으면

쪼
록

싱싱하게, 샛노랗게,
물 속에서 아름답게 피어납니다.

둥
둥

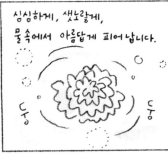

우리가 시든 기억을
글쓰기라는 따뜻함으로 되살려내는
과정 또한 비슷하답니다.

러분도 분명 아름다운 기억의 편린을 되찾을 수 있을 거예요. 이 책이 여러분 안에 이미 최고의 글감이 있음을, 여러분의 삶 안에 가장 아름다운 글쓰기의 테마가 숨어 있음을 일깨워드리는 '아리아드네의 실'이 될 수 있기를 꿈꿉니다. 미로 속에 갇힌 괴물 미노타우루스를 퇴치해야만 미션을 완수할 수 있는 영웅 테세우스에게 길을 알려주는 존재가 바로 아리아드네입니다. 미로를 푸는 어려움을 한꺼번에 해결해준 아리아드네의 실이 없었다면 테세우스는 결코 미션을 완성할 수 없었겠지요.

여러분, 이 빨간 끈이 보이세요? 이 끈을 꽉 잡으세요. 힘들더라도 중간에 놓으면 안 됩니다. 글쓰기는 끝내 기쁨을 선물하지만 중간에 고통과 슬픔의 사막을 숨겨놓기도 하니까요. 그 힘듦을 견뎌내는 사람만이 끝내 글쓰기의 희열을 느낄 수 있는 눈부신 기회를 얻습니다. 이 빨간 실은 여러분을 아름다운 기억의 미로로 이끌어드릴, 정여울이 풀어내는 아리아드네의 실이랍니다. 이 끈을 잡고 저를 따라오세요. 글쓰기의 열정이 꿈틀거리는 영감의 샘물로 여러분을 이끌어가겠습니다. 제 조그만 손가락이 잡은 빨간 실, 이제 보이시죠?

2021년 7월
매일 글을 쓰며 행복해하는 사람이
이제 분명 아름다운 글을 쓸 준비가 된 당신에게

table of contents

1부/ Q&A.

글을 쓸 때
궁금한
모든 것들

글쓰기를
　　좌절시키는 것들과
　소망하게 하는 것들에 관하여

이제 막 작가로 데뷔하던 시절, 저도 글쓰기가 어려웠어요. 과연 오로지 글만 쓰며 살아갈 수 있을지 두렵기도 했지요. 그때 너무 궁금했지만 누구에게도 물어볼 수 없었던 질문들이 요즘 제가 글쓰기 수업을 하면 매번 받는 질문들과 똑같아요. 작문의 기술을 가르치는 곳은 많지만 작가의 태도나 작가의 미래, 글쓰기의 고통을 극복하는 방법을 알려주는 수업은 드물었어요. 저는 독학하면서 이 질문에 대한 답을 찾고자 노력했습니다.

언제부터인가 글쓰기 수업을 해달라는 연락을 많이 받기 시작했어요. 미래의 작가들이 궁금해하는 질문에 대답하려 애쓰면서 '그때 나도 이런 질문을 할 용기가 있었다면 얼마나 좋았을까'라는 생각이 들었어요. 저처럼 궁금한 게 많지만 부끄러움도 많아서 질문하지 못하는 분들이 많을 거라는 생각도 했고요. 아이러니하게도 저는 제가 차마 묻지 못했던 그 모든 질문에 대답할 의무가 생긴 사람이 되었네요. 글쓰기 수업을 하면 수많은 예비 작가가 저에게 묻는 공통 질문들이 있어요. 하지만 늘 시간에 쫓겨 조목조목 답을 하지 못해 아쉬웠거든요. 제가 미처 답하지 못했거나 더 세세히 답하고 싶었던 질문들을 모아두었고, 이제야 그 모든 질문에 속 시원히 답하게 되어 설레고 반갑고 기쁩니다.

❶ 글쓰기가 삶을 구원할 수 있나요?

저에게 글쓰기는 매일매일 스스로를 구원하는 힘이었어요. 물론 단 한 번에 기적적으로 치유되는 마법의 약 같은 것은 아니에요. 하지만 '쓸 수 있는 날'과 '쓸 수 없는 날'의 차이는 하늘과 땅만큼이나 컸어요. 글을 쓸 수 있는 날은 '살 만한 날'이에요. 글쓰기는 제 마음속에서 제멋대로 꿈틀거리는 생각을 마블링 기법처럼 제 마음의 바다 위에서 떠내는 작업입니다. 보일 듯 말 듯 희미하고 아련하게 떠오르던 생각이 오롯한 글로 떠오르는 순간 정말 행복하지요. 발견의 시간, 창조의 시간이에요. 그렇게 내 안에서 무언가를 끌어낼 수 있다는 사실 자체가 구원의 시작이죠. 물론 영화나 드라마도 치유 효과가 있습니다. 그런데 영화나 드라마를 보고 그것에 대해 글을 쓰면, 더 커다란 변화가 일어납니다. 글을 쓰면서 내 마음이 어떻게 변화하는가를 내 눈으로 직접 확인할 수 있습니다.

글쓰기는 시각화의 효과, 청각화의 효과가 있어요. 그리고 글을 쓰는 행위는 가만히 앉아서도 아주 강력한 에너지를 발산합니다. 영화나 드라마를 보는 것이 에너지를 '수동적'으로 '소모'하는 쪽에 가깝다면, 글을 쓰는 행위는 에너지를 '적극적'으로 '창조'하는 쪽에 가깝지요. 영화를 보면서 눈에 보이는 하나의 세계를 즉시 만들 수는 없잖아요. 영화의 흐름을 쫓아가기에도 바쁘니까요. 글을 쓰면 그것이 아주 짧은 한 문장이라도 눈에 보이는 하나의 세계를 만들 수 있어요. 그런 면에서 글쓰기는 창조적이고 적극적인 움직임이지요. 우리의 숨어 있는 재능, 쓰지못한 잠재력을 능동적으로 쓰는 행위라는 점에서 매우 역동적인 치유의 행위예요.

ⓠ 글쓰기에 필요한 재능은 무엇인가요?
내가 속한 공동체의 문제를 발견해내는 능력, 그 문제의

원인을 끝까지 파헤치는 지성 그리고 문제와 해결의 과정을 문장으로 표현해내는 감수성이라고 생각해요. 무엇보다 글쓰기의 모든 과정을 진심으로 즐기고 기뻐해야 해요. 멋진 문장을 만들어내는 필력도 중요한 재능이죠. 하지만 화려한 문장을 만들어내는 재능만으로는 오래 쓸 수가 없어요. 글쓰기의 커다란 의미를 찾아내는 깊은 감식안이 필요하지요. 내가 왜 글을 쓰는가, 나는 누구와 어떤 공감의 공동체를 만들기 위하여 글을 쓰는가, 내 글로 무엇을 할 것인가, 이런 질문을 끊임없이 던지면서 천천히 한 걸음씩 나아가는 매일의 일상 자체를 소중히 여겨야 해요. 이것은 글쓰기의 마음가짐, 생활의 밑바탕이지요.

좀 더 실천적이고 구체적인 글쓰기의 재능을 '3s'라고 이름 붙여보았는데요. 스토리story, 센시티브sensitive, 스톡stock이에요. 첫째, 스토리는 어디서나 이야기의 가능성을 보는 힘이에요. 아주 작은 단어 하나만 봐도, 아주 사소한 이미지를 만나도, 아주 미세한 향기를 맡아도, '이 속에는 어떤 스토리가 숨어 있을까'를 생각하고 상상하는 능력이지요. 둘째, 센시티브는 작가적 상상력의 원천이에요. 작가가 되려면 과도하게 예민하고 섬세해질 필요가 있어요. 저 대목에서 어떻게 저런 감정을 느낄까, 저런 사건을 보고 어떻게 그런 생각을 했을까, 이런 과도한 예민함이 새로운 이야기를 만드는 근원이지요.

셋째, 스톡은 끝없이 저장하는 능력이에요. 이야기는 하루아침에 완성되지 않거든요. 끊임없이 언젠가는 이야기가 될 만한 것, 언젠가는 책 한 권의 스토리가 될 만한 것의 재료를 쌓아놓아야 해요. 뛰어난 기억력에 의지하기보다는 성실하게 메모하며 일종의 보물창고를 만들어야 하고요. 파일별로 어떤 이야기의 장면이나 문장의 씨앗 같은 것들을 주제별로 모아놓아

이야기 씨앗이 무럭무럭 자라나

야 하지요. 그 메모들이 쌓인 보물창고가 10년 후에 책이 될 수도 있고, 당장 몇 달 후에 책이 될 수도 있어요. 잊어버리지 않고, 포기하지 않고, 언젠가 장대한 이야기의 숲을 이룰 때까지 스토리의 나무 한 그루 한 그루를 심어놓아야 해요. 그 소중한 메모의 씨앗들이 언젠가는 자라서 거대한 이야기의 숲을 이룰 거예요.

아름드리 나무가 될 때까지

ⓠ 다른 작가에게 질투심을 느낄 때는요?

질투심에 대한 훈련을 많이 했어요. 저도 질투심 때문에 힘든 적이 많거든요. 하지만 그 감정에 좋은 점보다는 나쁜 점이 더 많다는 사실을 알게 되었어요. 질투심의 나쁜 점은 자신이 원래 지닌 장점마저 잊게 만든다는 거예요. 누군가를 시기하고 질투하면 내 안에 원래 있던 빛조차 사라지지요. 시기와 질투는 파괴의 힘이 있어요. 맹독처럼 위험한 감정이기도 해요. 부러움이 질투가 되기 전에 과감히 잘라버리는 게 좋아요. 부러움을 '질투의 방향'이 아니라 '감탄과 경이의 방향'으로 돌리는 게 좋지요.

저에게 재능이 있다면 감동하는 재능이 아닐까 싶어요. 매우 쉽게 감동하고 아주 작은 일에도 웃고 우는 예민한 감수성은 살아가는 데는 불리하지만 글을 쓰는 데는 유리해요. 저 같은 사람은 감정을 숨기기가 힘들거든요. 하지만 숨기기 어려운 감정을 얼굴로 드러내기보다는 글쓰기로 표현하는 것이 시간을 벌어줘요. 감정을 얼굴로 보여줘버리면 실수하고 사고칠 수 있으니까요. 어떤 격렬한 감정이 저를 심하게 괴롭힐 때면, 당장은 드러내지 말고 언젠가 글쓰기로 표현하자, 하고 나 자신을 다독이곤 해요. 그러면 그 순간의 격렬함도 사그라들고, 그 순간의 감정을 나중에 글쓰기의 에너지로 비축할 수도 있거든요.

질투심도 마찬가지예요. 질투가 일어나려 할 때 그 감정을 쉽게 분출해버리지 말고, 마음속에 잘 비축해두었다가 창작의 에너지로 전환해야 해요. '아, 나는 이 사람처럼 절대 쓸 수 없겠구나'라고 느끼는 절망감조차도 때로는 좋은 에너지로 바꿀 수 있어요. 감동과 감탄의 에너지를 언젠가는 내가 더 좋은 글을 쓸 수 있는 에너지로 바꿀 수 있도록, 끝없이 노력한다면요.

ⓠ 평범한 사람은 끝내 천재 작가가 될 수 없는 걸까요?

우리는 결과만을 보니까요. 결과만을 볼 수 있기에 '천재적이라고 소문난 작가의 결과물'을 보면 당연히 기가 죽지요. 저도 걸핏하면 기가 죽어요(웃음). 세상에는 훌륭한 작품들이 어마어마하게 많으니까요. 하지만 기가 죽고, 자신감을 잃고, 그럴 시간이 없어요. 한 줄이라도 더 나은 글을 쓰기 위해 노력할 시간은 항상 부족하거든요. 저는 '질투하는 시간'보다 '감탄하고 존중하고 배우는 시간'을 늘리려고 해요. 어떻게 하면 이런 문장을 쓸 수 있을까, 그 작가는 무엇을 어떻게 공부하고 글을 썼을까, 상상하며 자극을 받아요. 그게 저의 질투심을 창조적으로 승화하는 비결이 아닐까 싶어요.

예를 들면 저는 줌파 라히리의 글쓰기를 좋아하는데요. 줌파 라히리가 어떻게 새로움을 창조하는지 바라보면 경외감이

들어요. 그녀는 이미 영어 사용자라는 유리한 위치에 있으면서도 거기에 멈추지 않고, 일부러 이탈리아어를 배워서 이탈리아어로도 소설을 쓰고 있어요. 한 가지 언어에 머무르지 않고 하나의 세계에 갇히지 않고 끝없이 새로운 세계를 향하여 나아가는 작가의 열정과 부지런함, 그런 태도를 배우지요. 저에게는 여행이 그런 역할을 해주었어요. 새로운 아이디어가 떠오르지 않으면 짐을 대충 싸서 허겁지겁 도망치듯 여행을 떠나곤 했어요. 비행기가 뜨는 순간 숨통이 트이고 새로운 아이디어가 떠오르고 다시 살아날 용기가 샘솟곤 해요. 저도 언젠가는 줌파 라히리처럼 새로운 언어로 글을 쓰는 용기를 발휘해보고 싶어요. 멋진 작가들을 보고 '기가 죽기'보다는 '기를 쓰고 배우는 것'이 나으니까요.

❻ 할 말이 없는데 무작정 글을 쓰고 싶을 때는 어떻게 해야 할까요?

그것이야말로 글쓰기의 아주 좋은 동기예요. 우리의 모든 행동을 논리적으로 설명할 수는 없잖아요. 글을 쓰고 싶은 욕망도 그래요. 저도 출판하지 않을 글, 아무에게도 보여주지 않을 글을 많이 써요. 제가 죽고 나면 아무도 볼 수 없겠지요. 그래도 괜찮아요. 누구에게 보여주기 위해서 쓰는 게 아니라 쓰는 행위 그 자체에 집중하고 싶을 때가 많으니까요. 그것이 오히려 원초적 욕망이 아닐까 싶어요. 저는 책이라는 매체가 없더라도 글을 썼을 것 같아요. 블로그나 인스타그램 같은 플랫폼이 없던 시절에도 그냥 저만의 수첩에, 일기장에, 종이에, 거침없이 쓰는 것이 좋았어요. 무엇을 위해서가 아니라 그저 쓰는 행위 그 자체를 위한 것이니까요. 그 자체만으로도 충분히 기쁜 일이거든요. 별 내용은 없어 보여도 그저 수첩에 글을 쓰는 것만으로도 마음이 안정되는 게 참 신기하지요. 글을 쓴 뒤의 결과물에 전혀 연연하지 않고 그저 글을 쓰는 순간에 기쁨이 있는 거예요.

그냥 쓰고 싶은 마음이 항상 있다는 건 글쓰기에 대한 '열정'이 있다는 뜻이니까 정말 멋진 일이에요. 그러다가 어느 순간 그냥 나도 모르게 쓰고 있는 그 글이 한 권의 책이 될 수도 있고, 내 가슴속 우울을 견디게 해주는 버팀목이 될 수도 있으니까요. 그리고 '할 말은 없는데 쓰고 싶다'라는 말은 사실 자신도 모르게 하는 거짓말이에요. 분명 무의식 어딘가에 하고 싶은 말이 있는데, 의식이 아직 포착하지 못했을 뿐이죠. 마음 깊은 곳 어딘가에 하고 싶어 미칠 것 같은 말이 있는데, 그 말을 아직 찾아내지 못했을 뿐이에요. 바로 그 '내 안에 있지만 아직 표출되지 못한 비밀'을 문장으로 표현하는 것이 글쓰기의 진정한 희열이지요.

ⓠ 글로 밥을 벌어먹고 살려면 어떤 노력이 필요할까요?

모든 일상을 글쓰기로 집중시키는 지혜가 필요해요. 아주 사소한 자투리 시간조차도 글쓰기와 연관해 생각하는 습관을 들이는 것이 좋고요. 겹벌이를 병행하더라도 결국 글쓰기에 관련된 일을 하는 것이 좋아요. 저도 오랫동안 글쓰기와 다른 일을 병행했어요. 그런데 생존을 위한 다른 일조차도 글쓰기와 조금이라도 관련 있는 일을 하는 것이 좋았어요. 예컨대 저는 논술학원 강사로 일한 적이 있는데요. 입시를 위해 아이들을 가르치는 일이다보니 제가 궁극적으로 꿈꾸는 글쓰기나 문학 교육과는 거리감이 있었어요. 그래서 논술학원 강사 대신 출판에 직접 관련된 일들을 하기 시작했지요. 편집과 기획, 번역 같은 일들요. 보수는 논술학원에서 받는 것보다 훨씬 적었지만, 책 만드는 일과 가장 가까운 일을 하니까 정말 행복했어요.

참 이상하지요? 글쓰기에 미친 사람들은 그래요. 끝없이 영감을 주는 순간을 찾거든요. 저에게는 돈이 되는 일보다 글쓰기에 조금이라도 아이디어를 주는 일이 필요했던 거예요. 논술학원 강사나 출판 관련 아르바이트나 두 가지 모두 열정 페이였지만요(웃음). 논술학원에 계속 있었다면 책을 못 썼을지도 몰라요. 그때 '책 만드는 일, 글 쓰는 일'과 조금이라도 더 가까운 쪽을 선택한 것이 지금의 저를 만들었다는 생각이 들어요. 저의 30대는 '내가 원하는 글쓰기'와 '돈을 벌기 위해 해야 하는 일들' 사이의 간격을 점점 좁혀가는 과정이었어요. 모든 일상이 '내가 꿈꾸는 글쓰기'와 연관되도록 삶의 스케줄을 바꾸어가는 것이 중요해요.

Ⓠ 글을 쓰다가 스트레스를 받으면 어떻게 해소하나요?

아주 강한 빗소리가 녹음된 음원 콘텐츠를 찾아 들어요. '강한 비heavy rain'라는 검색어로 찾으면 많은 음원이 뜨더라고요. 복잡한 머릿속을 깨끗이 씻어주는 빗소리를 들으며 책을 읽거나 글을 쓰면 기분이 한결 가벼워집니다. 저만의 작은 스트레스 해소법인데 언제나 효과가 있어요. 글이 저를 너무 고통스럽게 할 때는 음악을 듣거나 연주해요. 어린 시절부터 저의 친구였던 피아노를 연주하기도 해요. 첼로를 배우기도 하고요. 글이 아닌 다른 차원의 삶을 조금이라도 살아보면 또다시 글쓰기로 돌아올 용기가 생기지요. 또는 좋아하는 책의 아무 페이지나 펼쳐놓고 낭독해요. 낭독을 하면 걱정이 사라지고 글 자체에 온전히 제 마음을 싣게 되어 불안이 사라지곤 합니다.

ⓠ 글을 쓰면서 가장 보람될 때는 언제인가요?

마감을 끝내고 잠시 한 30분 정도가 정말 좋아요. 밤새 머리를 싸매고 졸음과 또 자기혐오와 싸우며 글을 쓰다가 동이 터 올 때쯤 마감을 하고 나면, '아, 이제야 살았다'라는 생각이 들어요. 그런데 더 깊은 희열은 항상 독자들로부터 찾아와요. 제가 전혀 예상치도 못한 독자에게 편지를 받거나 강연장에서 뜻밖의 질문을 받을 때, 당황스러우면서도 기쁘지요. 절대 만날 일이 없던 생면부지의 타인과 글을 통해 만날 수 있다는 건 눈부신 기적이에요. 제 글을 읽어주시는 분들 한 사람 한 사람의 소중한 시선이야말로 글을 쓰는 보람의 뿌리가 아닌가 싶습니다.

창작과
　　퇴고에
관하여

Q 주제를 고르는 특별한 방법이 있다면요?

　어떤 작가들은 건물의 설계도를 미리 구상하고 그 설계도에 따라 철저하게 건축을 하듯 글을 써요. 또 어떤 작가들은 본능과 직감을 따르고 즉흥적 영감을 중시하지요. 사실 두 가지 모두 필요한 능력이에요. 저는 후자에 더 가까워요. 본능과 직감, 즉흥성을 중시하지요.

　예를 들면《내가 사랑한 유럽 TOP10》은 본능과 직감을 따른 책이었어요. 촉박한 일정 속에서 엄청난 순발력을 발휘해야 했지요. 그날그날 떠오르는 영감에 기대어 글을 썼어요. 하지만 '지금 쓸 수 있는 것, 지금 떠오르는 아이디어'도 과거의 경험과 노력에서 오는 것이더라고요. 즉흥적 영감에 의존하더라도, 그건 결국 노력과 경험의 축적에서 오는 것이었어요.《내가 사랑한 유럽 TOP10》을 집필한 기간은 몇 달이었지만, 그 책 한 권을 쓰기 위해 여행한 시간은 10년 정도 되니까요.

《늘 괜찮다 말하는 당신에게》《나를 돌보지 않는 나에게》《상처조차 아름다운 당신에게》는 '정여울의 심리학 3부작'이라 할 수 있는데, 장기 프로젝트였어요. 심리학을 통해 진정한 나 자신을 발견하는 과정을 한 권의 책으로 보여주기에는 부족했거든요.《늘 괜찮다 말하는 당신에게》에는 문학을 통해 나를 발견하는 과정,《나를 돌보지 않는 나에게》에는 다채로운 심리학 개념을 통해 나를 발견하는 과정,《상처조차 아름다운 당신에게》에는 일종의 완결판으로서 문학과 심리학과 인생이 하나가 되어 종합적으로 나를 발견해나가는 과정을 담았어요. 이런 장기 프로젝트가 작가들에게 필요하지요.

주제를 고르는 과정 자체가 일종의 공부라는 점을 잊지 않았으면 해요. 저는 항상 글감을 찾아요. 그런데 그 글감은 글을 쓰기 위한 주제에 그치는 것이 아니라, '어떻게 살아야 하는가' '어떤 삶의 가치를 공유할 것인가'와 연관되어야 하기에 더욱 신중할 수밖에 없지요. 제가 생각하는 것이 다 글이 되는 건 아니에요. 10분의 1 정도가 글이 되는 것 같아요. 나머지 90퍼센트는 아이디어 상태로만 머물거나, 말로는 하지만 글로는 안 쓰거나, 죽을 때까지 글로 쓰지 않을 것이기도 해요. 롱런하기 위해서는 '아직 이야기하지 않은 것들'의 목록도 많아야 해요. 항상 마음의 안테나를 켜두어야 하죠. 아무리 사소한 경험도 언젠가는 한

이야기 씨앗

권의 책이 될 수 있는 가능성을 지닌 이야기의 씨앗이 될 수 있어요. 내 관심의 안테나가 가닿는 곳곳에 이야기의 씨앗을 뿌려놓고, 그 이야기가 언젠가 아름드리나무로 성장할 때까지 기다리는 거예요.

🅐 어떻게 어휘력을 키울 수 있을까요?

사전을 통째로 외워서 어휘력이 확 좋아진다면 저도 그렇게 하려고 했어요(웃음). 그런데 어휘력은 많은 단어를 암기하는 능력이 아니라 적재적소에 딱 맞게 어울리는 단어를 배치하는 힘이더라고요. 이미 알고 있는 언어에 관한 지식을 활용하는 것이기보다는 그때그때 상황 속에 어울리는 단어나 어구를 발명해내는 것에 가까워요. 단순히 단어를 찾는 능력이 아니라 문장 전체를 만들어낼 수 있는 능력이 어휘력이에요. 비유하자면, 1,000개로 나뉜 퍼즐 조각을 정확하게 맞추는 능력보다는 망망

대해에 펼쳐진 모래밭 위에서 우연히 아름다운 조개껍데기를 발견해 그것으로 사랑하는 사람에게 선물할 목걸이를 만드는 센스가 필요해요.

어휘력은 기계적이고 수학적이라기보다 우연과 순발력, 열정의 소산이지요. 우연과 순발력, 열정을 키우려면 다채로운 상황 속으로 나를 던져야 해요. 예컨대 열두 시간 동안 책을 읽고 글만 쓰기보다는, 책 한 권, 영화 한 편, 그림 세 점, 음악 세 곡을 감상하는 편이 낫지요. 우리의 뇌는 매우 복잡하게 연결되어 있어 다양한 자극과 연결될수록 아름다운 우연을 찾아낼 수 있는 가능성이 높아져요. 예컨대 세르게이 라흐마니노프의 〈피아노협주곡 2번〉을 들으면서, 마이클 온다체의 소설 《잉글리시 페이션트》를 읽고, 앤서니 밍겔라 감독이 만든 동명의 영화 〈잉글리시 페이션트〉를 보고, 이 영화 속 사막의 배경에 어울리는 앙투안 드 생텍쥐페리의 소설 《인간의 대지》도 읽어보고, 사막에 관련된 그림이나 사진도 찾아보는 거예요. 어휘력과 아이디어는 같이 오기 때문에 따로 단어 공부를 하기보다는 이렇게 텍스트 전체의 다양성을 확장하는 공부가 필요해요. 때로는 없는 단어를 창조해낼 정도로 도발적인 상상력이 필요해요. 어휘력을 늘리기 위해선 언어를 뛰어넘어 사유해야 해요.

❓ 문장력을 키우려면 어떤 노력을 기울여야 할까요?

  문장 훈련은 외운다고 되지 않는 게 문제예요. 하지만 외우는 게 분명 도움은 되지요. 모방은 하면 안 되지만, 응용은 가능하거든요. 문장 그대로를 못 외우더라도 그 문장이 왜 매력적인지는 기억하는 게 좋아요. 예컨대 문학작품 속의 주인공이 얼마나 매력적인지 보여주는 문장이 있습니다. 베른하르트 슐링크의 《책 읽어주는 남자》에서 스타킹을 신는 한나의 몸짓을 너무나 아름답게 묘사하는 대목이 있어요. 독자에게 그녀를 사랑할 기회를 주는 것이지요. 스타킹을 신는 한나의 모습을 왜 이토록 자세하게 묘사하나 싶었는데, 그것은 바로 한나의 핵심적인 매력이었어요. 이 세상 사람이 아닌 것처럼, 이 세상 사람들의 시선에 완전히 무관심한 여인의 천진무구한 몸짓이었던 것이지요. 아름다운 문장은 우리에게 새로운 세계를 향한 초대장을 내밉니다. 그 초대에 응하지 않을 수 없도록, 옴짝달싹 못 하게 만드는 마력을 지닌 문장을 쓰는 것이 모든 작가의 꿈이지요.

  '그 문장은 왜 아름다울까'를 생각하는 것이 문장 훈련에 가장 도움이 되었어요. 그렇게 매혹적인 문장을 계속 탐구하고 외우고 되새기다보면 언젠가는 그 문장을 뛰어넘어 나만의 문장을 쓰게 됩니다. 조급해하면 절대로 안 되죠. 문장은 매일 훈련하면 조금씩 좋아집니다. 예를 들어 아무 단어나 생각나는 대로 열 개만 적어놓고, 하루에 열 문장씩 짧은 글쓰기를 하는 거예요. 한 단어당 한 문장씩, 그 단어가 들어가게끔 문장을 만들면 돼요. 이 과정이 재미있다면 딸기, 시인, 우체부라는 단어를 가지고 한 문장을 만들어보기도 하고, 세 문장을 만들어보기도 하고, 열 문장을 만들어보기도 하는 거죠. 이런 과정이 재미있게 느껴지면 문장 만들기에 재능이 있는 거예요.

짧은 글쓰기를 즐겨보세요. 친한 사람에게 "네가 좋아하는 단어 세 개만 선물해줘" "아무 단어 세 개만 선물해줘"라고 말해보세요. 단어를 선물해달라고 이야기하면 대부분 깊은 생각에 잠기고, 단어를 선물할 수 있다는 사실에 기뻐하지 않을까요? 그리고 선물 받은 그 세 개의 단어로 짧은 글짓기를 해보세요. 단어를 선물한 사람의 삶을 묘사하는 것도 좋아요. 누군가의 아주 소중한 단어를 재료로 삼아, 보석보다 더 애지중지 아끼는 마음으로 글을 써보세요. 어휘력뿐만 아니라 사유하는 힘이 길러질 거예요.

◎ 독자를 사로잡는 스토리텔링 기법이 있다면요?

스토리텔링을 머나먼 곳에서만 찾지 말자고요. 일상 속에서 아주 작은 이야기를 발견하는 연습을 해야 해요. 몇 년 전부터 제주도에 중국인이 아닌 서양인 관광객이 급증한 것을 보고 놀란 제가 "그들이 그 멀리 제주도까지 여행을 온 이유가 궁금하다"라고 친구에게 이야기를 했더니, 그 친구가 그러더라고요. 그렇게 궁금하면 직접 물어보지 그랬냐고. 그 말을 듣고 충격을 받았어요. 나는 왜 못 물어봤을까. 궁금하면 물어보면 되는데, 물어볼 자신이 없었던 거예요.

스토리텔링의 시작은 궁금증이거든요. 예컨대 빈센트 반 고흐가 왜 귀를 잘랐을까, 그 당연한 질문이 지금까지도 수많은 책과 영화의 원동력이 되고 있잖아요. 사실 아무도 정확히 밝힐 수는 없지만, 여전히 많은 사람이 궁금해하고, 가슴 아파하고, 이해하고 싶어 하지요. 스토리텔링을 단순히 전략적으로 접근하고 사람들을 놀라게 하는 기술이라고 가르치는 사람들도 있는데, 스토리텔링은 그저 재미를 위한 도구가 아니에요. 스토리텔링은 정당한 질문에 대한 가장 그럴듯한 해답을 찾아가는 길이에요. 그리하여 잘 질문해야 하고, 도발적으로 캐물어야 하고, 끈질기게 파고들어야 하고, 마침내 답을 찾아내야 하지요. 소설이나 영화가 아니더라도, 에세이나 시를 쓰더라도, 이런 스토리텔링은 필요해요. 누가 왜 어떻게 이런 사건이나 현상을 만들어냈는지, 그 이유와 과정을 찾아내는 일이 곧 더 나은 세상을 만들어가는 일과 분명히 연관되어 있다고 생각해요.

예컨대 토머스 매카시 감독의 〈스포트라이트〉 같은 영화가 그렇지요. 이 영화는 성직자들의 성폭력 행위 때문에 심각한 트라우마를 입고 자라난 사람들의 고통을 헤아리며 추악한 진실을 파헤칩니다. 그리고 마침내 진실을 밝혀내고, 책임자를 처벌하고, 조금이라도 더 나은 세상을 만들어가는 사람들의 이야기예요. 질문을 발견하고 대답을 찾아나가는 길에는 그 어떤 성역도 없음을 밝혀내는 언론인들의 이야기, 그것이 진정한 언론의 사명임을 밝혀주는 이야기를 아주 정교한 스토리텔링과 캐릭터로 그려내 관객에게 감동을 주지요. 이렇듯 하나의 질문을 끝까지 물고 늘어지는 스토리텔링이 감동과 재미, 배움과 가치를 함께 창조하는 멋진 이야기를 낳는다고 생각해요.

⓺ 어디서 어떻게 글감을 찾는지요?

본능적으로, 아주 원초적으로, 마음 깊은 곳에서 뜨거운 물음표가 떠오르는 순간이 있어요. 예를 들어 요사이 길을 걷다가 '미 미 위 강남ME ME WE GANGNAM'이라는 강남구 브랜드 슬로건을 보았어요. 일 때문에 강남구에 가면 이 브랜드 슬로건이 쓰인 표지판을 너무 자주 보게 되는 거예요. 아주 선명하게 눈에 띄는 노란색 디자인이라 누구든 안 볼 수가 없죠. '나ME, 너ME,

우리WE가 함께하는 강남'이라는 뜻이라지만, 소외감과 박탈감, 이방인의 감정을 느꼈어요. 안 그래도 강남/비강남의 잘못된 구분법은 사람들에게 상처를 주는데, 이런 식의 강남구 홍보는 구별 짓기를 더 강화하는 느낌이 들었지요. 이 괴리감, 이 서글픔, 이 이질감에 대해 언젠가는 글을 써야겠다고 마음먹었어요. 나는 강남 사람이 아닌데, 강남 스타일도 싫은데, 강남 사람이 되고 싶지도 않은데, 이런 뾰족한 감정들이 순식간에 머릿속을 지나가더라고요. 게다가 강남 사람 중에도 당연히 저 같은 아웃사이더와 말이 잘 통하고, 강남과 비강남 나누기를 싫어하는 사람들도 많잖아요. 강남/비강남의 구분법이 우리가 진정 장벽을 넘어 소통할 수 있는 기회를 빼앗아가는 느낌이었어요. 표지판 하나를 봤을 뿐인데 수십 쪽을 채울 문장이 떠오르더라고요. 그런 순간이 바로 글감이 떠오르는 순간이지요. 이 글감과 머릿속에 떠오른 생각만으로 글을 써도 좋겠지만, 여기에 피에르 부르디외의 '구별 짓기' 이론이라든지, 카를 마르크스의 '노동으로부터의 소외' 개념을 함께 공부해서 하나의 글감으로 요리한다면, 훨씬 더 입체적이고 매력적인 글이 될 거예요.

　　이런 식으로 저는 일상 속의 평범한 장면들(주로 산책을 하거나 대화를 하다가 많이 발견하는 사회현상들)과 제가 평소에 공부하는 이론이나 문학작품을 연결해서 하나의 글감을 발견해내는 훈련을 많이 했어요. 외부의 사건과 내면의 공부가 만나서 스파크를 일으키는 지점을 찾아내는 것이 글감을 찾는 좋은 방법이라고 생각해요. 세상 모든 곳이 빛나는 상징과 은유로 가득해요. 하찮은 것, 버려도 되는 것은 아무것도 없다고 생각해요. 세상 모든 것이 언젠가 소중한 글감이 될 수 있는 보석들이에요.

ⓠ 남다른 위로의 글, 독창적인 글을 쓰려면 어떻게 해야 할까요?

생생하고 구체적인 체험을 들려주려는 노력이 필요해요. 예를 들어 제가 '어느 프리랜서의 우울감 치료법'이라는 주제를 생각해내고 《나를 돌보지 않는 나에게》라는 책 속에 그 글을 넣을지 말지 굉장히 고민했거든요. 작가라는 직업을 부러워하는 사람도 있지만, 항상 일이 언제 끊길지 몰라 두려워하는 프리랜서이기도 하니까요. 마흔이 넘어서도 이런 문제로 괴로워한다는 게 믿어지지 않을 정도로 힘든 적이 있었어요. 단지 경제적 문제가 아니라 존재의 원초적 불안이었죠. 과연 이 불안이 언제 사라질까 하는 공포감도 있었어요. 하지만 그런 불안과 공포감을 있는 그대로 솔직히 써 내려가기 시작하니까 이상하게도 마음이 편안해지더라고요. 누군가를 위로하려고 쓴 것이 아니라

나 자신의 문제를 해결하기 위해 쓴 글이었는데, 신기하게 그 글을 좋아해주시는 분들이 많았어요. 글을 쓰면서 나 자신이 치유되어야 읽는 사람도 위로를 받아요. 위로를 줄 수 있다고 믿으면서 글을 쓰는 것이 아니라 나 자신의 슬픔에 솔직해지는 글을 쓰다보면 결국에는 내가 괜찮아진 만큼 독자들도 내가 쓴 글을 보며 행복해지는 것이 아닐까 싶어요. 글을 쓰면서 치유와 위로의 기쁨을 스스로 느낄 수 있다면, 그 글을 보는 사람도 행복해지거든요. 위로하려고 애쓰지 말아요. 내가 내 아픔에 솔직해지는 글을 쓰면 그걸로 충분해요.

❻ 작가로서 특별한 프레임이 있어야 할까요?

저는 프레임이라는 단어를 좋아하지 않아요. '프레임을 씌우다'라는 안 좋은 이미지가 떠오르기도 하고요. 그리고 프레임은 투사이거든요. 나의 생각을 내가 바라보는 대상에 덮어씌우는 거예요. 그런데 프레임에서 완전히 벗어날 수 있는가, 그건 당연히 어렵지요. 자신도 모르게 프레임을 내걸면서도 프레임에 구속되지 않는 자유로움이 필요해요. 제가 심리학에 한창 빠져 있을 때는 사람들의 고민이 그 심리학의 용어들로 환원되어

보이곤 했어요. 예를 들어 '저 사람은 내면아이의 깊은 상처에 사로잡혀 있구나'라는 식으로 보이는 거예요. 그럴 때 경계해야 해요. 아닐 수도 있거든요. 진실이라 하더라도 그것은 부분일 뿐이에요. 저에게도 내면아이의 깊은 상처가 있지만, 그것이 저를 규정하지는 않거든요. 저는 상처가 아주 많은 사람임에도 상처에서 완전히 자유로울 때도 많아요.《상처조차 아름다운 당신에게》를 쓰면서 그것을 깨달았어요. 글을 쓰면서 제가 어떤 사람인지 깨닫는 거예요. 상처가 나를 수없이 공격했지만, 심지어 다 아문 줄 알았던 상처가 여전히 나를 공격할 때도 있지만, 상처는 결코 나를 망가뜨리지 않았음을 깨달았지요. 글을 쓰면서 알게 되는 나 자신의 진실은 매번 새롭기도 하고 기특하기도 하고 슬프기도 해요. 그 감정들을 저는 소중하게 기억해두려고 하지요.

요컨대 저의 프레임은 어떤 특정한 학문이 아니라 저의 삶 자체인 것 같아요. 프레임이라는 말을 굳이 써야만 한다면요. 심리학 말고 제가 자주 활용하는 제 안의 내적 자산은 역시 문학이에요. 그런데 그 문학의 진정한 장점은 잡종적이라는 점이죠. 문학은 끝없는 하이브리드의 세계예요. 어린 시절 읽은 동화, 중고 등학생 시절 읽은 세계명작소설, 대학생 시절 읽은 문학계간지의 최신 단편소설, 요즘 읽고 있는 다양한 현대소설이 제 마음속에서 뒤죽박죽 섞여 있어요. 그 섞여 있음이 만들어내는 하이브

리드의 오케스트라가 제 삶의 프레임이지요.

　　예컨대 〈무진기행〉을 한 열 번쯤 읽었는데, 읽을 때마다 상황이 달랐어요. 고등학생 시절 처음 읽었을 때는 무슨 말인지 모르면서도 정말 멋지다고 생각했어요. 한 번도 겪어본 적이 없는 감정 상태이기 때문에 아무 프레임도 없었지요. 그런데 서른 때쯤 다시 읽으니까 주인공인 윤희중의 교양 있는 말투 속에 감춰진 속물근성이 보였어요. 지금 40대가 되어 다시 읽는 〈무진기행〉은 일종의 여성 수난사로 읽혀요. 윤희중의 시선에서 여성들은 항상 바라보거나, 소유하거나, 연민을 느끼거나, 즐기는 대상이거든요. 동네 아이들은 미친 여자의 가슴을 만지며 그녀를 괴롭히고, 윤희중은 처음 보는 음악 선생을 유혹해서 하룻밤을 보낸 뒤 헌신짝처럼 버리고, 자신의 아내를 출세의 도구로 활용하지요. 몸을 파는 여인의 죽음은 연민과 공감의 대상이에요. 주인공뿐만 아니라 모든 남자가 여성을 철저히 대상화해서 바라봐요. 그 폭력적인 남성의 시선이 속속들이 들여다보여서 마음이 더 아파요. 윤희중은 자신이 남성중심주의적이라는 생각 자체가 없기에 더욱 위험한 인물로 보여요. 훌륭한 작품 속에도 무시무시한 폭력성이 있다는 사실을 알게 되었어요. 여전히 〈무진기행〉은 대단한 작품이지만 예전처럼 경외감을 느끼며 바라볼 수는 없게 되었죠. 그 안에 도사린 끔찍한 폭력성, 참혹한 남성우

월주의의 시선이 뼈저리게 와 닿았기 때문이에요. 이렇듯 제 삶의 변화에 따라 똑같은 텍스트에 대한 해석도 점점 변해갑니다.

❻ 사적인 이야기와 이론적인 이야기의 균형을 잡는 방법이 있을까요?

꼭 균형을 이루어야 할까요(웃음)? 저는 의도적으로 균형을 추구하지는 않아요. 나의 이야기는 그 자체로 중요하거든요. 글쓰기의 소재로 '위대한 이론'과 '평범한 나의 삶' 중 하나를 택해야 한다면, 저는 평범한 나의 삶을 선택할 거예요. 질문에서 '사적인 이야기'라는 것에 대한 부담감이 느껴지네요. 먼저 질문해볼게요. 사적인 이야기가 나쁜 걸까요? 우리는 공사를 구분해야 한다는 이야기, 사적인 감정을 드러내지 말라는 이야기를 많이 듣고 자라지요. 하지만 그것은 분명 억압이고 눈속임이에요. 어떻게 사적인 이야기를 빼고 내가 나 자신일 수 있을까요. 특히 에세이에서는 더욱 그래요. 에세이는 나의 이야기일 때, 진솔하고 정직한 나의 이야기일 때, 가장 진한 감동을 줄 수 있어요. 나의 이야기를 '사적인 이야기'나 '신변잡기'로 폄하하는 분위기가 있는데, 저는 바로 나 자신의 이야기야말로 모든 글쓰기의 출발점이라고 생각해요. 작가의 이야기와 독자의 이야기가 아름다운 교집합을 이루는 순간, 감동은 태어납니다. 글쓰기 안에서는 내 이야기가 세상에서 가장 중요하다고 믿어야 합니다.

지금 이 순간 내가 쓰고 있는 내용이 가장 중요하다고 생각해야 진정으로 집중하고 열정을 쏟아부을 수 있거든요. 제가 글 쓰는 기쁨을 느끼는 때도 그런 순간이에요. 나의 문제와 세상의 문제 사이에 교집합을 발견할 때요. 나의 문제를 폄하하지 마세요. 사적인 이야기라고 자신의 삶을 낮추지 마세요. 나의 이야기를 중시하되, 나의 삶을 타인의 삶으로 확장할 수 있는 교집합을 찾으세요. 엄마 이야기는 저의 이야기와 독자의 이야기가 만날 수 있는 가장 원초적인 교집합이지요. 엄마와의 문제가 없는 사람이 있을까요? 엄마와의 애증이 없는 사람이 있을까요? 이렇게 나의 사적인 이야기는 나의 이야기인 동시에 우리 모두의 이야기가 될 수 있어요. 나의 문제가 세상에서 가장 중요한 문제로 느껴지는 순간 좋은 글을 쓸 수 있습니다. 나의 이야기를 더 기특하고 애틋하게 바라봐야 해요.

그럼에도 균형 잡기는 필요하지요. 균형을 잡을 때 나의 이야기를 일종의 불쏘시개라고 생각해요. 나의 이야기를 시작하는 것이 신세한탄으로 전락하면 안 되기에 나의 이야기가 과연 다른 사람에게도 도움이 될까를 생각해야 하지요. 나의 이야기 중에서 다른 사람의 고민을 해결하는 데 도움이 될 만한 이야기를 선별해야 해요. '나 혼자 간직하는 게 나은 이야기'와 '함께 나누면 더 좋은 이야기'를 구분할 줄 아는 지혜가 필요해요. 그러면서 궁극적으로는 나의 이야기를 장작처럼 불태워서 다른 사람의 추운 삶을 따뜻하게 만드는 데 써야 한다는 기쁜 의무감을 충족하는 글쓰기가 저의 꿈이에요. 그렇게 '나의 이야기'와 '타인과의 공감대' 사이에서 균형을 잡지요.

❻ 책을 쓸 때 자료 조사는 어떻게 하나요?

저는 열정과 본능의 방향을 따라요. 계획대로 완벽하게 실천하는 성격이 아니라서, 제 나름의 생존방법을 찾아야 했어요. 그게 바로 세렌디피티serendipity, 우연한 발견를 늘리는 거예요. 목표를 세우고 결과를 바라는 게 아니라 열심히 무작정 자료를 찾다가 '아, 유레카!' 하고 우연한 발견의 기쁨을 누리는 것이지요.

예컨대《빈센트 나의 빈센트》를 쓰기 위해 자료 조사가 필요했는데요. 한 번에 완벽한 계획을 세워서 여행을 떠났다면 두 달 만에 자료 조사를 끝낼 수 있었을 거예요. 그런데 저는 다른 책을 쓰고 강연도 하다보니까 딱 두 달 동안 집중해서 빈센트 투어만을 할 수가 없었어요. 그래서 틈이 날 때마다, 형편이 될 때마다, 열정과 본능에 따라 1년에 한 번씩 빈센트 투어를 하다보니, 자료 조사를 하는 데 무려 10년이 걸렸어요. 좋은 점도 있었어요. 그렇게 오랜 시간에 걸쳐 여행을 하니, 가본 곳을 또 가보게 되고, 여러 번 가본 곳에 특별한 애정과 그리움을 느낀다는 거예요. 단지 자료 조사를 위한 장소가 아니라 마음의 의지처가 되고 치유의 장소가 되는 곳도 많아졌어요. 열정과 본능을 따르다보면 그렇게 되어요. 여기에 치밀한 계획성이 합쳐지면 더 좋겠지만, 성격상 불가능한 것 같아요(웃음). 여러분은 치밀한 계획을 먼저 세운 다음, 열정과 본능을 따랐으면 좋겠어요.

빈센트 투어를 크게 3대 권역으로 나누면 네덜란드와 프랑스, 미국이 되지요. 모든 곳을 다 가긴 힘드니까 선택과 집중이 필요해요. 만약 빈센트의 그림이 있는 모든 장소를 가려면 거의 세계 일주를 해야 하거든요. 일단 빈센트의 고향인 네덜란드, 빈센트의 작업이 최고의 전성기를 이루었던 프랑스 그리고 빈센트의 그림 중 제가 가장 보고 싶었던 〈별이 빛나는 밤에〉가 있는 미국에 가기로 정합니다. 여기에 영국과 독일도 넣으면 더 좋아요. 영국의 내셔널갤러리와 독일의 노이에피나코텍에는 정말 아름다운 빈센트의 해바라기와 빈센트의 의자를 그린 그림이 있으니까요. 이렇듯 사전 자료 조사가 중요해요. 빈센트의 그림들 중 내가 가장 보고 싶은 그림이 어디 있는지 스스로 알아보

고, 빈센트의 그림이 시기별로 어떤 기획 속에서 그려졌는지 다양한 미술사 책들을 읽어보고, 또 무엇보다도 빈센트의 삶을 사랑해야 하지요. 사랑은 가르치거나 공부할 수 없지만, 자료 조사의 원초적 동력이고 글쓰기의 가장 중요한 힘이기도 해요. 대상에 대한 무한한 사랑에 빠지면 어떤 자료 조사도 지겹거나 힘들지 않거든요.

자료 조사가 힘들 때는, 맨 처음 그 글감에 대해 느꼈던 첫마음을 떠올려보세요. 자료를 다 찾았더라도 그걸 해석해서 나만의 문장으로 쓰려면 엄청난 노력이 필요해요. 자료를 조사하고 해석하고 나만의 문장으로 만들어서, 그걸 독자들에게 보여주기까지는 오랜 시간과 노력이 필요하지요. 그 어려운 과정을 헤쳐나갈 각오를 해야 해요. 문장이 탁! 하고 떠오르는 순간은 정말 사랑에 빠지는 것만큼이나 경이로운 순간이죠. 미치게 좋아요. 그 맛에 글을 쓰는 것이죠. 어떤 대상이 나에게로 다가와서 오직 나에게만 말을 거는 듯한 그 아름다운 착시. 그 아름다운 순간을 위해 글을 씁니다. 그 순간의 희열은 독자들에게도 분명히 전달되어요. 내가 기뻐서 쓴 글은 독자들이 귀신같이 알아

채집한 이야기 씨앗들

이대로 영원히 씨앗 상태로 머무는 것도 있어요.

심는다고 모두가 잘 자라는 것은 아니지만

꾸준히 관심을 갖고 애정을 쏟으면

가능성을 품은 이야기가

책으로 성장하는 모습을 볼 수 있습니다.

보죠. 독자가 내 마음을 알아준다는 기쁨이야말로 아무도 빼앗아갈 수 없는, 글쟁이의 행복이지요.

❷ 칼럼, 서평, 에세이를 관통하는 대원칙이 있다면요?

대원칙이라고 하니까 너무 거창하네요(웃음). 대원칙까지는 아니지만, 글을 쓸 때 제가 언제부턴가 저도 모르게 다짐하는 세 가지 원칙이 있어요. 첫째, 나 자신에게 정직하기. 쓰고 싶지 않은데 글을 쓰거나, 쓸 수 없을 것 같은데 억지로 쓰지 않는 거예요. 내가 보람과 열정을 느낄 수 있는 주제로 글을 써야 하고, 그 마음을 정직하게 드러내야 한다는 것이죠. 둘째, 아주 작은 실험이라도 해보기. 다뤄보지 않은 글감을 한 가지 이상씩은 꼭 넣어보는 거예요. 그래야 매너리즘에 빠지지 않을 수 있으니까요. 셋째, 독자와의 교감을 항상 잊지 않기. 내 의견에 가장 반대할 것 같은 사람을 떠올려보고, 그 사람조차도 능숙하게 설득할 수 있을 만큼 치밀하게 자료를 모아야 해요. 항상 제로 베이스에서 시작해요. 그러지 않고 '뭔가 내가 쌓아 올렸다'라는 느낌이 있으면, 바로 게을러지거나 오만해지거든요. 항상 맨땅에 헤딩하는 느낌으로, 나를 싫어하는 사람조차 내게 공감하도록, 필사적으로 독자와 나의 교집합을 만들어갑니다.

❻ 첫 문장 혹은 마지막 문장은 어떻게 쓰나요?

첫 문장은 이 셋 중 하나는 가지고 있어야 해요. 질문, 호기심, 설렘. 이 세 가지 중 하나를 충족하거나 세 가지 모두를 충족하면 더 좋지요. 그래서 참 시작하는 문장이 어려워요. 많은 분이 토로해요. 첫 문장만 떠오르면 글을 쓸 수 있을 것 같다고. 그만큼 모든 것의 실마리이자 자동차의 엔진 같은 문장이 바로 첫 문장입니다. 그래서 때로는 첫 문장을 마지막에 생각해내기도 해요. 우선 쓰고 싶은 내용을 자유롭게 써본 뒤, 대답이 될 수 있는 질문을 거꾸로 찾는 거예요. 대답을 먼저 쓰고, 질문을 맨 나중에 쓰는 거죠. 하지만 이건 비상사태이고요(웃음). 대부분은 첫 문장이 생각나야 그다음 문장도, 본문도, 결론도 생각이 나지요.

마지막 문장의 순서를 바꾸는 일은 흔해요. 가장 인상적인 문장이 꼭 마지막에 떠오르는 건 아니거든요. 논리적 귀결과 설득의 문장이 중요할 때는 문장의 아름다움보다 주장의 선명함을 더 중시해요. 더 나은 문장이 몇 년 후에야 떠오르기도 해요. 첫 문장은 보통 직관적으로 떠오르는데, 마지막 문장은 고칠수록 좋아질 때가 많아요. 첫 문장을 쓴다는 건 조사나 연구를 통해 질문을 찾는 일이고, 마지막 문장을 쓴다는 건 그 조사나 연구가 나에게 무엇을 남겼는지, 삶을 어떻게 바꾸었는지에 대해 쓰는 일이라고 생각하면 좋을 것 같아요.

ⓠ 서술, 묘사, 대화 외에 좋은 글쓰기 연장이 있을까요?

은유와 상징이지요. 예컨대 타인의 상처를 어루만지는 글을 쓸 때 저는 《피터 팬》의 웬디가 되어 생각을 해봐요. 그림자를 잃어버려서 혼비백산한 피터 팬을 바라보며, 웬디가 이런 제안을 하잖아요. 내가 너의 그림자를 꿰매주겠다고. 뛰어난 바느질 솜씨로 피터 팬의 발과 그림자를 꿰매주는 웬디의 따스한 손길이야말로 '상처 입은 치유자'가 되고 싶은 제 꿈의 은유예요. 이런 식으로 늘 나 자신조차 은유의 대상으로 생각해보는 것이지요. 그림자가 콤플렉스나 트라우마를 상징하는 것처럼요.

글을 쓸 때 도움이 되는 또 하나의 비결은 '엿듣기'예요. 카페나 버스나 지하철에서 사람들 이야기를 가만히 들어요. 그 안에 글감이 들어 있어요. 사람들이 요새 무엇 때문에 고민을 하는지, 무엇을 핫이슈라고 생각하는지, 가만히 들어보는 거지요. 타인의 말을 치밀하게 엿듣는 것, 그것이 자연스러운 취재가 될 때가 많아요.

ⓠ 악평과 악플에 어떻게 대처하나요?

대처 안 합니다(웃음). 대처하려다가 더 크게 다칠 수 있어요. 악평과 악플은 말 그대로 악의를 가지고 있거든요. 악의를 향한 방어에도 필요 이상의 힘이 들어가지요. 악플을 남긴 사람은 생각을 전혀 바꾸지 않을 가능성이 높거든요. 그럼 악플을 생각하는 순간 너무 심한 스트레스를 받아요. 생각하는 시간 자체를 극도로 줄여야 '그럼에도 전진하는 나'를 지킬 수 있지요. 저는 악플에 신경 쓰는 힘을 아껴서 더 좋은 일을 하거나 공부하는 데 쓰고 싶어요. 어떻게 모든 사람이 나를 좋아해주기를 바랄 수 있겠어요. 하지만 악플을 보는 순간, 내 잘못이 아닌 것에 대해 책임 추궁을 당하는 듯한 억울함을 느끼지요. 그래서 되도록 안 봐요. 악성 댓글을 안 보기 위해서 좋은 댓글조차 못 본다는 게 아쉽긴 하지만, 저를 지키기 위한 어쩔 수 없는 선택이에요. 인스타그램이나 개인 이메일을 통해서 저에게 좋은 말을 해주시는 분들이 있으니까 그것으로 충분하다는 생각이 듭니다.

악플은 보지 않아도, 저에게 애정이 있어 비판해주시는 분들의 이야기는 잘 들어요. 아주 오랜 기간 신뢰를 쌓은 분들의 말은 더 귀담아듣지요. 저를 진정으로 믿어주고 아껴주는 사람들의 비판에 적극적으로 공감하고 바꿔가려고 노력해요. 독자들의 리뷰도 많이 읽어봅니다. 좋은 평가들이 대부분이라 다행이지만, 그 안에 뼈아픈 조언도 있어요. 그런 뼈아픈 조언의 목소리가 정말 맞다고 생각될 때는 꼭 기억해두었다가 나 자신을 더 나은 글쟁이로 만드는 밑거름으로 쓰려고 노력합니다.

악플에 대처하는 것보다 중요한 것은 그다음 글을 더 잘 쓰기 위해 항상 준비하는 거예요. 언제든 타인에게 보여줄 수 있는 글을 써놓아야 해요. 초고부터 완성도가 뛰어나야 하고요. 항상 보여줄 준비가 되어 있어야 해요. 일종의 포트폴리오처럼 자신이 가장 잘 쓴 글 몇 편을 가지고 있는 것이 좋아요. 출판 기획 단계에서 샘플 원고를 요구하는 출판사도 있거든요. 계속 나만의 포트폴리오를 수정하면서 '언제나 최고의 글을 보여줄 준비'가 되어 있어야 해요.

❻ 자기복제를 막기 위한 검열 시스템이 있는지요?

제 글을 가장 잘 아는 편집자에게 물어봐요. 이 글 내가 다른 곳에서 이야기한 적 있는 주제인가 하고요. 물어볼 시간적 여유가 없을 때는 인터넷과 이메일을 검색해요. 비슷한 이야기를 한 적이 있는지. 그런데 완전히 문장 단위까지 똑같은 것이 아니라면 비슷한 이야기를 또 요구받을 때도 있어요. 《데미안》에 대한 글은 원고 청탁과 강연 요청을 여러 번 받아서 몇 편을 썼는지 기억이 나지 않을 정도예요. 그럼에도 표현만은 다르게 하려고 애를 쓰지요. 정말 중요한 글은 끊임없이 앙코르를 요구받기 때문에 다른 버전의 여러 글쓰기를 준비해놓는 것도 좋아요. 저의 경우 《데미안》에 대한 글을 여러 번 요청받을 때마다 《데미안》을 새로운 시각으로 바라보려고 안간힘 씁니다. 악당 크로머의 입장에서도 생각해보고, 가질 수 없는 사랑의 대상 에바 부인의 입장에서도 생각해보고, 싱클레어와 데미안의 관계를 심리학의 관점뿐만 아니라 교육이나 커뮤니케이션의 관점에서도 바라봐요. 검열할 필요는 없지만 잘 안다고 믿는 대상을 새롭게 바라보는 눈은 꼭 필요하지요.

글쓰기의 힘을
　길러주는 것들에
관하여

ⓠ 체계적으로 메모하는 팁이 있을까요?

　주제별로 메모를 해놓는 것이 좋기는 한데, 메모가 아주 많이 쌓이다보면 분류가 점점 어려워집니다. 두 가지 버전이 필요한데요. 모든 메모를 한곳에 모아놓는 파일이 하나 필요하고요. 또 하나는 주제별로 중요한 사진이나 문장을 갈무리해놓은 작은 파일들의 모음집이 필요합니다. 하지만 저는 메모를 자꾸 잊어버려요(웃음). 메모를 써놓은 수첩을 잃어버리기도 하고, 기껏 열심히 메모를 해놓은 다음 메모를 했다는 사실조차 잊어버리기도 해요. 너무 많은 걸 기억하려고 애쓰다보면 오히려 상실되는 것들이 많더라고요. 기억에 대한 과도한 집착 때문에 오히려 기억의 보조장치를 너무 많이 만들어놓으면 삶이 너무 복잡해지니까 그건 좋지 않죠. 가장 자주 쓰는 두 가지 장치가 노트북과 휴대폰이라면, 노트북에 하나, 휴대폰에 하나, 메모 파일을 만들어놓으면 됩니다. 키워드로 찾을 수 있게 만들면 좋아요. 메모장을 많이 쓸 때는 필기를 많이 했는데, 이제 메모장을 잃어버릴 위험이 크다는 걸 알게 되어서 컴퓨터 파일이나 휴대폰 메모장을 활용하게 되었어요. 중요한 메모는 '내게 쓴 메일함'에 저장을 해두면 언제든 꺼내 쓸 수 있지요.

❻ 인문학적 토양을 쌓는 데 유용한 책을 추천해주세요.

우리가 사는 현대사회가 결코 처음부터 자연스럽게 만들어진 게 아니라는 사실을 알려주는 책들이 많은 도움이 되었어요. 예를 들면 이진경의 《근대적 시·공간의 탄생》은 시계와 주소 같은 아주 당연해 보이는 근대의 문물들이 어떻게 새롭게 탄생되었는지, 그것이 전통사회와 현대사회를 어떻게 다르게 만들었는지를 아주 체계적이면서도 명쾌하게 설명하고 있어요. 볼프강 쉬벨부쉬의 《철도여행의 역사》도 그런 책이지요. 철도여행 이후로 인간이 원래 지니던 시간과 공간의 개념이 완전히 달라지게 된 과정을 흥미진진하게 묘사하는 훌륭한 작품이에요.

황광수 선생님의《셰익스피어》도 추천하고 싶어요. 많은 분이 셰익스피어의 작품을 읽다가 포기하셨다는 이야기를 해요. 이 책은 제가 알고 있는 최고의 셰익스피어 해설서이자, 제가 존경하고 사랑하는 황광수 선생님의 아름다운 문학평론이기도 해요. 셰익스피어의 글쓰기가 무려 500여 년의 시차를 뛰어넘어 왜 여전히 끊임없이 리메이크되고 재해석되고 다시 쓰여지는지를 알려주는 책입니다.

김서영 작가님의《내 무의식의 방》과《영화로 읽는 정신분석》도 여러 번 읽은 책이에요. 심리학이 어렵다, 정신분석이 어렵다고 생각하시는 분들은 이 두 권의 책을 읽어보시면 커다란 도움을 받으실 수 있을 거예요. 김서영 작가님은 어려운 내용을 피해가지 않고, 있는 그대로 정면으로 맞서서 쓸 줄 아는 분이세요. 멋진 작가이자 연구자이시죠. 읽을 때마다 영감을 주는 몇 권의 책을 더 소개할게요.

조지프 캠벨·빌 모이어스의《신화의 힘》도 좋아요. 어떤 책은 어느 날 갑자기 내 방 안으로 날아든 천사의 날개처럼 찬란한 빛을 뿜어내며 책이 나를 향해 미소를 지어주는 것만 같죠. 《신화의 힘》은 바로 제 서재로 들어온 아름다운 천사의 날개였어요. 이 책은 저에게 이렇게 속삭이는 것 같았어요. '이제는 괜찮아. 너는 평생 공부해도 전혀 지겹지 않은 소중한 테마를 찾은 거야.' 이 책에서 배운 신화와 심리학의 하모니는 제게 앞으로 나아가야 할 길을 알려주었습니다. 어떤 순간에도 포기하지 않고, 내 안에서 매일매일 만들어지는 나만의 신화를 믿으며, 천천히 내 운명의 신화를 창조하는 힘을 느끼게 해주었어요.

문학과 역사 사이에는 어떤 아름다운 틈새가 있죠. 문학이 역사를 대체할 수도 없고, 역사가 문학을 대신할 수도 없지만, 둘 사이에는 아주 흥미로운 공통점들이 많습니다. 나탈리 제먼 데이비스의 《마르탱 게르의 귀향》은 바로 그 '역사의 기록 정신'과 '문학적 상상력'이 눈부신 하모니를 이루는 역작이에요. 저는 이 책을 통해 '치밀한 관찰과 기록의 정신'과 '풍요로운 감수성이 가득한 문학적 상상력'이 결코 서로 등을 돌리는 것이 아니라 함께 아름다운 하모니를 만들 수 있음을 깨달았습니다.

"나의 인생은 무의식의 자기실현의 역사다"라는 충격적이고도 도발적인 문장으로 시작하는 카를 구스타프 융의 《카를 융, 기억 꿈 사상》은 융의 구술을 따른 전기문학의 성격을 띠면서도 동시에 융의 심리학적 발견의 단초들을 엿볼 수 있는 훌륭한 심리학 책이기도 합니다. '의식의 자기실현'이 아니라 '무의식의 자기실현'이라는 점이 중요하지요. 우리 자신도 모르는 저 깊은 곳에 숨겨진 무의식을 명징한 의식의 차원으로 끌어올려 마침내 현실로 만드는 것이 바로 인생이라는 것. 사건의 역사가 아닌 마음의 역사를 그린 책이 이토록 흥미로울 수 있음을 느꼈어요. 이 책은 '한 개인의 마음의 역사'가 인류 전체의 역사로까지 확장되는 이야기를 담았습니다. 우리가 어렴풋이 본능적으로 느끼고는 있지만 명확히 설명할 수는 없는 바로 그 무의식의 세계가, 우리의 잃어버린 가능성이자 아직 꽃피지 않은 우리 자신의 무한한 잠재력이지요.

ⓠ 여행할 때 도움이 된 여행서를 소개해주신다면요?

여행에 대한 강의를 할 때마다, 독자들의 눈빛에서 '당장 떠나고 싶지만 떠나지 못하는 상황'에 대한 안타까움이 묻어 있음을 발견합니다. 그런 독자들에게 저는 정보 중심의 여행서보다는 여행자의 감수성이 듬뿍 묻어 있는 에세이집을 소개해주고 싶어요.

그 첫 번째 책은 앙투안 드 생텍쥐페리의 《인간의 대지》예요. 위험과 공포로 가득한 사하라 사막에서, 그 누구도 밟지 않은 땅을 첫 번째로 밟는 짜릿한 희열을 느낀 비행기 조종사 생텍쥐페리의 자전적 이야기입니다. 이 책에서 저는 관광과 비행이 대중화되기 전, 좀 더 불편하고 느렸지만 그리하여 더더욱 낭만적이고 원초적이었던 여행자의 열정을 발견했어요. 안데스산맥에서 조난당했다가 기적적으로 생환한 친구 기요메, 사하라사막에 불시착했다가 천신만고 끝에 살아온 생텍쥐페리의 이야기는 여행과 탐험, 방황과 모험이 결국 하나일 수밖에 없었던 시절의 생동감 넘치는 체험으로 가득합니다.

두 번째 추천 도서는 리베카 솔닛의《걷기의 인문학》입니다. 저는 비행기나 버스, 기차를 탈 때보다 걷고 있을 때 진정한 여행의 참맛을 느끼는데요. 이 책 또한 반드시 걸어야만 보이는 것들, 끝없이 걷고 또 걸음으로써 비로소 달라 보이는 풍경의 아름다움을 노래합니다.

세 번째 추천 도서는 인류학자 로렌 아이슬리의 자서전《그 모든 낯선 시간들》입니다. 그의 여행은 행복을 위한 여가 활동이 아니라 생존을 위한 투쟁이었어요. 아버지의 죽음 이후 네브래스카주 서부 황무지에서 화물열차와 우편열차에 닥치는 대로 올라타며 사막을 가로지르고, 흔들리는 열차에서 떨어지지 않도록 노끈으로 손목과 열차를 묶고 네바다 사막을 횡단하며, 그는 생존의 길을 향해, 학문의 길을 향해 달렸습니다. 언제 권총강도로 변할지 모르는 부랑자 무리에 섞여 어느 마을에서는 경찰의 총격까지 받죠. 천신만고 끝에 그가 도달한 곳은 평생 '여행할 권리'를 잃지 않는 자유로운 삶이라는 보이지 않는 종착역이었어요. 여행은 꼬깃꼬깃 구겨져 있던 제 감성의 날개를 화려한 공작새의 날개처럼 활짝 펼쳐내는 천연의 항우울제입니다.

ⓠ 어떻게 지적인 호기심을 키울 수 있을까요?

나이가 들면 호기심이 줄어들 거라고 생각했거든요. 그런데 나이가 들수록, 세상에 대한 호기심이 더 깊어지고 넓어진다는 사실에 놀라고 있는 요즘입니다. 20대에는 제가 뭘 모르는지도 몰랐던 것 같아요. 그저 열심히 배우려고는 했지만 무엇을 모르는지 모르기 때문에, 즉 나에게 어떤 점이 부족한지조차 자기에 대한 앎이기 때문에, 어디서부터 시작해야 할지 알 수가 없어서 막막했어요. 세상을 잘 몰랐기 때문에 세상에 대한 사랑 또한 부족했지요. 지금은 하루하루 물론 힘든 일도 있지만 세상을 향한 사랑, 삶에 대한 놀라움은 더 커지는 것 같아요.

예컨대 동화책은 어린 시절에 읽고 어른이 되면 별로 다시 열어보고 싶지 않을 거라고 생각했는데요. 그런데 웬걸요. 나이가 들고 동화책을 새롭게 읽으면서 제가 공부하고 있는 심리학과 연결해보기도 해요. 어른이 되어서도 여전히 놀라운 동화책의 메시지와 문장에 새로운 지적 호기심을 느끼지요. 《라푼젤》은 제가 아는 가장 슬픈 동화였는데, 지금 다시 읽어보니 '부모의 도움 없이, 부모에게 완전히 버려진 상태에서도, 자기만의 새로운 탄생을 꿈꾸는 사람들'을 위한 진정한 성장의 이야기로 읽혀요. 예전보다 더 감동적인 서사로 읽히더라고요.

예전에 읽었던 작품을 지금 새로 읽으면 새로운 관점에서 그 텍스트를 더욱 풍부하게 읽으려 하는 나를 발견하고, 그것이 확장된 호기심, 더 깊어진 호기심임을 알게 되지요. 더 좋은 글을 쓰고 싶다면, 읽었던 책을 최소한 세 번 이상 다시 읽어보세요. 메모하면서 읽고, 생각하면서 읽고, 걸으면서도 읽고, 자면서도 생각해야 해요. 그런 열정이 있어야 세상을 향한 호기심이 쉽게 사라지지 않는답니다. 호기심을 유지하는 것은 우리 마음속의 젊음을 유지하는 비결이기도 해요. 세상을 향한 놀라움의 시선을 잃지 않는 것이니까요.

⑥ 글쓰기에 도움이 되는 특별한 독서 습관이 있을까요?

오디오북과 전자책, 종이책을 가리지 않고 어디서나 언제나 틈날 때마다 읽으려고 노력합니다. 청소할 때나 설거지할 때, 지하철 계단을 오르내릴 때, 심지어 엘리베이터 안에서도 오디오북을 들어요. 오디오북을 들으면 책을 훨씬 많이 읽게 되더라고요. 그리고 책을 읽고 나서는 반드시 긴 메모를 해두어요. 언젠가 그 책에 대한 글을 쓸 기회가 오기를 기대하면서요. 그러면 신기하게도 정말 그 책에 대해 조금이라도 이야기할 기회가 찾아옵니다. 좋아하는 책의 오디오북이 없을 때는 제가 직접 녹음을 해서 혼자 들어보기도 해요. 문자로 읽을 때랑 소리로 들을 때의 느낌이 확연히 다르거든요.

책을 고르는 기준이 있다면, 일단 그 분야의 전문가로서 10년 이상 오랫동안 노력하신 분들의 책을 보려고 합니다. 고전은 항상 곁에 두고, 고전과 어울리는 최근의 책을 함께 듀엣처럼 고르려고
노력해요. 예를 들면 버지니아 울프의 《자기만의 방》과 함께 읽기 좋은 최근의 책은 록산 게이의 《나쁜 페미니스트》 같은 책이겠지요. 이렇게 세상을 떠난 작가의 책과 현재 살아 있는 작가의 책을 함께 읽으면, 두 책이 뭔가 제 안에서 엄청난 화학반응을 일으켜서 저만의 문장, 저만의 해석이 떠오르곤 합니다.

좋아하는 작가의 책을 깊이 탐독하는 것도 하나의 방법입니다. 가장 좋아하는 작가를 한 명만 고르기는 정말 어렵고요. 열 명 정도 이야기해도 모자라겠지만 세 명만 이야기할게요. 카를 구스타프 융, 버지니아 울프 그리고 헨리 데이비드 소로입니다. 그분들의 책을 읽으면 항상 뭔가 새로운 영감이 떠올라요. 신기하게도 그들이 이야기하는 것과 전혀 상관없는 새로운 아이디어가 떠오르지요. 위대한 작가들만이 가지는 아우라일지도 모르겠습니다. 제인 오스틴도, 카를 마르크스도, 프리드리히 니체도, 윌리엄 셰익스피어도, 헤르만 헤세도 그래요. 저는 그들의 책 아무 페이지나 펼쳐 읽어도 뭔가 새로운 아이디어가 떠오르고, 그들에게 아주 맑고 환한 에너지를 주입받는 느낌을 받습니다.

❻ 지칠 줄 모르는 글쓰기, 지속적 생산력은 어디서 나오는지요.

외적 긴장과 내적 긴장이 둘 다 필요합니다. 외적 긴장은 마감의 압박이지요. 편집자들이 제 원고를 기다리고 있다는 생각을 하면 힘을 내지 않을 수가 없어요. 그런데 내적 긴장을 유지하는 것이 훨씬 어려워요. 외적 긴장은 '내 원고를 기다려주는 사람'의 눈빛을 상상하면 금방 다시 느껴지는데, 내적 긴장은 자기 안에서 끊임없이 동력을 만들어야 하기에 어느 순간 지쳐버릴 수가 있거든요. 그럴 때는 지금까지 읽어오던 글과 전혀 다른 글을 읽어봐요. 예를 들어 주로 문학과 심리학을 중심으로 영감을 받는 저의 글쓰기 스타일을 바꿔서, 역사 책이나 철학 책, 사회학 책을 찾아 읽어요. 그러면 신기하게도 뭔가 새로운 글감이 떠오르고, 다시 살아야겠다는 의지가 샘솟아요. 참 못 말리는 열정이죠. 책 때문에 피곤하면서도 또 책으로 스트레스를 풀어요(웃음). 최근에는 평소 제가 읽는 책과 조금 다른 결을 지닌 책《우연의 질병, 필연의 죽음》을 읽으면서 많은 영감을 얻었어요. 미술도 영화도 음악도 좋지만, 책에는 그 모든 것이 들어 있지요. 저는 그 네 가지에 항상 필사적으로 매달리기에 언제든 글감이 떨어지지 않는 것 같아요. 그 안에는 우리 삶을 구성하는 모든 에너지, 우리가 보살펴야 할 타인의 슬픔과 고통, 그럼에도 삶을 사랑해야 하는 이유 등 모든 것이 들어 있거든요. 항상 미술, 영화, 음악, 책과 함께하는 삶을 산다면, 영감이 고갈될 일은 없어요.

Q 개성 넘치고 통통 튀는 글을 쓰려면 어떻게 해야 할까요?

그건 저도 어려운 주문인데요. 통통 튀는 글을 쓰는 건 저의 재능이 아니에요. 하지만 지나치게 위로나 깨달음을 주려는 글을 쓰지 않으려고 노력해요. 나 자신을 가만히 내버려두면 저는 자꾸 나 자신을 위로하려고 하고, 깨달음을 고백하고 싶어 하거든요. 천성이에요. 그런 천성을 잠시 내려놓고, 그냥 있는 그대로의 울퉁불퉁한 내 생각을 드러내는 글이 좋아졌어요. 예를 들면《1일 1페이지, 세상에서 가장 짧은 심리 수업 365》에 그런 글들이 몇 편 있어요. 특히 저에게 절대로 먼저 연락하지 않는 친구에 대한 뼈아픈 원망과 서운함을 담은 글이 있는데요. 그 글에는 아름다운 결론을 일부러 넣지 않았어요. 그냥 마음이 아픈 그대로, 친구에게 버려진 기분 그대로, 그 마음을 뭔가 다른 내용으로 꾸미지 않고 내버려두고 싶더라고요. 지금까지 그래본 적이 없거든요. 특히 글을 쓸 때는 뭔가 아름다운 결론을 내려고 분투해왔지요. 하지만 이 책에서는 그런 작은 실험들을 해보았어요. 신기한 해방감이 느껴지더라고요. 뭔가 뚜렷한 결론을 내야 한다는 강박관념에서 해방되는 기쁨이 있었어요. 있는 그대로의 내 마음을 최대한 꾸미거나 만지지 않고 드러내는 글도, 때로는 새로운 기쁨을 줄 수 있다는 걸 배웠어요. 이렇게 '힘'을 빼본 것이지요. 아주 소중한 체험이었어요. 앞으로도 그런 글을 계속 실험해보고 싶어요.

힘을 빼면 내 안에서 기존과는 전혀 다른 목소리가 튀어나오기 시작하거든요. 그 의외성과 돌발성이 너무 흥미진진해요. 저와 전혀 다른 스타일을 가진 작가의 글을 읽어보는 것이 뻔한 스타일을 벗어나는 데 도움을 줍니다. 예를 들면《도리언 그레이의 초상》을 쓴 오스카 와일드나《피그말리온》을 쓴 버나드 쇼의 글을 읽으면 '언젠가는 나도 이런 도발적인 글을 쓰고 싶다'라는 꿈이 생기지요. 언젠가는 가능하리라 꿈꾸면서요.

⑥ 영감이 떠오르지 않을 때 묘책이 있을까요?

오히려 돌아가야 할 때가 있어요. 급할 때는 오히려 쉬어가고 돌아가야 새로운 아이디어가 떠올라요. 편집자에게 전화를 해서 하루만 더 시간을 달라고 부탁해요. 아주 부끄러운 순간이지요. 하지만 부끄러움을 무릅쓰고, 며칠 더 기다려달라고 하기도 해요. 정 안 될 때는 그렇게 돌아가야 해요. 장소를 바꿔보는 것이 좋아요. 가까운 곳으로 여행이라도 가야 할 때가 있어요. 그래야 처음부터 새로운 마음으로 시작할 수 있지요. 여행을 갈 수 없을 때는 아주 슬픈 영화 한 편을 보고 실컷 운 다음에 한잠 자고 다시 시작하기도 해요. 자고 일어나면 새로운 기분이 되고, 샤워까지 하면 정말 새로운 사람으로 다시 태어나는 기분이 들죠. 그럴 때 또다시 시작하면 돼요. 급할수록 원고만 붙잡고 있지 말고 뭔가 새로운 지적 자극을 줘야 해요. 저는 사전 아무 페이지를 펼쳐서 읽기도 해요. 카를 구스타프 융의《카를 융, 기억 꿈 사상》을 아무 페이지나 펼쳐서 한 서너 페이지 읽고 나면 새로운 생각이 떠오르기도 해요. 산책, 잠, 목욕, 여행 그리고 새로운 책 읽기, 좋은 사람 만나기. 이런 방법들이 주로 제가 쓰는 방법들이고 지금까지는 언제나 효과가 있었습니다. 어쩌면 '글이 안 써진다'라는 현상은 내 안의 더 깊은 나와의 만남이기도 해요. 글만 쓰지 말고, 글을 쓰면서 더 좋은 삶을 살라고, 글을 쓰면서 더 나은 사람이 되라고, 제 안에서 속삭이는 마음의 목소리를 듣는 시간을 갖기도 하지요.

ⓠ 슬럼프가 왔을 때 어떻게 해야 할까요?

사람을 만나야 해요. 슬럼프가 왔을 때는 혼자 있으면 위험해요. 기분이 더 우울해지거든요. 뭔가를 자꾸 더 잘 해내려고 하면 오히려 수렁에 빠질 때가 있어요. 그게 슬럼프이지요. 그럴 때는 일을 탁 접고 좋은 사람을 만나요. 만날 수 없을 때는 전화라도 해요. 그냥 일상적 대화를 하는 거죠. 요새 재미있게 본 영화가 뭔지, 어디 아픈 곳은 없는지, 가족들은 잘 지내는지, 그야말로 스몰 토크를 해요. 글쓰기에 대한 거창한 대화가 아니라 그냥 사람 사는 일에 관한 사소한 이야기를 하면서 마음을 이완해야 해요. 슬럼프는 일종의 경직 상태이거든요. 몸의 근육도 마음의 근육도 풀어줘야 해요. 좋은 사람과의 만남이야말로 마음의 빗장을 풀어주는 것이지요. 사람을 만나는 게 여의치 않을 때는 그림 전시회를 보러 가요. 아주 조용한 미술관을 찾아가지요. 관람객이 적은 때를 골라서 아주 조용하게 감상을 해요. 그림을 보면 마음이 차분해져요. 이런 식으로 완전히 다른 자극 속에, 그러나 너무 머리 아프지 않은 편안한 자극 속에 나를 맡기면서 천천히 '삶으로 돌아가는 감각'을 길러야 해요. 일상적 삶으로 훌쩍 넘어갔다가, 다시 글쓰기 모드로 돌아와야 하거든요. 그러려면 일상적 삶에 대한 따스한 감각을 되찾는 것이 좋아요. 내가 마시고 있는 차가 참으로 향기롭구나, 김치찌개가 참 맛있구나, 벚꽃이 벌써 흐드러졌구나, 이제 곧 라일락이 피겠구나, 이런 생각을 하면서 삶으로 되돌아가는 훈련을 하고 다시 글쓰기 모드로 돌아와야 해요. 방황할 시간, 흔들릴 시간, 아무것도 안 하는 시간도 필요하지요.

❻ 효율적으로 글 쓰는 시간을 버는 방법은요?

조각난 시간을 쓰는 데는 한계가 있습니다. 시간이 났을 때 바로 글을 쓸 수 있는 것이 아니라 몸과 마음을 워밍업 하는 시간, 창조성이 예열되는 시간이 필요하거든요. 조각난 시간을 바삐 쓰다보면 그런 예열의 시간이 턱없이 부족합니다. 그런데 저도 평생 여러 가지 일을 함께하는 분주한 삶을 살았기 때문에 노하우가 생기더라고요. 어떤 기자분이 저와 인터뷰를 할 때, 제가 지하철이나 택시를 타고 이동하는 토막 시간에도 글을 쓴다고 했더니, 이런 질문을 하셨어요. 그럼 언제 예열을 하냐고, 언제 워밍업을 해서 글을 쓰냐는 거예요. 그런데 저도 모르게 이런 대답이 튀어나왔어요. 항상 예열되어 있지요! 그때 나 자신에게 놀랐어요. 항상 글을 쓰기 위해 온몸과 온 마음이 예열되어 있을 정도로 그렇게 너무 오랫동안 스스로를 치열하게 몰아세웠던 것은 아닐까 하는 생각도 들었어요. 여유로운 삶과 열정적인 글쓰기를 함께 잘할 수는 없을 것 같아요. 어느 하나는 내려놓게 됩니다. 저는 비록 이렇게 외눈박이 물고기처럼 살고 있지만, 글을 쓰는 후배들은 여유로운 삶을 살았으면 좋겠어요. 쉴 줄 아는 사람, 휴식 속에서 진정으로 고요할 수 있는 사람이 부럽습니다. 여하튼 항상 예열된 느낌은 필요해요. '아까 글 쓰다가 어느 문장에서 끝났지' 정도는 기억하고 있어야 하고, 끝없이 '다음 문장은 무엇을 쓸까' 고민하는 열정이 필요합니다. 여러분도 항상 뜨겁게 예열되어 있기를! 언제든 새로운 글을 쓸 마음의 예열 상태를 유지하기를!

글쓰기의
종류에
　관하여

ⓠ 작가님만의 자기소개서를 보여주실 수 있나요?

보여줄 순 있는데, 참 못 썼어요(웃음). 자기소개서 쓸 때는
제가 경직되더라고요. 어떤 목적이 있는 글쓰기이니까요. 평소
제가 쓰는 글에는 '좋은 글을 쓴다'라는 소박한 목적 외에 다른
사적인 욕심이 없어서 순수한 열정이 담겨 있지요. 그런데 취직
을 위한 자기소개서를 쓸 때는 저도 그게 잘 안 되더라고요. 한
때 저도 아주 모범적이고 틀에 박힌 자기소개서를 썼어요. 하품
이 나올 정도였어요. 그래서 결심하게 되었죠. 다시는 이런 글을
쓰지 말자. 난 역시 열정과 자유가 없으면 숨이 막히는 사람이구
나(웃음). 저는 전업 작가로 일을 하니까 이력서에서 비교적 자

유롭지만, 취직과 이직을 앞둔 분들은 여전히 자기소개서를 쓰면서 고민하시죠.《그때, 나에게 미처 하지 못한 말》을 쓸 때 그런 분들을 생각하며 몇 문장을 적었어요.

나 자신을 소개하는 글을 쓰는 것은 왜 이토록 힘이 들까. 이력서를 제출해야 하는 대상은 '외부'에 있지만 이력서를 쓰면서 정작 만나야 하는 대상은 바로 '나 자신'이기 때문이다. 그리하여 이력서를 쓴다는 것은 자신의 부끄러움과 마주하는 일이며, 피할 수 없는 외로움과 맞닥뜨리는 일이기도 하다.

나는 이력서나 프로필을 쓸 때마다 내 안의 일부가 조금씩 무너지고 부서지는 것을 느낀다. 무너지는 것은 자존감이고, 부서지는 것은 자신감이다. 무엇보다도 '내가 생각하는 내 모습이 이리도 초라하고 작은가'라는 생각 때문에 괴롭다.

그런데 그 자괴감 속에는 뜻밖의 자존감도 깃들어 있다. 바로 '나'라는 존재는 결코 이력서나 프로필로는 요약될 수 없다는 내 안의 외침이 들려오기 때문이다. 결코 몇 줄의 이력서에 나를 온전히 담을 수 없다는 믿음이야말로 내가 이력서를 쉽게 쓰지 못하는 진짜 이유다.

요즘은 '나를 굳이 포장하지 않아도, 변함없이 나를 사랑해주는 사람들'의 소중함을 알아버렸기에, 나를 표현하는 일의 강박에서 점점 해방되고 있는 중이다. 당신이 살아온 발자취를 정직하게 꾸밈없이 기록하는 것, 그것이 이력서다. 주눅 들지 말자. 두려워하지 말자. 이력서나 자기소개서보다 더 중요한 것은 '그 무엇으로도 요약하거나 대신할 수 없는, 있는 그대로의 나'니까.

《그때, 나에게 미처 하지 못한 말》 중에서

이 책을 쓸 때 책날개에 프로필을 어떻게 채울까 다시 고민하기 시작했어요. 아무런 격식이 없고, 아무에게도 고용당하기를 원치 않는, 자유롭기 이를 데 없는 자기소개서를 다시 써보려고 해요. 이제 그 누구에게도 고용당하기를 원치 않게 되니까 진정한 자유가 찾아오더라고요. 이번 책의 책날개를 다시 봐주시면 좋겠습니다(웃음).

Ⓠ 여행기를 쓰실 때 가장 염두에 두는 부분이 있다면요?

글쓰기 자체가 또 다른 여행이라는 생각을 하면서 글을 써요. 글을 쓸 때 제 마음이 설레야 독자들도 설렐 수 있으리라 믿으면서요. 제가 돈과 시간이 많아서 독자들을 모두 데리고 다 같이 여행을 떠나면 얼마나 좋겠어요. 하지만 현실은 그렇지 못하니까(웃음) 글을 통해 독자들을 제가 그린 공간 속으로 초대하는 것이지요. 내가 책이라는 커다란 기차에 독자들을 싣고 떠나는 기관사라고 생각해보면, 기분 좋은 책임감으로 어깨가 무거워집니다. 제가 기꺼이 짊어지고 싶은 책임감이지요. 여러 가지 이유로 여행을 미루고 있는 분들, 여행을 떠날 생각은 자주 하지만 제대로 실행해본 적 없는 분들, 또는 여행을 너무 좋아하지만 지금은 떠날 수 없는 분들의 마음을 가장 많이 헤아리면서 쓰려고 노력해요.

감상만큼 깨달음도 중요하다는 사실을 잊지 않으려고 노력합니다. 소비하는 여행이 아니라 지속 가능한 여행이 되어야 한다는 생각도 잊지 않으려고 하지요. 깨닫는 여행이란, 풍경의 아름다움을 섭취하려고 사진 찍기에만 급급하지 않고 항상 그 이상의 것을 배우려고 노력하는 여행이지요. 그래서 그 장소와 연관되는 작가, 음악가, 화가 들을 꼭 찾아보고 여행을 합니다. 그들에게 길을 물으면 여행이 풍요로워지거든요. 지속 가능한 여행이란, 코로나19를 비롯한 여러 가지 현상을 보며 '지구를 지키는 여행이란 무엇일까'를 생각하면서 떠올린 테마예요. 단체 관광을 많이 하면 환경오염이나 소음이 더 많이 발생할 수밖에

없지요. 저는 쓰레기도 버리지 않으려고 노력하고 어딜 가나 조용히 하려고 노력해요. 그림을 보는 사람들, 풍경을 감상하는 사람들을 방해하지 않으려고 하고요. 일회용품 사용도 극도로 제한해요. 스타벅스보다는 현지의 작은 카페를 이용하려고 노력해요. 다음 세대도 여행을 할 수 있으려면, 자연을 아끼고, 보호하고, 보살펴야 하지 않을까 싶어요.

　여행은 마음속에서 결코 낡지 않는, 영원히 새것인 체험이라고 생각해요. 타성에 젖지 않고, 매너리즘에 빠지지 않고, 여행의 첫 기쁨과 눈부신 설렘에 대한 생각의 고삐를 느슨하게 만들지 않고 글을 써요. 내가 어디로 가야 할지 정확하게 알고 써야 내가 운전하는 감성의 기차에 독자들을 태울 수 있어요. 쓰는 과정이 기뻐야 하고, 기쁘지 않으면 글쓰기의 계획 전체를 바꿔야 해요. 썼던 글을 지우는 것을 두려워하지 마세요. 또 쓰면 되거든요. 출발지, 여행의 기쁨. 기항지, 여행의 아름다움. 종착역, 여행의 기쁨. 이렇게 마음속에 정해놓고 글을 쓰는 게 도움이 됩니다.

ⓠ 나만의 서평을 쓰는 팁이 있을까요?
책을 읽고 나서 기존의 나의 생각이 어떻게 바뀌었는가에 대해서 써요. 책 내용을 소개하는 것에 그치는 서평이 아니라 그 책이 내 삶을 어떻게 바꾸고 있는가를 쓰려고 노력해요. 또 서평을 쓸 때 사회현상이나 유행하는 단어, 우리가 살고 있는 세계의 일상적 모습과 책 속의 이야기를 어떻게든 연결해보려고 노력하지요. 그래서 책이 단지 책이라는 사물 외따로 존재하는 것이 아니라 '이 세상 속의 존재'로, '이 세상과 연결되어 있는 존재'로 우리 앞에 놓여 있음을 독자들에게 보여주는 서평을 쓰려고 노력합니다. 때로는 서평이라는 장르 자체를 잊어버릴 필요가 있어요. 서평을 쓰고 있다고 의식하지 않고 그냥 '나는 좋은 글을 쓰고 싶다'라는 생각이 저에게는 도움이 되었어요. 장르라는 경계에 갇힐 필요가 없지요. 서평을 넘어서 나만의 독창적 글을 쓴다고 생각해요. 제가 쓴 책《그림자 여행》에 그런 글을 많이 실었습니다. 여행과 책, 일상과 글쓰기를 연결한 책이지요.

ⓠ 시, 소설, 칼럼, 에세이를 쓰고 책을 기획할 때 가장 필요한 능력은 무엇일까요?

시인에게는 단 몇 줄의 문장만으로도 우리가 살아가는 세계의 결정적 장면을 포착해낼 수 있는 언어의 연금술이 필요하지요. 소설가에게는 이야기를 통해 끝내 진실로 가닿을 수 있다는 믿음과 엄청난 끈기, 캐릭터와 스토리를 조각해낼 수 있는 관찰력과 상상력, '이런 이야기가 사랑받을 수 있을까' 하는 두려움과 싸울 수 있는 대담함이 필요하고요. 칼럼니스트에게는 그 어떤 열악한 상황에서도 글감을 찾아내는 뛰어난 순발력과 현실 세계에 늘 깊이 발을 들여놓는 참여정신이 중요하다고 생각해요. 에세이스트는 이 모든 걸 갖춰야 하지요. 시인의 언어적 감각, 소설가의 스토리텔링, 칼럼니스트의 순발력 그리고 그 모든 것을 다 아우를 수 있는 통찰력이 필요해요. 에세이를 진정으로 잘쓸 수 있는 사람은 다른 장르도 잘 쓸 수 있다고 생각해요. 아무리

사소하거나 기이한 글감을 던져줘도 마치 뛰어난 대장장이처럼 그 무엇으로도 '훌륭한 글이라는 무기'를 만들어낼 수 있어야 하지요. 참고로 출판 기획자에게는 관찰력과 예지력이 필요해요. 어떤 작가가 아직 쓰지 않은 글까지 볼 수 있어야 해요. 좋아하는 작가가 있다면 그 작가가 3년 후, 10년 후에 어떤 글을 쓸 수 있을

지 내다보는 혜안이 있어야 합니다. 작가 입장에서 그런 기획자를 만나면 마음이 두근거리고 설레요. 제가 3년 후, 10년 후, 심지어 20년 후에 쓸 글까지 내다보는 기획자들이 아주 가끔 있어요. 그런 분들이 함께 책을 만들자고 권하면 손을 잡을 수밖에 없지요. 저를 저보다 더 잘 아는 사람이라는 생각이 들 때, 작가의 마음은 움직이게 되어 있어요.

Q 아직 쓰지 않았지만 꼭 쓰고 싶은 유고작이 있나요?

너무 어려운 질문인데요. 그 질문에 대답하는 순간, 그 글을 꼭 쓴다는 약속까지 하는 셈이기 때문에 더 어렵네요. 평생 못 쓸 수도 있기 때문에 약속을 못 지킬까 봐 구체적으로 말씀드리기는 어렵지만 힌트는 드릴 수 있어요. 그 어떤 순간에도 빛을 잃지 않는, 이야기의 고유한 힘에 대해서 써보고 싶어요. 머나먼 외국의 이야기가 아니라 우리나라의 이야기로요. 우리로 하여금 기나긴 고통을 견디게 하는 이야기, 삶의 아픔을 씻어내는 이야기, 아무리 질기고 질긴 절망의 시간 속에서도 희망의 동아줄을 붙잡게 하는 그런 이야기의 힘에 대해서 써보고 싶어요. 힘들 때마다 저에게 구원의 동아줄이 되어주었던 것은 사실 이야기의 힘이었거든요. 멋진 소설을 읽거나, 아름다운 영화를 보거나, 누군가의 전기를 읽으면, 제가 앓던 모든 마음의 병이 낫곤 했어요. 여러분이 아주 지치고 힘든 날, 제 글을 읽으면 마치 오랜만에 엄마의 눈물겨운 집밥을 먹은 것처럼 힘을 내서 다시 살아갈 용기를 낼 수 있는, 그런 글을 쓰고 싶습니다.

매일 쓰며
배우고
느낀 것들

글을 쓸 땐
다 던져야 한다

    글을 쓰다가 '이런 이야기를 써도 될까'라는 생각 때문에
고민할 때가 있습니다. 이 이야기를 쓰면 관련된 사람들이 상처
받지 않을까 하는 생각, 이렇게 사소한 이야기를 써도 뭔가 제대
로 된 이야기가 될까 하는 생각, 많은 감정이 얽혀 있는 이야기
라서 '지나치게 감정적이다'라는 평가를 듣지 않을까 하는 생각,
이 모든 자기검열의 생각들이 글쓰기의 적이지요. 관련자들은
이니셜 등의 다양한 장치를 통해 사생활을 보호하면 됩니다. 그
리고 사소한 이야기조차 사소하지 않게 만드는 것이 글쓰기의
힘이에요. 아무리 작은 스케일의 이야기라도 내 마음 전체를 사
로잡는 이야기라면 다른 사람의 마음도 사로잡을 수 있어요.

'지나치게 감정적이다'라는 생각 때문에 괴로울 때는 격렬한 감정이야말로 글쓰기의 가장 좋은 재료임을 기억해야 합니다. 무색무취한 소재보다 까다롭고 울퉁불퉁하고 제멋대로인 소재를 고르는 게 좋아요. 어떤 뚜렷한 감정을 격하게 불러일으키는 소재야말로 타인의 마음을 움직일 수 있는 열쇠가 될 가능성이 높아요.

이 모든 장애물을 다 뛰어넘고도 가장 뛰어넘기 힘든 글쓰기의 벽이 있는데요. 바로 '내 안의 부끄러움'입니다. 내 이야기를 쓰는 것에 대한 두려움이 있는 거죠. 특히 에세이를 쓸 때 부딪히는 마음의 장벽입니다. 소설가는 자전적 이야기를 쓸 때조차도 일종의 객관적 거리를 둘 수 있어요. '실제의 나'와 '소설 속의 나'는 다르다는 사실을 알기 때문이지요. 어떤 면에서는 '소설 속의 인물'과 '실제 인물' 사이의 거리감을 잘 확보하는 것이야말로 소설가에게 꼭 필요한 균형 감각입니다. 하지만 에세이스트는 그만큼의 거리를 두기 어려워요. 에세이의 매력은 진솔한 나 자신과의 만남에서 시작되기 때문이지요. 에세이를 읽는 독자들이 가장 원하는 건 '솔직한 작가의 이야기'에서 시작되는 진솔한 고백의 힘입니다. 마음이 따뜻해지는 에세이, 누군가에게 감동을 주는 에세이의 특징은 바로 작가를 직접 눈앞에서 바라보는 듯한 생생한 현장감입니다. 그 사람을 만나지 못했는데도 마치 오랫동안 알고 지낸 사람처럼 느껴지는 것이죠. 에세이의 감동은 '내가 온갖 가면을 벗고 온전히 나 자신이 되는 순간'에 시작됩니다.

저는 《그때 알았더라면 좋았을 것들》이라는 책을 쓰며 에세이스트가 되는 통과의례를 단단히 치렀습니다. 나의 이야기를 쓸 때의 온갖 부끄러움과 머뭇거림, 망설임과 주저함을 속속들이 겪었지요. 그때 '에세이를 쓰는 슬픔'과 '에세이를 쓰는 기쁨'을 동시에 깨달았어요. 나의 이야기를 쓸 때는 어쩔 수 없이 내 모든 것이 발가벗겨지는 듯한 상실감을 맛봅니다. 하지만 어떤 가면도 액세서리도 걸치지 않은 나를 발견하는 기쁨이 더욱 컸어요. 그렇게 '가면을 벗는 기쁨'을 가장 크게 느낀 책이 바로 《마흔에 관하여》였습니다. 일단 제 나이를 강조하는 제목이 영 마음에 들지 않았지만 내 나이 마흔 무렵이라는 시기 자체가 너무 중요한 글쓰기의 중심 테마였기에 도저히 나이를 숨길 수가 없었지요. 제 나이를 모르는 분들도 있는데, 굳이 그분들에게 제 나이를 강조하고 싶지는 않은 '가면의 자아'가 또 한 번 고개를 들었어요. 하지만 책 제목을 《마흔에 관하여》라고 짓고 나자 마음이 편해졌어요. 오히려 솔직하게 고백함으로써 제 나이에 대한 자의식에서 자유로워지는 느낌, 고백함으로써 오히려 더 이상 고백할 게 없어져 편안해지는 느낌이 참 좋았지요.

어느 순간 내 안에서 어떤 외침이 들리기 시작했습니다. '다 던져버려! 너를 던져야지! 너의 전체를 던져야만 해. 그래야만 좋은 글을 쓸 수 있어.' 평소 저의 목소리보다 더 깊은 내면의 목소리가 들려왔지요. 오랫동안 심리학을 공부하며 '에고와 셀프의 투쟁'을 겪어어온 내가 만들어낸 또 하나의 내 모습이에요. 인생의 모퉁이를 돌 때마다, 이 전환점을 지나면 내 인생이 완전히 달라지겠구나 싶은 예감이 들 때마다, 내 안에서 나를 일깨우는 더 강인하고 지혜로운 나의 모습이지요. 《마흔에 관하여》를 쓸 때 비로소 나를 완전히 던졌어요. 숨기고 싶은 내 나이도, 나의 실패한 연애도, 사랑했던 친구의 죽음도, 부끄러운 가족사도, 다 던져버렸어요. 그 순간 통쾌함과 해방감이 찾아왔어요. 또 한 번 새로 태어나는 느낌이었죠. 이제 다시는 《마흔에 관하여》 이전의 나로 돌아갈 수 없는 나를 발견했습니다. 그렇게 솔직한 글을 쓰는 지금의 나를 더욱 사랑하게 된 거예요.

용기를 내기 전에는 '과연 나에게 그런 용기가 있을까' 싶지요. 하지만 용기를 내어 일을 저지르고 나면 용기가 본래 나에게 있었던 게 아니라 그 일을 해냄으로써 그 용기가 나에게서 태어났다는 걸 깨닫게 됩니다. 용기를 내어 내 그림자를 털어놓자, 부끄러움보다는 비밀의 감옥에서 탈주한 짜릿함이 더욱 컸어요. 게다가 그 고백의 용기는 독자를 위한 간절한 소통의 열망에서 우러나온 것이었어요. 저는 제 삶의 이야기를 일상에서 잘 털어놓지 못해요. 친한 사람을 만나도 그 사람의 이야기를 들어주는 게 더 좋고요. 제 이야기를 고백하는 건 꺼립니다. 내성적인 성격 때문이기도 하고, 내 이야기를 말하는 것보다 타인의 이야기를 들어주는 걸 더 좋아하기 때문이기도 해요. 하지만 글쓰기를 할 때는 독자와의 소통이 제1과제가 됩니다.

글을 쓸 때 저는 잠시 내성적인 나를 내려놓아요. 내면의 방에 웅크리고 있는 나를 꺼내서 벼랑 끝에 몰아세워 세상 밖으로 날아가게 해주고 싶습니다. 창공을 날아오르는 새가 되어 제가 알지 못하는 세계 너머까지 가로지르고 싶습니다. 내가 알지 못하는 세계, 가장 닿고 싶은 세계는 독자의 마음속이거든요.

글쓰기는 저에게 그토록 소중한 자유를 주지요. 그러니까 글을 쓸 때 저는 얼마든지 망가지고 비밀이 탈탈 털려도 괜찮습니다. 제 문장이 여러분의 마음 깊숙한 슬픔의 바다에 가닿아 아픔을 어루만지고 삶을 토닥이면 좋겠어요. 그렇게 저와 여러분은 더없이 정겨운 친구가 될 테니까요. 아무리 멀리 있어도 글을 쓰고 읽으며 우리는 연결되어 있다는 느낌을 받아요. 제 글이 누군가의 마음을 대신 고백해주었다면 그렇게 우리는 또 서로 연결되지요. 그 느낌이 주는 못 말리는 중독성 때문에 저는 아직도 이 험난한 글쓰기의 여정 위에 기쁜 마음으로 서 있습니다. 오늘도 걷습니다. 때로는 뛰고 때로는 날아오릅니다.

아직 저는 여러분의 마음속으로 숨어 들어가는 가장 매끄러운 지름길을 찾지 못했기에, 더 깊이 공부하고 더 쓰라리게 아파야만 여러분의 마음속으로 들어갈 수 있을 것 같습니다. 지금까지 많은 아픔을 겪었지만 더 많은 아픔이 저를 공격해도 괜찮습니다. 제 문장의 날개가 독자의 마음으로 날아가는 그 길 위로 사뿐히 날아오를 수만 있다면. 여러분의 지친 어깨 위에 제 문장의 따스한 날개가 닿을 수만 있다면.

매일 더 나은
자신을 만나는 길

글쓰기 강연을 할 때 자주 받는 세 가지 질문이 있어요. 첫 번째 질문은 '글쓰기가 왜 즐거운가'라는 것입니다. "선생님, 글쓰기가 정말 즐거우세요? 힘들기만 할 것 같아요. 저는 글을 잘 쓰고는 싶은데 흰 종이만 봐도 공포스러워요." 물론 저도 흰 종이의 공포와 텅 빈 컴퓨터 화면의 두려움을 느낍니다. 글쓰기의 기쁨이 오직 순수한 행복으로만 이루어진 건 아니지요. 굳이 비율을 따지자면 글쓰기의 기쁨보다는 고통이 더 큽니다. 그런데 고통 속의 희열이라는 측면에서 보면, 글쓰기는 매우 복잡하면서도 다채로운 자기발견의 기쁨을 주는 마음챙김의 몸짓입니다. 마음을 다해 글을 쓰다보면 내가 몰랐던 나에 대해서도 알게 되고, 가슴 깊숙이 숨겨둔 상처와 대면하여 나를 치유하는 기쁨도 누립니다. 마음을 표현하는 글쓰기는 걱정거리와 아픔으로부터의 거리 두기에 확실히 도움이 됩니다. 글을 전혀 쓰지 않았더라면 저는 성질이 급하고 편협하고 자신을 돌볼 줄 모르는 사람이 되었을 것 같아요. 작가가 되지 않아도 글쓰기는 삶에 분명히 도움이 됩니다. 글을 잘 쓰는 사람들은 언제 어디서나 자신의 최선의 모습을 발견해낼 수 있는 내적 힘을 지니고 있지요.

두 번째 질문은 '나는 과연 재능이 있는가'에 대한 조바심에서 우러나옵니다. "저에게 재능이 없을까 봐 두려워요. 선생님은 처음부터 재능이 있지 않았나요? 재능은 타고나는 것 아닌가요?" 물론 어린 시절부터 재능이 돋보이는 사람도 있어요. 하지만 '작가로 살아가는 일'은 재능의 문제를 뛰어넘어 '계속 글을 쓰며 살아간다는 일'에 대한 엄청난 열정을 필요로 합니다. 때로 열정은 재능의 결핍을 뛰어넘어 기적을 가져오기도 합니다. 매일매일 포기하지 않고 '내 꿈이 있는 그 자리'에 있는 사람만이 재능을 실현할 수 있습니다. 학창 시절에 백일장을 휩쓴 친구들이 훗날 모두 작가가 되지는 않잖아요. 저는 백일장에서 상을 거의 못 받았어요(웃음). 표가 되지도 않아요. 저는 재능을 과대평가하는 문화를 좋아하지 않습니다. 오히려 남들의 눈에 띄지 않고 혼자 조용히 글쓰기를 진심으로 좋아하는 사람이 더 오래 더 끈기 있게 작가의 길을 걸어가는 경우가 많습니다. 재능은 발굴되기도 하지만 꾸준히 연마되고 제련되지 않으면 긁지 않은 복권에 그치고 맙니다. '나는 글쓰기에 재능이 있다'라는 자만심보다는 '나는 매일매일 글을 써야 하고, 글을 써야만 진정으로 깨어 있을 수 있다'라는 간절함이 작가의 힘입니다.

세 번째 질문은 '창조성'에 관한 것입니다. "어떻게 글쓰기의 영감을 얻으시나요? 창조적 글쓰기의 원천은 무엇인가요?" 창조성은 절실함과 관찰력의 하모니에서 나온다고 저는 생각해요. 내 안의 간절함과 끈질긴 관찰력이 아름다운 하모니를 이룰 때 창조적 아이디어가 피어오릅니다. 내가 글을 쓰고 누군가 내 글을 읽어준다는 것, 내가 결코 정체되지 않고 매일 조금씩 성장하고 있다는 것에서 느끼는 기쁨도 큽니다. 무엇보다도 글쓰기 자체에서 느끼는 내적 희열이 창조성의 결정적인 동력입니다. 저는 글을 쓸 때마다 내가 더욱 진정한 나 자신에 가깝게 되어간다는 짜릿한 희열을 느낍니다. 글을 쓸 때 저는 좀 더 따스하고 열정적이며 자신을 사랑하는 존재로 탈바꿈합니다. 강의하는 나, 방송하는 나, 길을 걷는 나, 밥을 먹는 나, 피아노를 치는 나, 첼로를 연주하는 나, 친구들과 수다 떠는 나, 그 모두가 나이지요. 하지만 저는 글 쓰는 나를 가장 사랑해요.

제가 초등학생 때 왕따를 당했던 경험에 대해 글을 썼을 때, 독자들은 저에게 편지를 보내며 함께 아파해주었습니다. "선생님, 저도 왕따를 당한 경험이 있어요. 그 아픔이 영원히 치유되지 않을 것만 같았지요. 하지만 선생님이 왕따의 상처를 스스로 극복하는 과정을 글로 보여주셔서 저도 용기를 얻었답니다." 이런 편지를 받았을 때 저는 글쓰기가 타인의 아픔을 어루만지는 따스한 손길이 될 수 있음을 깨달았습니다. 아픔이 두려워 도망치기만 하면 상처와 대면할 수도, 상처를 치유할 수도 없습니다. 내가 진심으로 마음을 열고 내 아픔을 치유하는 과정을 글로 썼을 때, 독자들은 깊은 친밀감으로 내 글과 삶 속으로 성큼 들어와주었어요. 이렇듯 저에게 글쓰기는 '매일, 더 나은 자신이 되어가는 길' 위에 서 있는 일입니다. 아픔을 두려워하지 않고 아픔을 온전히 끌어안을 때, 우리는 아픔조차 자신의 소중한 일부임을 깨닫는 더 깊고 커다란 나 자신과 만날 수 있어요. 우리가 글을 쓸 수 있어 얼마나 다행인가요. 실수투성이 어제의 나에 머물지 않고, 조금 더 지혜롭고 강인한 오늘의 내가 될 수 있으니까요.

외롭고 힘들지만
마침내
　내가 되는 길

　　가끔 독자들에게 이런 질문을 받습니다. "작가님, 매일 글을 쓰면 지치고 힘들지 않으세요?" "늘 밤잠을 설쳐가며 글을 쓰면 글쓰기가 싫어질 때도 있지 않나요?" "기대만큼 인정받지 못하거나 비판받을 때 글쓰기를 그만두고 싶지 않나요?" 질문을 받을 때마다 가만히 되돌아봅니다. 글쓰기가 너무 외롭고 힘들어서 포기하고 싶을 때가 있지는 않았는지 생각해봅니다. 다행히 그것은 글쓰기의 문제가 아니라 나의 문제입니다.

　　저는 기대만큼 해내지 못하는 나 자신이 싫을 때는 있어도 글쓰기 자체가 싫을 때는 없었습니다. 물론 언제든 글이 술술 써진다면 얼마나 좋을까요. 아이디어가 떠오르지 않을 때도, 내가 어렵사리 떠올린 모든 아이디어가 내 마음에 들지 않을 때도, 계속 써야 한다는 것이 문제이지요. 그럼에도 다행히 글 쓰는 일이 싫어진 적은 없습니다. 글이 잘 안 풀리는 상황이 싫거나, 충분히 준비하고도 잘 해내지 못하는 나 자신이 싫은 적은 있지만요. 오히려 글쓰기 자체는 나이가 들수록 더 아름답고 신비로운 내면의 모험으로 다가옵니다. 자음과 모음의 결합만으로도 인간의 마음을 따스하게 또 얼어붙게 만들고, 치유하고 아프게도 한다는 것이 여전히 놀랍습니다.

글쓰기의 과정은 머릿속에서 지진이 일어나는 것과 비슷합니다. 오래오래 생각의 지표면 아래 들끓던 엄청난 온도의 마그마처럼 글쓰기의 아이디어는 마침내 의식과 검열이라는 두꺼운 지층을 뚫고 이 세상 밖으로 폭발하곤 합니다. 물론 실제 지진과는 달리 머릿속에서 일어나는 글쓰기라는 지진은 그 이전보다 그 이후가 더 좋아지는 체험입니다. 머릿속의 지진, 글쓰기라는 사건이 발생하고 나면 더욱 상쾌해지고, 아픔이 오히려 치유되고, 이전보다 훨씬 좋은 내가 되어 앞으로 나아가게 해줍니다.

몇 년 전, 제 책의 독자들과 함께 유럽으로 글쓰기 여행을 떠났는데요. 제가 가장 좋아하는 글쓰기와 여행을 하나로 합쳐놓으니, 천국에 있는 것처럼 좋을 줄 알았지만 엄청난 강행군이었어요. 아침에 일찍 일어나서 독자들과 북 토크를 하고, 낮에는 도시에서 도시로 이동하며 부단히 여행을 하고, 밤에는 글쓰기 세미나를 하는 살인적 스케줄을 제가 짜놓고도 체력의 한계를 느꼈습니다. 그런데 버스에서도 노트북을 켜놓고 글을 쓰는 저를 보고 독자들이 걱정했지요. "선생님, 흔들리는 버스 안에서 계속 글을 쓰시면 많이 힘들 것 같아요." "눈이 나빠지지 않을까요?" 물론 힘이 들고 눈이 나빠지지만 저는 그 시간을 무척 사랑합니다. 여러 사람과 이야기를 나누는 사회적 활동을 하다가 문득 오롯이 나 자신이 되는 느낌, 누군가에게 반드시 도움이 되어야 하는 존재가 아니라 잠시만이라도 그저 투명한 나 자신이 되는 느낌이 좋았던 거예요.

독자들은 또 이렇게 물었어요. "작가님, 버스 안에서 계속 글을 쓰시는 거 보고 너무 놀랐어요. 잠도 안 주무세요?" 당연히 졸음이 쏟아지죠. 하지만 졸음을 참고 잠깐 내 안에서 떠도는 문장을 글쓰기의 그물로 건져 올리는 기쁨이 너무 큽니다. "그렇게 쉬지 않고 글을 쓰면 괴롭지 않으세요?" 이 질문에 저는 저도 모르게 전광석화와 같이 이렇게 대답했습니다. "글을 쓰지 못하는 순간이 더 괴롭거든요. 글을 쓸 수 있는 순간은 누가 뭐래도 행복하지요." 제가 말해놓고도 저의 재빠른 반응 속도와 대답의 내용에 놀랐어요. 정말 그랬지요. 글을 쓸 때 느끼는 고통보다는 글을 쓰지 못할 때 느끼는 고통이 훨씬 크기 때문에 저는 어떤 순간에도 글을 쓰고 싶어 했다는 사실을 깨달은 것입니다.

영감의 언어가 떠오르는 건 서랍 속에 쟁여둔 물건을 찾는 일이기보다 바닷가 모래밭에 떨어진 진주를 찾는 일에 더 가깝습니다. 생각의 서랍 속에 차곡차곡 넣어둔 아이디어들을 곶감 빼 먹듯 차례대로 꺼내서 쓸 수만 있다면 얼마나 좋을까요. 하지만 글쓰기의 실전은 그와 다릅니다. 글쓰기는 매번 다른 목표를 필요로 하고, 남들이 좋다는 그 길이 괜찮은가 싶어 그 길을 따라가다 보면 모방의 유혹이나 매너리즘에 빠지기도 쉽습니다. 책을 많이 읽는다고 영감의 별똥별이 마구 떨어지는 것도 아니고, 경험을 많이 한다고 아이디어가 번뜩 떠오르는 것도 아닙니다. 다만 계속 포기하지 않는 것, 악평을 듣더라도 굴하지 않고 꿋꿋이 그다음 글쓰기를 시작하는 것, 되든 안 되든 최대한 자주 글을 쓰는 것, 글쓰기를 숨 쉬듯이 자연스럽게 계속한다는 것, 그 자체가 중요합니다.

저는 오늘도 글쓰기라는 내면의 청진기로 마음 구석구석에서 울리는 아우성을 듣습니다. 때로는 슬럼프에 휘둘리기도 하고, 때로는 주변의 우환과 내 안의 울화병에 시달리기도 하면서, 매일매일 더 나아지고 있습니다. 매일 글을 읽고 쓰며 지금 여기에서 생생히 살아 있다는 사실을 선연하게 느낍니다. 이것만큼 기쁘고 눈부신 내면의 축복이 또 있을까요.

글 쓰는 일의
희로애락

왜 글쟁이가 되었냐고 가끔 스스로에게 묻곤 합니다. 그때마다 조금씩 다른 대답들이 생각나지만 그 수많은 대답을 이리저리 그러모으면 이렇게 갈무리가 될 것 같습니다. 나는 아직 글 쓰는 일의 희로애락을 속속들이 구구절절 사랑하기 때문이라고. 글쓰기의 기쁨이나 즐거움뿐만 아니라 글쓰기의 슬픔과 고통까지 사랑하기에 아직 나는 나다움을 지켜낼 수 있다고.

첫째, 희喜. 글 쓰는 일의 기쁨은 너무 많아서 일일이 헤아리기 어렵습니다. 처음 평론가로 데뷔했을 때는 '네 글이 참 좋다'라는 칭찬에 목이 말라, 아주 조금이라도 좋은 평가를 해주는 사람이 있으면 속도 없이 벙싯거렸습니다. 하지만 지금은 글 쓰는 일로 인해 맺게 된 인연의 기쁨이 훨씬 큽니다. 제 책을 읽어준 독자들, 글을 쓰고 책 만드는 일을 하면서 알게 된 뜻밖의 인연들, 모두가 저에게 우정과 배려의 소중함을 일깨워줍니다.

둘째, 로怒. 글을 쓸 때 화가 나는 이유는 주로 나 자신 때문입니다. '왜 좀 더 열심히 미리 준비해놓지 않았을까' 하고 마감이 다가올 때마다 엄청난 스트레스를 받습니다. 물론 늘 최선을 다하려고 애쓰지만 항상 '이보다 더한 최선도 있을 텐데' 하는 끝도 없는 욕심이 고개를 듭니다. 또 제 글의 진의를 파악하지도 않은 채 온갖 인신공격성 악성 댓글을 남기는 사람들에게도 가끔 화가 납니다. 하지만 그런 분노는 빨리 털어낼수록 좋습니다. 분노가 엄습해올 때마다 얼굴도 모르는 사람들을 미워하는 일의 부질없음을 깨닫곤 합니다. 항상 내 글을 소중하고 귀하게 읽어주는 사람들의 얼굴을 떠올리며 뼈아픈 분노를 씻어내곤 합니다. 분노 자체는 나쁘지요. 하지만 분노를 삭이고 털어내며 매번 다시 일어나는 과정에서 조금씩 나 자신의 한계를 극복할 수 있습니다.

셋째, 애哀. 글 쓰는 일의 슬픔은 워낙 다채로워서 이 이야기를 시작하면 밤을 지새울 수도 있습니다. 정말 최선을 다해 글을 썼지만 내 마음이 독자에게 제대로 전달되지 않을 때, 아무리 애를 써도 내 머릿속에 있는 글감의 얼개가 글로 표현되어 나오지 않을 때, 내 재능과 노력의 부족을 탓하게 되고 스스로 작아지는 느낌이 듭니다. 꿈을 꾸다가도 벌떡 일어나 글의 소재가 될 만한 것을 비몽사몽간에 메모해놓지만, 다음 날 아침 깨어나서 메모를 보면 도대체 무슨 소리인지 알 수 없을 때도 있지요. 항상 만성 두통과 불면증에 시달리는 건 작가 대부분이 겪는 삶의 비애입니다. 글을 쓰다보면 생활의 리듬뿐만 아니라 안정적 생계유지도 어렵기 때문에 부모님이 글쓰기를 반대하셨을 때 저도 글쓰기를 그만둘 뻔한 순간이 있었지요. 하지만 재능과 환경을 탓하지 않았기로 굳게 마음먹었어요. 아주 조금씩이라도 매일 하루도 빠짐없이 글을 쓰는 습관을 포기하지 않음으로써, 오늘도 이 모든 슬픔의 터널을 무사히 통과해나가고 있습니다.

넷째, 락樂. 사자성어 희로애락 중에서 '즐거울 락樂'이 맨 끝에 있는 것이 참 좋습니다. 희로애락을 순서대로 생각해보면 그것이 인생의 기승전결이 아닐까 싶습니다. 기쁘다가도 노엽고, 노엽다가도 슬프지만, 슬프다가도 결국 즐거울 수 있는 것이 인생 아닐까 싶어요. '기쁠 희喜'의 감정이 다소 순간적이고 주관적이라면, 즐거움은 좀 더 오래가는 행복과 긍정의 느낌이 아닐까요. 글을 쓰다보면 편집자와 의견이 맞지 않거나, 독자들의 반응 때문에 속병을 앓을 때도 있지만, 결국 우여곡절 끝에 온갖 마음고생을 다 거쳐 제가 쓴 글이 책으로 묶여 나오면 작은 잔

치라도 벌이고 싶은 기분이 듭니다. 옛날 서당에서 책거리를 하는 심정으로, '드디어 책 한 권을 다 썼습니다'라고 소중한 이들에게 감사 편지라도 보내고 싶어집니다. 너무 호들갑스러운 몸짓인 것 같아 자제하고는 있지만요. 글 쓰는 일의 진정한 쾌락은 내가 맺은 인연, 나를 진정 알아주는 사람, 내 글을 소중히 여겨주는 사람들에 대한 무한한 감사에 있습니다. 글을 쓰게 된 이후로 저는 아주 잠깐 스쳐가는 인연의 소중함을, 아주 오래전 마주쳤던 사람들의 애틋함을, 더 오래 더 깊이 기억하는 사람이 되었습니다. 글을 쓸 수 있기에 저는 더욱 강인하고 따뜻하면서도 정많은 사람이 되어가고 있습니다. 글쓰기를 통해 우리는 타인을 더 깊이 사랑할 길을 찾을 수 있게 됩니다. 저에게 글쓰기는 '나의 삶 자체가 타인에게 선물이 되는 법'을 꿈꾸는 길입니다. 한 문장이 누군가를 미소 짓게 할 수 있다면, 한 문장이 누군가의 고단한 등을 쓸어주는 따스한 손길이 될 수 있다면, 그것이야말로 글쓰기의 가장 커다란 기쁨이 아닐까 싶습니다.

베스트셀러 작가의
기쁨과 다짐

　　문학평론가가 되어야겠다거나, 작가가 되어야겠다고 확실한 결심을 한 건 아니었어요. 어린 시절부터 막연하게 '글을 쓰며 살아가는 사람'이 되고 싶다는 생각을 했습니다. 그런데 어른이 되어보니 '글만 쓰며 살아간다는 것'이 얼마나 힘든 일인지 알겠더군요(웃음). 어쩌면 고등학생 시절부터 지금까지 해온 고민은 '글을 쓰면서도 버틸 수 있는 삶'이었을지도 모르겠어요. 글만 쓰며 살아가기는 힘드니, 글을 쓸 수 있게 해주는 다른 일들, 강의나 번역 같은 일을 계속했지요. 평론의 형식이 아니라 제 마음을 툭 터놓고 '나'를 주어로 쓰는 에세이 형식의 글이 저에게 잘 맞는 글쓰기라는 사실을 스스로 깨닫는 과정이었습니다.

정말 쓰고 싶은 내용은 따로 있는데, 원고 청탁은 정작 그것과 전혀 상관없는 것일 때가 있었어요. 내가 쓰고 싶은 글을 쓰기 위해서는 결국 나의 글을 쓸 수 있는 나만의 공간을 만들어야 하는데, 그건 단지 물리적 공간이 아니라 심리적 공간이기도 해요. 남들이 써달라는 글이 아니라 내가 진정으로 쓰고 싶은 글을 항상 준비하고, 어떤 상황에서도 그 글을 써야겠다는 의지가 필요한데, 그 첫 마음을 지켜나가기가 참 힘들었어요. 돌이켜보면 그 고뇌의 시간이 저를 조금은 철들게 해주었던 게 아닌가 싶습니다.

제가 쓴 책 중 단행본으로 가장 많은 쇄를 찍은 책은 《내가 사랑한 유럽 TOP10》이었지요. 제 생애 최고의 멘토이신 문학평론가 황광수 선생님께서 《내가 사랑한 유럽 TOP10》이 베스트셀러 종합 1위를 했다는 기사를 보시고는 가장 먼저 전화를 걸어주시며 이렇게 말씀하셨습니다. 문학평론가가 이런 책을 쓰다니, "지구를 한 바퀴 도는 홈런!"이라고. 정말 과분한 칭찬이었지만 제 일을 저보다 더 기뻐해주신 선생님의 따뜻한 진심이 '물먹은 별'처럼 가슴에 콕 박혀 먹먹한 심정이었지요. 황광수 선생님은 제가 가장 심한 슬럼프에 빠져 있었을 때조차도 '문학평론가가 되길 참 잘했다'라고 생각하게 만들어주신 분입니다. 평론도 창조적 작품이 될 수 있다고 늘 용기를 북돋아주신 분이기도 합니다.

　그런데 역시 예상은 했지만 '너무 상업적 출판 아니냐'라는 시선에 힘이 들었습니다. 저는 기존 작업과 다를 게 없이 책을 펴냈고, 그저 묵묵히 글을 썼을 뿐 관계자들과 미팅 한번 해본 적이 없습니다. 출판사 편집자를 만난 것이 전부입니다. 《내가 사랑한 유럽 TOP10》이 문학적 글쓰기의 일환이었기 때문에 참여한 것이지 문학과 상관없는 일이라면 아예 시작도 하지 않았을 거예요. 하지만 책을 읽어보지도 않고 책 표지와 목차나 베스트셀러 순위 기사만 보고 비난하는 사람들 때문에 가슴이 아팠어요. 아주 작은 바람이 있다면, 어떤 책이든 우선 제대로 읽어보시고 비판해주셨으면 합니다. 《내가 사랑한 유럽 TOP10》이 받은 뜨거운 사랑에 비하면 그런 비난은 제가 감수해야만 하는, 그리고 감수할 수 있는 아픔이었지만요.

　베스트셀러 작가로 알려지고 나서 아무 꾸밈 없이 기뻤어요. 슬플 때나 기쁠 때나 저를 조건 없이 아껴준 사람들을 기쁘게 해줄 수 있어서 더욱 기뻤어요. 제가 왜 문학을 공부하는지, 왜 끝도 없이 실용성이 극도로 떨어지는 글을 쓰는지, 가장 이해하기 힘들어하셨던 엄마가 제 글을 드디어 이해해주셔서 기뻤지요. 원래 기쁠 때도 마음껏 기뻐하지 못하고 슬플 때도 마음껏 슬퍼하지 못하는 성격이었지만, 그때는 아무런 복잡한 감정 없이 기뻤습니다.《내가 사랑한 유럽 TOP10》은 제가 가장 사랑하는 여행이라는 주제로 제가 가장 쉼 없이 자발적으로 지속해왔던 글쓰기를 통해 독자들의 사랑을 받는 것이 얼마나 행복한 일인지를 깨닫게 해주었죠.

《내가 사랑한 유럽 TOP10》은 잠재적 독자의 승리라고 생각합니다. 유럽여행을 꿈꾸는 분들이 투표로 뽑아주신 여행지를 목차로 만들었고, 저는 독자의 목마른 질문에 대답하고 독자의 간절한 편지에 답장하는 기분으로 글을 썼어요. '정보 중심의 여행서'와 '감성 중심의 여행서'의 이분법을 뛰어넘어 '인문학의 향기가 넘치는 여행 에세이' '그 자체가 문학적 글쓰기가 되는 여행기'를 쓰고 싶었거든요.《내가 사랑한 유럽 TOP10》은 문학과 독자와 여행의 삼각관계가 만들어낸 깊은 우정의 산물이었습니다.

독자들이 어떤 부분에 공감했을까 생각해보니, 안 그래도 어디론가 훌쩍 떠나고 싶은 마음에 제대로 불을 지른 것 같아요(웃음). 불씨는 이미 오래전부터 타오르고 있었는데 제가 본의 아니게 기름을 부어버렸는지도 모르겠어요. 여행을 떠나는 순간은 참으로 설레고 벅차지만, 여행을 가고 싶어도 못 가는 순간은 참 괴롭고 서럽잖아요. 떠날 수 있을 때 여행은 행복의 뿌리이지만 떠나지 못할 때 여행은 슬픔의 뿌리이죠.《내가 사랑한 유럽

TOP10》은 행복과 슬픔의 경계 지대 어딘가를 아련하게 건드려 준 것 같아요. 당장이라도 유럽의 밤 열차에 오르고 싶은 충동과 지금 떠나지 못하는 갑갑함의 언저리를 건드려버린 것 같아요. 그래서 뿌듯하기도 하고 살짝 죄스러운 마음도 듭니다(웃음). 가뜩이나 떠나고 싶은 마음에 활활 불을 지펴드렸으니까요.

하지만 베스트셀러를 내면 또 다른 베스트셀러를 내야 한다는 압박감에 시달리게 되더군요. 그건 정말 경계해야 할 감정이었어요. 저는 베스트셀러 작가라는 틀에 얽매인 글을 쓰고 싶지 않아요. 많은 사람의 아픔을 보듬는 글, 슬픔에 빠진 사람들에게 조금이라도 위안을 주는 글을 쓰고 싶어요. 항상 그래왔지만 요즘은 더욱 절실해집니다. 눈에 잘 띄지 않는 곳에서 세상을 조금이라도 더 낫게 더 밝게 만들기 위해 고군분투하시는 분들의 이야기를 써보고 싶어요. 현대인의 고통의 뿌리를 파헤치면서 단지 힐링만을 외치지 않고 아픔의 근원을 직시하고 치유하는 길을 모색하는 글을 써보고 싶습니다. 새로운 삶의 형태를 제시하는 생태기행이나 공동체 탐방도 꿈꾸고 있지요.

오해받고
비판받을
준비를 하자

글을 쓴다는 것은 항상 오해받을 준비를 한다는 뜻이기도 합니다. 비판받을 준비도 해야 합니다. 아무리 최선을 다해 표현해도 독자들은 자신이 읽고 싶은 정보만을 읽거나, 읽은 문장에 대해서도 심각하게 오해할 수 있기 때문입니다. 때로는 너무 자주 오해받다 보니 한동안 침묵을 해야 하나 심각하게 고민할 때도 있지요. 하지만 이런 어두운 유혹에 굴복해서는 안 됩니다. 열정적으로 글을 쓰는 작가에게 가장 무서운 적은 슬럼프가 아니라 타인의 오해 때문에 차라리 침묵해야겠다는 자기비하의 감정입니다. 오해는 잠깐의 사고일 뿐 결코 나의 글쓰기에 대한 열망 자체를 꺾을 수도 없으며, 타인의 오해나 비난이 나의 인생

전체를 좌우할 수도 없습니다.

이렇게 독자들의 오해와 비난 때문에 힘들 때는 좋은 책을 읽으며 마음을 달래봅니다. 니콜 크라우스의 소설 《사랑의 역사》 속에는 오직 손짓만으로 의사소통하던 '침묵의 시대'에 대한 아름다운 묘사가 펼쳐집니다. 손가락과 손목의 섬세한 뼈를 이용한 무한한 조합의 동작만으로, 인간은 모든 의사 표현을 해낼 수 있었다고 합니다. 침묵의 시대에 사람들은 오히려 지금보다 훨씬 더 의사소통을 많이 했다고 하지요. 모든 손짓에 제 나름의 의미가 있었고, 모두가 살아 있는 한 늘 손짓을 통해 말하고 있었으므로, 사랑하는 사람을 위해 손으로 요리를 하기만 해도 사랑은 저절로 전해졌던 것입니다.

침묵의 시대에는 손짓만으로 의사 표현을 하다보니 오해도 자주 생겼기 때문에, 사람들은 언제나 오해가 발생할 수 있음을 잊지 않고 더 자주 사과하고 오해를 풀려고 노력했습니다. 그저 코를 긁으려고 손가락을 올렸는데 그때 하필 연인과 눈이 딱 마주친다면, 상대방은 '당신을 사랑한 게 잘못임을 이제 깨달았어'라는 뜻의 손짓 언어로 오해할 수도 있었지요. 그러니까 '용서해줘, 난 그저 코를 긁었을 뿐이야, 당신을 사랑한 것을 절대 후회하지 않아'라고 표현할 수 있는 손짓 언어도 함께 발달했다고 합니다. 그리하여 오해를 풀고 용서를 구할 때의 손짓은 가장 단순한 형태로 진화했다고 해요. 사랑하는 사람에게 말해야 할 가장 중요한 메시지를 표현할 때는 오직 한 손바닥을 펼치기만 하면 되었지요. 그 손짓은 '용서해줘'라는 말이었습니다. 어쩌면 소중한 이에게 '사랑한다'라는 말보다 더 꺼내기 어려운 말은 '용서해줘'가 아니었을까요. 니콜 크라우스가 묘사한 침묵의 시대에 사는 사람들은 용서와 미안함을 더 자주 표현하면서 지금보다 더 순하고 평화롭게 사랑을 이루며 살아간 것이 아닐까요. 침묵할 때 가장 오해가 덜했다는 니콜 크라우스의 이야기를 읽다보니, 어쩌면 의사소통 자체가 오해를 단단히 각오할 때만 진정으로 실현될 수 있는 게 아닐까 싶습니다.

글을 쓸 때는 '항상 오해가 발생할 수 있다'라는 사실을 염두에 두고 쓰는 것이 좋습니다. 글쓴이가 최상의 표현을 추구해도 읽는 이는 언제든 오해할 수 있습니다. 예전에 '부모님과의 갈등으로 인해 빚어진 트라우마를 극복해야 한다'라는 취지로 쓴 저의 글이 엄청난 비난을 받은 적이 있습니다. 부모님의 과도한 기대와 집착으로 제 어린 시절이 오직 공부에 대한 강박으로 가득했다는 슬픔을 고백했는데, 댓글을 쓴 사람들은 '부모가 열심히 공부시켜서 좋은 대학에 보냈더니, 자식이 부모를 비난한다'라는 식으로 오해를 했습니다. 독자의 심각한 오해에 너무 가슴이 아팠지만 다음부터는 더욱더 '오해를 덜 할 수 있도록, 따스한 위로의 말들을 덧붙여야겠다'라는 생각이 들었습니다. 지금은 부모님과 아주 잘 지내고 있다는 것, 부모님의 사랑을 이해한다는 것을 계속 표현해야 사람들은 오해를 덜 할 것입니다.

글을 쓴다는 것은 항상 오해의 가능성이 가득한 거대한 침묵의 바다 위를 홀로 노 저어 간다는 것입니다. 그리하여 무시무시하게 고독할 때가 있습니다. 모두가 나를 오해할 준비가 되어 있는 듯한 슬픈 환상에 빠지기도 합니다. 하지만 다행히도 저는 아직 괜찮습니다. 비난의 댓글에 무너지지 않고 여전히 제가 쓰고 싶은 글을 쓰잖아요. 우리는, 글 쓰는 사람들은, 그렇게 쉽게 무너지지 않습니다. 오해할 준비가 된 독자들의 냉정한 비난보다는 더 좋은 글을 쓰고 싶은 나의 열망에 초점을 맞춰야 합니다. 그 깊고 쓰라린 오해의 늪을 무사히 건너면 더 깊은 이해와 공감의 땅에 다다르기 때문입니다. 모든 창조적 작업을 꿈꾸는 크리에이터들이여, 타인의 악의적 댓글에 무너지지 말기를. 기꺼이 오해받을 준비, 언제든 비판받을 준비를 하되, 마침내 이해받고 공감받을 준비를 합시다. 결국 오해보다는 이해가, 비난보다는 공감의 힘이 끝내 더 오래가는 것이니까요.

글을 쓸 때
가장 슬픈 순간

글쓰기 강연을 할 때 가장 가슴 아픈 질문 중 하나가 이것입니다. "작가님, 저도 글을 쓰고 싶어요. 그런데 작가로 살면 과연 먹고살 수 있을까요." 저는 솔직히 힘들다고 대답하지만, '글쓰기로 먹고살 수 있는가'보다 '글을 쓸 수 없다면, 과연 살 수 있는가'가 중요하다고 이야기합니다. 저는 20여 년간 글쟁이로 살며 늘 '원고 청탁이 끊어지면 어떡하나'라는 걱정을 공기처럼 흡입하며 살았지만, 글을 쓰지 못하면 도저히 살 수 없을 것 같아서 글쓰기를 그만두지 못했습니다. 글쓰기에 대한 제 사랑이 좀더 환하고 해맑고 구김살이 없으면 좋으련만, 아직은 글쓰기가 '90퍼센트의 고통과 10퍼센트의 기쁨'이라고 고백할 수밖에 없습니다. 그럼에도 글을 쓰지 않고서는 도저히 살 수 없는 나를 알기에 포기하지 않고 글을 씁니다. 우리나라에서 글을 쓰며 살아가는 작가 대부분이 그럴 것입니다. 작가로서 이름이 알려져도 겹벌이를 하는 이들도 많고, 육아와 직장과 글쓰기를 병행하느라 몸이 열 개라도 모자란 여성 작가들도 많습니다.

글을 쓸 때 가장 슬픈 순간은 사랑하는 작가이자 동료를 잃어버릴 때입니다. 김금희 작가가 이상문학상 우수상 수상을 거부한 이후 이상문학상의 파행적 운영 방식이 알려졌지요. 그후 윤이형 작가의 절필 선언이 이어지면서 이상문학상 사태가 악화일로로 치달았습니다. 문학사상사는 이상문학상 수상작의 저작권을 3년간 출판사에 양도하고 해당 작품을 작가의 작품집 표제작으로 쓸 수 없으며 다른 단행본에도 수록할 수 없다는 계약 조항을 내걸었습니다. 수상 작가, 다른 작가의 항의와 독자들의 불매운동이 커지자 계약 조건을 전면 수정하고 공식 사과를 했지만요. 윤이형 작가의 절필 선언 이후 저는 잠을 이루지 못했습니다. 처음에는 '왜 문학사상사의 잘못으로 우리의 소중한 작가를 잃어야 하는가'라는 울분 때문에, 그다음에는 '출판사 대표는 왜 작가의 피맺힌 절규를 제대로 들어주기는커녕 이해조차 못 하는가' 하는 분노 때문에, 그 후 '우리가 사랑하는 윤이형 작가를 반드시 되찾아야 한다'라는 절박함 때문에 잠을 이루지 못했습니다.

그녀는 특별히 예민하거나 우울하거나 소설 쓰기가 싫어서 투쟁한 것이 아니었습니다. 너무나 소설을 쓰고 싶기에, 너무도 제대로 된 환경에서 글을 쓰고 싶기에, 자신의 모든 것을 걸고 싸웠습니다. 옳지 않은 일이 자행되는 환경 속에서 작가들이 고통받으며 글을 쓰는 것을 더 이상 참을 수 없기에 싸웠습니다. 저는 그리고 윤이형 작가의 소설을 사랑하는 사람들은, 아울러 문학을 사랑하는 모든 사람은, 윤이형 작가를 꼭 되찾아야 했습니다. 윤이형 작가의 다음 작품을 너무도 읽고 싶었습니다. 저는 글쓰기를 너무도 사랑하기에 글쓰기를 포기할 수밖에 없는 윤이형 작가의 절박한 심정을 이해했습니다.

얼마 전, 눈빛이 초롱초롱한 초등학교 5학년생이 엄마 손을 꼭 붙잡고 제 강연을 들으러 와서 이런 고백을 했습니다. "저도 작가님처럼 책을 아주 많이 쓰고 싶어요." 이 아이의 꿈을 험난하고 각박한 세상이 빼앗지 말았으면 좋겠습니다. 글을 쓰고 싶고 문학을 사랑하고 문학이 아니면 도저히 살아갈 수 없다고 느끼는 수많은 작가가 원고료 걱정 없이, 생계의 압박 없이 '글을 쓸 수 있는 자유'와 '좋은 출판사와 일할 수 있는 권리'를 누리며 살아가기를 바랍니다.

문학사상사뿐만 아니라 작가들의 저작권을 볼모로 삼아

그릇된 이익을 누리려는 모든 출판사 대표, 작가들을 몇만 부짜리로 환산하며 이익을 따지는 모든 출판사, 작가들의 뼈와 살이나 다름없는 원고료나 인세를 떼먹고 제때 지급하지 않아 단 한 번이라도 작가들의 눈에서 피눈물을 흘리게 한 모든 관계자는 각성했으면 합니다. 문학을 진심으로 아끼고 사랑하며 작가를 진정으로 존중하고 배려하는 출판사만이 훌륭한 문학상을 운영할 자격이 있습니다. 작가들이 속속 뜨겁게 연대하고 있습니다. 독자들도 깊이 절실하게 공감하고 있습니다. 우리는 더 이상 '이야기해봤자 너만 다친다'라는 선배들의 말을 듣지 않을 거니까요.

문학을 사랑하는 모든 독자, 책을 사랑하고 글쓰기를 사랑하는 모든 이가 이상문학상 사태를 주시했습니다. 윤이형 작가의 아픔에 공감하는 분들, 윤이형 작가의 다음 작품을 애타게 기다리는 사람들이 많다는 것을 알게 되어 기쁨의 눈물을 흘렸습니다. 예전에는 그녀가 뛰어난 아티스트이기에 그녀를 사랑했습니다. 그녀가 모든 것을 걸고 싸우는 눈부신 전사가 된 후 그녀를 더 좋아하게 되었습니다. 누구도 작가의 저작권을 좌지우지하지 못하는 세상, 누구도 작가의 인세를 빌미로 작가를 협박하지 않는 세상, 작가가 오직 글을 쓰는 것만으로도 바빠서 눈코 뜰 새 없는 세상, 그런 순수한 집중이 가능해지는 세상을 꿈꿉니다.

많은 것을 원하는 것이 아닙니다. 출판사들의 공정한 처우와 올바른 행동을 원하는 것뿐입니다. 작가들이 공정한 환경에서 일할 수 있는 세상이 펼쳐졌으면 좋겠습니다. 글쟁이들의 소박한 유토피아에서 더 많은 사람이 작가의 꿈을 이루었으면 좋겠습니다. 부디 이상문학상 사태 때문에 작가 지망생들이 글쓰기를 포기하지 않기를. 이 힘겨운 싸움이 '미래의 작가들이 제대로 글을 쓸 수 있는 세상'을 만들기 위한 것임을 절대 잊지 말아주기를.

저는 윤이형 작가가 지금도 목숨을 걸고 싸우고 있다는 것을 압니다. 글쓰기는 윤이형 작가에게 목숨과도 같은 것이기 때문입니다. 그녀의 소설을 한 번이라도 읽은 사람이라면 누구나 느낄 수 있을 것입니다. 글쓰기는 그녀의 목숨이고, 피눈물이고, 눈부신 삶이고, 끝나지 않는 사랑이라는 것을. 그러니 누구도 그녀의 투쟁에 대해 함부로 말하지 말았으면 합니다. 윤이형 작가의 모든 작품을 사랑할 수밖에 없는 저는, 그녀가 아직 쓰지 않았고 쓰지 않기로 한 모든 작품까지 사랑하는 저는, 그녀의 가슴 아픈 결정을 지지함으로써 그녀의 다음 작품을 기다리는 이 끔찍한 모순을 견뎌야만 하는 것입니다.

글을 쓸 때
가장 행복한 순간

〈그리운 마릴라 아주머니께〉라는 편지를 쓴 적이 있습니다. 갑자기 떠오른 글이었습니다. 마릴라의 입장이 되어 빨강 머리 앤에게 편지를 받고도 싶었고, 앤의 입장이 되어 마릴라에게 편지를 쓰고도 싶었습니다. 어린 시절에는 앤의 아픔에만 온통 날을 세우며 '앤을 괴롭히는 사람들은 가만두지 않겠다'라는 다짐을 하기도 했지만, 어른이 되니 앤에게 어느 날 갑자기 습격을 당한 것이나 마찬가지인 마릴라의 입장에도 공감할 수 있었지요. 마릴라는 언뜻 차갑고 이성적인 사람으로 보이지만 단단한 외피 속에 한없는 사랑과 끝없는 온기를 지닌 사람입니다. 앤이 마릴라의 마음속에 휴화산처럼 잠들어 있던 무한한 사랑의 욕망을 깨운 것입니다. 마릴라는 다른 인간을 너무 깊이 사랑하면 죄책감을 느끼는 금욕적인 사람이었습니다. 하지만 앤을 만난 후 마릴라는 자신의 마음속 깊이 잠들어 있던 작고 여린 존재에 대한 무한한 사랑의 감정을 깨닫습니다. 그런 마릴라에게 진심과 열의를 담아 편지를 쓰고 싶었습니다. 당신에게 참으로 고맙다고. 제가 마릴라에게 직접 편지를 쓰고 싶기도 했지만 마릴라는 앤의 편지를 더더욱 받고 싶었을 듯합니다. 그리하여 저는 앤이 되어 마릴라에게 편지를 썼습니다. 편지 쓰기가 재미있어서 앤의 끝없는 수다처럼 한없이 이어지는 기나긴 두루마리 편지를 쓰고 싶어질 지경이었습니다.

처음 초록색 지붕 집에 제 조그만 발을 들여놓았을 때 아주머니의 표정을 잊을 수 없답니다. 당황스럽고, 난감하고, 조금은 화가 난 것 같았던 그 표정. 한 번도 집을 가져본 적이 없었던 저는 설렘과 기대로 잔뜩 부풀어 있었거든요. 저 아름다운 초록색 지붕 집에 사시는 분은 아주 친절하고, 상냥하고, 다정다감한 분일 거라고. 아주머니의 첫 번째 표정을 보는 순간 저는 예감했지요. 나는 이곳에서도 사랑받을 수 없겠구나. 하지만 매튜 아저씨와 마릴라 아주머니와 초록색 지붕 집을 처음 본 순간 저는 깨달았어요.

나는 이곳과 이분들을 영원히 사랑하게 될 거라고.

쓸데없는 수다를 싫어하시고 차분하고 조용한 것을 좋아하시던 아주머니가 저의 끝날 줄 모르는 수다를 새벽부터 밤늦게까지 매일 들어주셨으니, 그것만으로도 아주머니는 천국으로 가는 티켓을 끊어놓은 것이나 다름없으세요. 그거 아세요? 저에겐 제 끝없는 이야기를 들어줄 사람이 필요했어요. 친구가 한 명도 없을 때도 거울에 비친 제 모습을 '코델리아'라는 이름의 친구로 만들어 제발 제 이야기를 들어달라고 애원했던 저잖아요. 초록색 지붕 집의 모든 것들, 아주머니가 손수 꾸며주신 침실, 직접 바느질해주신 이불, 제가 처음으로 입어본 그토록 정성 가득한 바느질로 재봉된 옷들, 아름다운 2층 다락방의 창문, 삐걱거리는 나무 바닥까지. 그 모든 것이 오늘의 저를 있게 한 기적 같은 축복이었답니다. 그 방에서 저는 저 멀리 다이애나의 방을 향해 촛불로 신호를 보내기도 했고, 수천 통이 넘는 편지를 쓰며 글쓰기 실력도 키웠고, 산수도 하고 작문도 하며 교사가 되기 위한 저의 꿈을 키워나갔잖아요. 초록집 지붕의 그 아름다운 다락방이 없었더라면 제가 과연 어떤 사람이 되었을지 상상할 수가 없답니다. 저에게 초록색 지붕 집의 다락방은 이 드넓은 세상을 향해 저만의 푸른 꿈을 펼칠 수 있는 아름다운 베이스캠프였답니다.

사랑하는 마릴라 아주머니께 저는 과연 어떻게 감사를 드려야 할까요. 제게 주신 모든 것들, 그 수많은 추억과 따스한 보금자리와 세상에서 제일 맛있는 쿠키와 차, 다이애나와 파티를 열 수 있는 자유, 초록빛 머리 염색을 했을 때도 화 한 번 내지 않으시고 제 얼룩진 머리카락을 예쁘게 잘라주셨던 일, 미치도록 맛있는 생애 첫 아이스크림을 먹을 수 있었던 소풍, 그리고 내가 아닌 누군가를 처음으로 사랑할 수 있는 기회를 주신 것. 이 모든 것들에 어떻게 다 감사의 마음을 표현할 수 있을까요. 저는 이제 어엿한 교사가 되었고, 저와 길버트를 닮은 아이들의 엄마가 되었고, 그리고 저만의 '방'을 넘어 '집'을 가지게 되었답니다. 지금 이렇게 마릴라 아주머니를 그리워하며 편지를 쓸 수 있는 이 시간, 이 공간이야말로 초록색 지붕 집의 그 아름다운 2층 다락방에서 키워온 제 어린 시절의 꿈이 드디어 이루어졌다는 증거랍니다. 사랑하는 마릴라 아주머니, 제가 얼마나 당신을 그리워하는지 아주머니는 모르실 거예요. 꼭 한 번만 더 아주머니를 안아드리고 싶은데. 초록색 지붕 집에서 매일 그 따스한 화덕에 빵을 구워

주시던 아주머니의 그 꼿꼿한 뒷모습을 있는 힘껏 꼭 안아드리고 싶습니다. 사랑해요, 마릴라.

〈그리운 마릴라 아주머니께〉 중에서

이 편지를 쓰며 정말 행복했습니다. 앤이 되어 마릴라에게 편지를 쓰는 것이 저의 오랜 열망이었나 봅니다. 누가 제시한 주제도 아닌데 내 안에서 불현듯 움켜쥐는 주제가 있습니다. 누구의 외적 자극 없이도 내 안에서 오랫동안 나도 모르게 꿈꾼 주제와 만날 때가 있습니다. 누구나 소설 속 주인공이 되어 그 소설 속 또 다른 주인공에게 편지를 쓰고 싶은 마음이 있지요. 잠시 내가 나임을 잊고, 나를 조금 닮았지만 나와 전혀 다른 사람, 이를테면 소설 속 인물과 대화하고 싶은 꿈을 이루어주는 것. 글쓰기가 가장 행복한 순간은 바로 이럴 때입니다.

내 안의 오랜 꿈을 이루어주는 것. 그 꿈을 이루기 위해서 조금 쑥스럽더라도 완전히 다른 나 자신이 되어보는 것. 그리하여 다정하게 타인에게 말 걸 수 있는 용기를 내보는 것. 그것이 글쓰기가 제게 가르쳐준 희망과 용기의 비밀입니다. 물론 글쓰기만으로 없던 집이 생기고, 잃어버린 사랑이 돌아오지는 않습니다. 하지만 모든 것을 잃었음에도 글을 씀으로써 여전히 살아 있는 나 자신과 만날 수 있습니다.

저는 글을 씀으로써 해맑은 나의 정신으로 살아 있는 한, 아직 희망이 남아 있음을 깨닫습니다. 이렇듯 글쓰기는 제 안의 오랜 꿈이 이루어지는 시간을 선물해주었지요. 복권에 당첨되거나 새 자동차를 사지 않아도 좋아요. 내 안의 오랜 꿈이 이루어진다는 것은 바로 '그땐 몰랐지만 지금은 알 것 같은 내 안의 또 다른 나, 더 눈부신 나'와 만나는 일이기도 합니다. 글쓰기야말로 지금 우리가 당장 이룰 수 있는 오랜 꿈의 실현법입니다.

나만의 스타일을
만들기 위하여

부모는 재능이나 장점만을 물려주는 것이 아니라 상처와 결핍, 트라우마와 콤플렉스까지 자녀에게 물려줄 수 있다. 다행히 우리에게는 이 트라우마의 유전자 사슬을 끊어낼 힘이 있다. 그것은 바로 이제 자신의 상처와 대면할 수 있는 용기를 가진 '현재의 나'가 과거 속의 나, 영원히 자라지 않는 내면아이에게 다가가 말을 걸고, 그 아이의 상처에 귀 기울여 마침내 그 내면아이를 상징적으로 '입양'하는 내적 체험을 통해 가능하다. 과거의 나는 내 상처를 돌볼 수도 어루만져 낫게 할 수도 없었지만, 이제 나는 오래전 나에게 돌아가, 아직 자라지 못한 내면아이를 불러내 그 외롭고 지친 아이를 입양할 수 있는 힘이 생긴 것이다.

《늘 괜찮다 말하는 당신에게》 중에서

나만의 스타일이 거의 완성되었다는 느낌을 주는 글이 있습니다. 《늘 괜찮다 말하는 당신에게》를 쓸 때 그런 느낌이 찾아왔습니다. 한 편, 한 편을 쓸 땐 엄청 힘들었는데 쓰고 나니 시원한 해방감이 느껴졌습니다. 글을 쓰는 동안 나의 트라우마와 만나고 마침내 트라우마와 화해하기까지의 과정을 책에 담을 수 있었기 때문입니다. 돌이켜보니 어느 순간부터 나의 상처를 스스로 치유하는 과정을 보여주는 것 자체가 저의 글쓰기 스타일이 되었습니다. 이런 글을 쓸 때 저는 더 큰 자유와 희열을 느낍니다.

나 자신과 온전히 만나는 글쓰기를 해야만 저는 진정한 자유를 느끼는데, 그러려면 필연적으로 내 아픈 그림자와 만나게 됩니다. 참 다행히도 이제는 그림자가 예전처럼 심각하게 저를 찌르지 않습니다. 글쓰기를 통해 그림자를 극복하는 훈련을 오랫동안 하다보니, 상처에 아프게 찔리지 않고도 상처와 만나는 법을 알게 되었죠. 또 내 마음속 트라우마를 매일매일 조금씩 어루만져주면, 어느새 그 트라우마가 예전처럼 무섭고 외롭고 끔찍한 모습이 아님을 알게 됩니다. 상처조차, 사랑을 받으면, 아름답게 변해가니까요. 저는 그런 아름다운 기적을 《늘 괜찮다 말하는 당신에게》를 쓰면서 배웠습니다.

상처에서 도망치기만 하면 상처는 늘 매서운 얼굴로 우리를 노려봅니다. 상처를 구슬리고 달래고 토닥이다보면 상처는 어느새 내 머나먼 적이기를 그치고 나의 친밀한 벗이 됩니다. 《늘 괜찮다 말하는 당신에게》를 쓸 때 저는 엄마와의 마지막 냉전을 치르고 있었습니다. 마지막 냉전이라 이름 붙인 이유는, 그 후로는 엄마와 잘 지내기로 굳게 결심했거든요. 그때 저는 아직 삶의 진로를 완전히 결정하지 못했기 때문에 마흔 즈음이 되어서도 여전히 불안한 나 자신을 용서하지 못하고 있었습니다. 그러니 엄마와의 마지막 냉전이 힘들 수밖에 없었지요. 서로 사랑하지만 늘 티격태격하는 우리 모녀는 마지막 냉전을 통해 한 뼘씩 성장했습니다.

그 무렵 저는 평생 엄마의 히스테리가 만들어내는 그늘 아래서 살아왔음을 깨달았습니다. 더 이상 엄마의 그늘 아래서 숨죽여 살고 싶지 않았지요. 서로 떨어져 살아온 지 15년이 넘었지만, 여전히 저를 완전히 놓아주지 못하는 엄마에게 선언을 했습니다. 말로 하는 독립선언('이제부터 나가서 살게'와 같은 모든 딸의 보편적 독립선언)이 아니라 글로 하는 독립선언이었습니다. 게다가 단순히 엄마를 떠나는 독립선언이 아니라 엄마를 더 큰 사랑으로 품어 안는 독립선언이기에 더더욱 글로 쓰기가 어려웠지요. 《늘 괜찮다 말하는 당신에게》의 서문이 바로 엄마를 향한 큰딸의 영원한 독립선언입니다. 저는 우리 모녀의 오랜 갈등의 근원이 엄마의 치유되지 못한 내면아이 때문임을 깨달았습니다. 나의 상처를 치유하려면 무려 60여 년 전부터 시작된 엄마의 내면아이가 지닌 상처부터 치유되어야 함을 깨달은 것이지요.

한 번도 만족스러운 미소를 지어 보이지 않는 엄마, 한 번도 자식을 화끈하게 칭찬해준 적이 없었던 엄마로 인해 우리 세 자매는 '그저 해맑게 행복을 그 자체로 느낄 수 있는 마음의 여유'를 배우지 못했다. 우리는 기쁘면 기쁜 대로, 슬프면 슬픈 대로, 인생 그 자체를 즐기지 못하는 마음의 유전자를 물려받고 말았다. 얼마 전에야 깨달았다. 내가 이 트라우마를 극복하기 위해 무려 20여 년간 방황했다는 것을. 이제야 조금 알 것 같다. 이제 내가 나를 입양할 시간임을.

트라우마는 내 안에서 자라나 내 살을 찌르는 가시 같은 존재다. 트라우마의 씨앗은 외부적 사건에서 올 때가 많지만, 그 씨앗에 물을 주고 햇빛을 주어 더 거대한 트라우마의 나무로 키워내는 것은 우리 자신이다. 이제 서로의 상처를 물어뜯던 엄마와 나 사이에는 예전보다 단단한 유대감이 싹트기 시작했다. 엄마는 얼마 전에 내게 이런 메시지를 보내셨다. "여울아, 네가 행복하니까 나도 행복하다." 엄마의 문자 메시지는 그동안 우리 사이에 오간 모든 상처를 보듬어주는 만병통치약 같았다.

우리는 지금도 가끔 싸우고, 종종 서로의 마음에 아직까지 남은 트라우마의 흉터를 발견하곤 한다. 하지만 이제 사랑하기 때문에 견뎌야 하는 상처라며 서로를 향해 무조건 참고 견딜 것을 강요하지 않는다. 그리고 이제 저만치서 홀로 슬퍼하고 있는 어린 시절의 또 다른 나를 '입양'할 수 있게 된 나는 나와 조금 다른 자리에서 홀로 울고 있는 또 하나의 어린 소녀를 발견한다. 그 소녀는 놀랍게도, 이제는 내가 아니라 내 어머니의 어린 시절 모습이다.

무려 일곱 명의 딸들 속에서 '둘째'임에도 '첫째'처럼 보였던 강인한 아이. 아들이 한 명도 없는 집안에서 어떻게든 아들의 빈자리를 채우기 위해 '소녀다운 모든 꿈들'을 매몰차게 버렸던 아이, 한국전쟁이 한창이던 1951년 봄 "아마 이 애는 오래 살지 못할 거야"라는 주변 사람들의 걱정과 포기 속에서 태어난 아이. 남녀차별이 없는 사회에서 하늘 높이 날아오르고 싶었지만, 딸들에게 배움의 기회를 주는 것으로 자신의 이루지 못한 열망을 대신할 수밖에 없었던 엄마. 남들보다 많이 배우지 못했지만 세상 누구보다 나에게 많은 가르침을 주신 우리 어머니. 자신은 인생을 즐기지 못했지만 딸들의 인생에만은 이 세상의 모든 빛이 낱낱이 스며들기를 바라는 우리 엄마. 딸에게는 절대로 자신이 겪은 고통을 물려주지 않으려고 안간힘 쓰는 이 세상 착한 엄마들과 참 비슷한 우리 엄마.

그 엄마의 소녀 시절, '이 세상은 뭔가 잘못되었어. 나는 이 세상과 싸워 이길 거야'라고 생각했을 그 작은 소녀에게 다가가 그 아이를 꼭 안아주며 말해주고 싶다. 애야, 너는 지금 이 모습 그대로 완벽해. 창문 틈으로 비치는 햇살의 아름다움을 있는 그대로 사랑해봐. 네 앞에 놓인 모든 가능성들을 믿어봐. 너는 결코 부족하지 않아. 너는 결코 주눅 들 필요가 없어. 해도 그만 안 해도 그만인 걱정으로 네 삶을 가득 채우지 말아줘. 걱정의 눈물로 얼룩진 마음의 창으로 세상을 바라보지만 않는다면 인생은 그 자체로 아름답단다. 준비조차 할 수 없는 재난이 밀려와도, 작별인사조차 할 수 없는 이별이 마음을 할퀴어도, 그럼에도 인생은 아름답단다. 내가 살아보니 정말로 그런걸. 물가에 내놓은 어린아이처럼 항상 걱정되는 누군가가 있

다는 것만으로도, 함께 매일 밥을 먹는 사람, 추석에 보름

달을 함께 바라보며 소원을 비는 누군가가 있다는 것만으

로도, 우리는 행복한 사람들이니까. 너는 눈부시다. 너는

아름답다. 너는 그걸 알아야 해. 네 마음속에 깊은 사랑이

살아 있듯이, 너를 바라보는 다른 사람의 마음에도 깊은

사랑이 살아 숨 쉬고 있다는 것을. 나는 이렇게 '지금은 내

엄마이지만, 오래전엔 세상이 그저 무섭고 불만스럽기만

했던 작은 소녀'를 입양하고 싶다.

《늘 괜찮다 말하는 당신에게》 중에서

저는 이렇게 내 안의 치유되지 않은 상처의 뿌리, 우리 엄
마의 내면아이를 상징적으로 입양하고, 그 아이를 지금까지도
아주 어여쁘게 키우고 있습니다. 엄마가 저를 아프게 할 때는,
'또 엄마의 내면아이가 화를 내고 있나 보네'라고 생각하면 마음
이 편해지고 엄마를 이해할 수 있습니다. 저에게 짜증내고 분노
하고 저주까지 내리던 엄마의 히스테리가 실은 치유되지 못한
엄마의 내면아이 때문이었음을 깨달은 순간부터 엄마를 결코
원망하지 않기로 했습니다. 한때 엄마도 나처럼 똑같이 꿈 많은
소녀였고, 재능이 있지만 재능을 펼치지 못한 어린아이였으며,
연애도 결혼도 했지만 사랑에는 젬병인 어처구니없는 숙맥임을

알았기 때문입니다. 이렇게 엄마의 눈에 보이는 짜증이 아니라 눈에 보이지 않는 아픔을 이해하기 시작하자 우리 모녀의 갈등 대부분은 풀리기 시작했습니다. 묻지도 따지지도 않고 엄마의 아직 자라지 않은 내면아이까지 무조건 사랑하기를 결심하자, 더 이상 엄마 때문에 고통받을 일이 없어졌습니다.

　　글쓰기는 바로 이런 치유와 성장의 힘을 지니고 있습니다. 글쓰기가 아니었더라면 저는 여전히 엄마와 티격태격하고, 내 모든 상처를 엄마 탓으로 돌리고, 그러면서도 엄마 앞에서는 옴 짝달싹 못 하는, 소심한 K-장녀의 전철을 밟고 있었을 것입니다. 이제는 엄마 때문에 일희일비하지 않습니다. 대체로 사랑하고 아주 가끔은 서운해도 멀리서 조용히 미소 짓는 법을 알게 되었 으니까요. 이렇듯 글쓰기는 내 상처를 치유했을 뿐만 아니라 우 리 엄마의 상처를 치유했고, 나와 엄마의 요절복통 치유담을 읽 은 독자들의 비슷한 상처를 따스하게 어루만지는 힘을 발휘했 습니다. 어느 날《늘 괜찮다 말하는 당신에게》서문을 읽은 독자 가 이런 편지를 보내주었습니다. "《늘 괜찮다 말하는 당신에게》 서문을 읽으면서, 작가님을 한 번도 본 적이 없는데도 우리가 이 미 많이 친해진 느낌이었어요. 저도 울 엄마의 상처받은 내면아 이를 따뜻하게 보살펴드려야겠어요."

³부/ Class.

한 권의 책을
만들기까지
생각해야 할 것들

취재: 무엇을 쓸 것인가

> 끝없이 취재를 게을리하지 않는 탐구정신에서 글쓰기는
> 시작됩니다. 읽기와 듣기에서 여행과 인터뷰까지
> 부단히 조사하고 발견하고 연구하는 사람,
> 그 사람이 바로 작가입니다.

1년간 도서관에서 살아보기

"그냥 도서관에서 살아." 국문학 석사과정을 밟고 있을 때, 한 선배가 저에게 해준 말입니다. 어쩌면 그렇게 눈부신 조언을 해줄 수 있었을까요. 도대체 공부를 어떻게 해야 할지 모르겠다며 망연자실한 저에게, 선배는 한마디만 딱 해주었어요. 그 한마디가 저에게는 커다란 위로가 되었죠. 잔말 말고, 투덜거리지 말고, 그저 도서관에 틀어박혀서 책을 읽으란 말이었어요. 무슨 책이 중요한지 아직 알 리가 없으니, 그냥 무조건 닥치는 대로 읽으라는 뜻이었지요. 1년 정도 그렇게 살았어요. 도서관으로 출근하고, 정해진 도서 대출 권수를 항상 꽉 채워도 앎에 대한 갈

증이 있었어요. 정말 부단히 책을 읽었지만 여전히 암중모색이었지요. 1년간 도서관에서 산 효과는 1년 만에 바로 나타나진 않았고, 제가 첫 책을 쓸 때쯤 나타나기 시작했습니다. 그제야 무엇을 공부해야 할지, 어떻게 글을 써야 할지 조금씩 보이기 시작했어요. 취재는 단지 자료 조사가 아닙니다. 무엇을 써야 할지 생생히 깨달을 때까지 우리의 두뇌가 하는 모든 일이지요.

나에게 맞는 취재 방법을 찾는 게 중요해요. 타인을 만나서 인터뷰하는 것이 좋은 사람도 있고, 여러 장소를 돌아다니며 여행해야만 좋은 아이디어가 떠오르는 사람도 있고, 오래된 신문이나 잡지 같은 활자 매체를 닥치는 대로 읽어야 비로소 영감이 떠오르는 사람도 있어요. 저는 인터뷰도 좋아하고 여행도 좋아하지만, 여전히 활자 매체가 가장 좋습니다. 밀도가 가장 높게 느껴져요. 일주일 동안 여행을 해도 한 줄의 영감도 얻어내지 못할 때도 있지만, 책을 읽으면 단 몇 페이지만 읽어도 뭔가 새로운 아이디어가 떠오르거든요. 제 책 중 《공부할 권리》는 공부 자체를 취재 대상으로 삼았지요. 끝없이 읽으면 끝없이 쓸 거리가 생각나지요. 단지 쓰기 위해서 읽는 것이 아니라 읽는 것이야말로 그 자체로 가장 아름다운 세상과의 소통 방식이라 믿기 때문입니다.

도서관의 자료들을 자유롭게 활용하는 것 자체가 취재의

과정입니다. 책뿐만 아니라 다양한 정기간행물이 있잖아요. 잡지도 있고, 신문도 있고, 각종 문서도 있습니다. 도서관 안에서 우리는 사서의 눈으로 책을 볼 수도 있어야 하고, 문헌학자의 눈으로도 책을 볼 수 있어야 합니다. 사서의 눈으로 본다는 것은 독자들에게 이 책이 전해지기를 간절히 바라는 마음으로 책을 소중히 여기는 감각을 말하는 거예요. 이 책은 어떤 사람에게 필요하겠구나, 한눈에 알아차릴 수 있는 감식안이 생길 때까지 수많은 장서를 소중히 아끼며 읽어 내려가는 것이지요. 문헌학자의 시선으로 자료를 본다는 것은 무엇이 중한지를 감별해내는 시선을 말하는 거예요. 남들은 그 가치를 알아보지 못하는 아주 후미진 문서들 속에서도 엄청나게 중요한 문장이 숨어 있을 수 있거든요. 머리에 불이 붙어서 미친 듯이 괴로워하며 연못을 찾는 심정으로 그렇게 자료를 찾아야 해요. 그것이 문헌학자의 태도이지요.

도서관에서 저는 아주 친절한 사서이자 날카로운 감식안을 지닌 문헌학자가 되어 자료를 찾아 헤맸어요. 마치 탐험가 같았죠. 그 과정이 아무런 조건 없이 즐거웠어요. 좋은 책을 발견하면 뛸 듯이 기뻤고요. 제가 읽은 책이 기대만큼 좋지 않아도 반드시 얻는 것이 있었어요. 요즘 도서 리뷰들을 보면 사람들이 칭찬에 굉장히 인색한 듯해요. 어떤 작품을 두고 저는 '훌륭한 번역'이라고 생각하는데, 어떤 분들은 굉장히 가혹한 평가를 하며 '어색한 번역 때문에 원작의 감동을 느낄 수 없다'라고 불평합니다. 그런 상황을 보고 굉장히 충격을 받았어요. 우리는 무언가를 비판하기 전에 무언가를 먼저 존중하는 태도를 배워야 한다고 생각해요. 비난하고 공격하기 전에 우선 그 책을 번역한 번역가가 얼마나 많은 공을 들였는지, 어떤 마음으로 그 책을 번역했는지, 자세히 알아보고 곱씹어보며 해석해봐야 하지 않을까요. 도서관에서 제가 배운 건 '모든 책을 존중'하는 태도였습니다. 아무리 마음에 들지 않는 책이라도 뭔가 배울 것이 있었어요. 위대한 책들은 단 한 페이지도 버릴 것이 없었고요. 지식을 소중히 여기는 법, 한 문장 한 문장 빠짐없이 되새겨 읽는 법, 책 한 권이 만들어지기까지 지은이가 기울인 노고를 상상하는 법, 그것을 배운 것만으로도 도서관에서의 1년은 멋진 체험이었지요.

국회도서관과 국립중앙도서관 같은 최고의 도서관에서 자료를 찾아보는 훈련을 해보는 것도 좋습니다. 수많은 장서와 정기간행물을 분석하고, 그중에서 내가 진정으로 원하는 자료를 선택하고, 당장 쓰지 않더라도 눈길을 끄는 작품들을 그저 순수한 호기심으로 읽기도 하고, 자료와 노는 시간을 가져보라고 말씀드리고 싶어요.

1년간 도서관에서 살다시피 했습니다.

책을 읽다가 마음을 울리는 글귀를 만나면 틈틈이 메모했습니다.

도서관에서 긴 시간동안 배운 것은 '모든 책을 존중하는 마음'

관심없는 분야의 책에서도 분명 배울게 있습니다.

와인도 알면 알수록 참 깊구나...

항상 내가 찾는 단 하나의 자료에 집중하지 않아도 돼요. 한없이 넓어지는 자료 조사도 필요하고, 한 점에 초점을 맞추어 깊어지는 자료 조사도 필요하거든요. 깊이와 넓이를 다루는 법을 모두 배워야 해요. 예컨대 나폴레옹에 대해 조사를 한다면, 나폴레옹의 생애를 다룬 책도 읽고 나폴레옹이 살았던 시대에 관한 공부도 필요해요. 나폴레옹의 심리를 다룬 책 읽기는 '깊이'를 추구하는 취재라면, 나폴레옹과 그가 살았던 시대 전체에 대한 조사는 '넓이'를 추구하는 취재이지요. 좋은 글을 쓰기 위해서는 이 두 가지 방향이 모두 필요합니다.

인터넷은 확실히 우리를 게으르게 만들었어요. 도서관에 갈 필요도 없고 인터넷에 정보가 다 있다고 생각하는 분들이 많아졌어요. 집에서 인터넷으로 찾아봐도 충분히 많은 자료가 있다고 생각하게 되었지요. 하지만 결코 그렇지 않아요. 책에만 나오는 지식, 인터넷에는 절대로 나오지 않는 지식이 훨씬 많답니다. 모든 책이 데이터베이스화되지는 않았으니까요. 인터넷으로 찾는 자료는 틀린 자료나 가짜 뉴스나 오류가 가득한 정보가 뒤섞여 있기에, 더더욱 옥석을 가리기 어려워진 측면도 있지요. 그래서 더더욱 문헌을 중시해야 해요. 문자 텍스트는 상대적으로 오류가 적을 수밖에 없거든요. 특히 훌륭한 편집자가 출판사의 든든한 지원을 받으며 만든 책 한 권은 인터넷에서 랜덤하게 찾는 수백 건의 자료보다 나을 때가 많아요. 더욱 깊이 있고 신뢰가 가는 글을 쓰고 싶다면, 인터넷에 의지하지 말고 반드시 도서관이나 서점과 친해지는 '아날로그 문헌학자'가 되기를 바랍니다. 그것이 훨씬 더 오래 지속되고, 깊이 천착하는 지식을 찾아가는 길이에요. 여전히 최고의 자료는 인터넷이 아니라 도서관에 있습니다.

저는 항상 책을 앞에 두고 이런 생각을 해요. 내가 이 책을 완전히 이해할 수 없을 것이라고요. 비관적 전망이 아니에요. 내가 다 알 수 있다는 오만과 싸우려는 거예요. 아무리 노력해도, 여러 번 읽어도, 결코 닿지 않는 진실이 있어요. 예컨대《데미안》을 읽을 때 저는 대체로 턱없이 매료되지만 어떨 때는 기분이 나빠져요. 도대체 이 책을 왜 이렇게 수십 번 반복해서 읽고 있나, 누가 시험을 보는 것도 아닌데, 누군가 시키는 것도 아닌데, 도대체 나는 왜 이럴까. 내 열정이 이해되지 않을 때가 있거든요. 그런데 한참 시간이 지난 뒤, 새삼 깨달아요. 스무 번을 넘게 읽었지만, 여전히 이해되지 않는 부분이 있었던 거예요. 참으로 다행인 것은 열 번 스무 번 다시 읽을 때마다 저는 더 나은 진실을 찾아가고 있다는 거예요. 그 희열이 제가 어떤 새로운 글을 쓰는 것만큼이나 커요. 자기 글을 쓰는 것만큼이나 남의 글을 읽는 것을 기뻐하는 작가가 롱런합니다.

저는 책을 보면서 '이 책은 항상 나의 상상력을 뛰어넘은 곳에 존재한다'라고 생각해요. 내가 포착할 수 있는 것 이상의 의미가, 항상 이 텍스트 속에 숨어 있다고요. 내가 포착할 수 있는 것은 아주 작은 영역에 불과할지라도, 항상 '그 너머'를 사유하려는 꿈을 포기하지 않아요. 그러니까 어떤 책을 읽는다는 것은 내가 알지 못하는 세상과 나도 모르는 방식으로 교신하는 거예요. 때로는 너무 술술 읽히는 걸 경계해야 해요. 너무 쉽게 쓱쓱 읽힌다는 것은 진정한 새로움이 없다는 뜻이기도 하거든요. 깊이 사유해야 할 문장이 없다는 뜻이기도 해요. 우리를 성장시키는 책은 우리를 불편하게 하죠. 때로는 너무 어려워서 던져버리고 싶을 때도 있어요. 하지만 그 고통을 포기하지 않고 단단히 붙들고 읽다보면, 쉬운 책 100권을 속독하는 것보다 어렵고 훌륭한 책 한 권을 제대로 정독하는 게 훨씬 가치 있는 일임을 이해하게 될 거예요.

저에게는 호메르스의 《일리아스》를 읽는 과정이 저의 능력을 시험하는 엄청난 관문이었어요. 그 과정의 어려움을 마침내 극복하고 쓴 글이 바로 《공부할 권리》에서 헥토르의 용기를 묘사한 부분이에요. 《일리아스》를 읽으면서 울고, 글을 쓰면서도 울고, 그리고 독자들에게 제가 쓴 《일리아스》에 관한 대목을 읽고 울었다는 편지를 받았어요.

친구의 죽음으로 인한 분노와 복수심으로 창을 든 아킬레우스, 아들의 시신을 되찾기 위해 늙고 지친 몸을 이끌고 혼자 적진으로 뛰어든 프리아모스, 사랑하는 조국과 트로이아인들을 위해 자신이 가진 모든 것을 버린 헥토르. 각자의 나라와 저마다 사랑하는 가족들과 자신의 명예를 지키기 위해 목숨 걸고 싸웠던 그 모든 전사가 우리 모두의 이야기 《일리아스》의 주인공들입니다. 헥토르의 용기에 대해 토론을 할 수 있다면 우리는 왠지 밤을 새울 수도 있을 것 같습니다. 항상 신들의 가호를 받아 믿는 구석이 있어 보이는 아킬레우스와 달리 헥토르는 기댈 데가 없습니다. 모두들 그에게 기대기만 할 뿐 그가 기댈 사람은 세상에 없습니다.

헥토르는 운명이나 신을 믿는 것이 아니라 자신의 믿음을 믿었습니다. 자신의 사랑을 믿었습니다. 사랑하는 사람을 위해 무한히 강해지는 사람들이 있지요. 믿고 있는 신념을 위해 잠재된 모든 힘을 끌어내는 사람들이 있지요. 헥토르의 용기는 우리가 꿈꾸는 세상을 향해 내딛을 수 있는 용기의 첫걸음이자 극한을 보여줍니다. 사랑하는 것들을 지키기 위해 자신의 안위를 포기하는 것에서 시작하여, 사랑하는 그 모든 것을 지키기 위해 어떤 퇴로도 마련하지 않습니다. 헥토르의 싸움은 항상 첫 싸움이자 마지막 싸움입니다. 후회 없이 최선을 다하고 어디로도 도망치려 하지 않기 때문입니다.

헥토르의 용기는 자꾸만 내 삶은 무엇인가, 내 용기는 왜 이토록 작고 보잘것없는가를 생각하게 만듭니다. 타인의 삶에 영감을 주는 용기인 것입니다. 그것은 가장 따라 하기 어려운 용기임과 동시에 우리가 진심으로 배우고 싶은 가장 아름다운 용기입니다. 헥토르의 용기는 무엇을 갖거나 정복하기 위한 용기가 아니라 '사랑하는 것을 지키기 위한 용기'이기 때문입니다. 내가 용기를 냄으로써 명예나 체면이나 지위나 영토를 얻을 수 있기 때문이 아닙니다. 내가 용기를 냄으로써 그저 '내가 사랑하는 존재들'을 지키는 것이 유일한 용기입니다. 헥토르의 용기는 신들도 흉내낼 수 없는 인간의 용기, 죽을 수밖에 없는 인간이 낼 수 있는 가장 눈부신 용기입니다. 강한 자가 자신의 힘을 굳건하게 믿고 내는 용기가 아니라, 약한 자가 자신이 가진 줄도 몰랐던 숨은 힘을 모두 끌어내 마침내 스스로 최후까지 사랑의 불길로 타오르는 용기입니다.

《공부할 권리》 중에서

저는 이 글을 쓰면서 처음으로 저의 뼈아픈 한계를 깨달았어요. 제가 오래전 한라산에 올라갔다가 백록담까지 올라가지 못하고 중간에 포기하고 내려온 순간의 고통과도 비슷했습니다. 정말 미친 듯이 완주하고 싶은데 도저히 제시간에 무사히 하산할 자신이 없는 거예요. 방송이 나왔어요. 이제는 하산해야 해 지기 전에 평지로 내려올 수 있다고요. 잘못된 신발을 신고 가서 고생했지요. 등산화를 준비하지 못하고 7센티미터 굽이 있는 신을 신고 가는 만행을 저질렀어요. 원래 산에 올라가려던 게 아닌데 충동적으로 올라가게 된 거예요. 나중에는 발이 너무 아파서 맨발로 울면서 내려왔어요. 발에 피가 나지 않은 게 기적이었지요. 《일리아스》를 읽는 과정도 7센티미터 구두를 신고 한라산을 올라가는 것처럼 엉뚱하고도 무모한 도전이었어요. 제가 왜 읽고 있는지도 모르다가, 결국 제 마음과 만나는 지점을 찾았어요. 바로 '용기'라는 키워드가 필요했던 거예요.

독자의 눈물을 기억하라

고등학생 때 처음으로 단편소설을 써보았어요. 지금 생각하면 아주 서툴고 어설픈 작품이었지만, 원고지 100매가 넘는 글을 또박또박 한 자씩 종이 위에 써 내려갔다는 사실, 뭔가 그렇게 절실하게 하고 싶은 말이 많았다는 게 중요했다는 생각이 들어요. 꿈꾸는 장르가 굳이 소설이 아니더라도, 글을 쓰고 싶은 사람은 소설 한두 편은 써보았으면 좋겠어요. 소설 속에서는 내가 완전히 다른 사람이 되어볼 수 있거든요. 에세이는 대체로 나자신의 이야기이니까요. 소설을 쓸 땐 '열일곱 살, 고등학생, 입시를 준비해야 한다는 강박관념, 누군가의 딸이고 어느 학교의 학생이라는 모든 속박'에서 자유로웠어요. 내가 아니지만 분명 나인 또 하나의 나를 만들어내는 기쁨, 작중 인물을 만들어가는 기쁨이 정말 컸지요.

그때 제 작품이 교지에 실렸는데 저를 잘 모르는 어떤 아이가 제 첫 단편소설을 읽고 펑펑 울었다고 하더라고요. 그 친구가 그랬대요. "나는 학교에서 죽어라 공부만 하고 공부할 시간조차 모자랐는데, 어떤 아이는 그 시간에 소설을 쓰고 있었다는 게 너무 신기하고 이상하고 부러워. 그 애는 어떻게 그런 생각을 할 수 있지? 어떻게 그렇게 슬픈 이야기를 생각해낼 수 있지?" 그 슬픈 이야기를 생각해낸 나 자신이 또 한 번 낯설어지는 순간이었어요. 그 신기함과 이상함과 부러움의 대상이 되는 것이 작가가 되는 첫 번째 느낌이었어요. 소설을 쓰는 동안 저는 독특한 은둔형 외톨이가 되었거든요. 학교에서 공부하면서도 글 쓸 시간을 확보하기 위해 점심시간과 저녁 시간에 사라졌어요. 초콜릿이

나 우유 한 개를 사 들고 텅 빈 교실에 몰래 들어가서 글을 썼어요. 지금 생각해도 참 독특한 아이였어요.

기이하고 낯설고 알 수 없는 존재가 될 수 있는 용기, 그것이 작가가 되기 위해 필요한 용기였을지도 몰라요. 그것이 제가 아는 첫 번째 독자의 눈물이었어요. 그 전에도 글쓰기를 좋아했고 가끔 백일장에서 상을 타기도 했지만, '누군가가 내 글을 읽고 울어준다'라는 사실에 감명을 받은 것은 아주 소중한 체험이 되었어요. 나를 전혀 모르는 사람이 내 글만 읽고 내 마음을 완전히 이해해준다는 것이야말로 어쩌면 제 마음 깊은 곳에서 '먼 훗날 작가가 되어야만 한다'라는 운명을 예감하게 해준 체험이었을지도 몰라요.

딱 한 사람만 먼저 감동시켜보세요. 한 사람을 떠올려보세요. 습작을 할 때는 바로 그런 소박한 용기가 필요한 것 같아요. 먼 훗날 위대한 작가가 될 사람들도 처음에는 단 한 사람이 자신의 글을 읽어주기를 바라며 글을 써요. 불특정 다수의 대중 독자를 상상하지 마세요. 단 한 사람을 떠올리세요. 당신에게 가장 소중한 사람을 떠올리고, 그 사람이 온 마음을 다해 당신의 글에 공감해주기를 바라며 글을 써보세요.

무언가를 사랑해야 좋은 글이 나온다

우리는 항상 무언가를 평가하는 데 길들어 있습니다. 영화를 보고도 별점을 매기고, 최소한 '좋아요'와 '싫어요'를 표현하도록 요구받지요. 제가 시간강사로 일할 때 가장 괴로웠던 건 학생들의 강의 평가였어요. 대체로 좋은 평을 해주는 학생들이 많았지만 몇몇 학생은 거의 감정 테러에 가까운 증오의 말들을 쏟아내더군요. 도대체 왜 그러는지 이해할 수가 없었어요. 최선을 다해 강의해도 부족할 수가 있잖아요. 하지만 부족하다고 해서 타인을 감정적으로 공격하는 게 잘 이해되지 않았어요. 보고 듣고 생각하기에 앞서 평가하는 데만 집중하는 학생도 있고, 평점 테러라는 말을 쓸 정도로 비난의 달인들이 된 학생도 있었어요. 하지만 이게 과연 옳은 일일까요. 누군가의 작품이나 활동을 쉽게 평가할 수 있는 권력이 우리에게 주어진 것이 잘못된 것은 아닐까요.

어떤 사람도 작품도 쉽게 평가하지 않고, 차분히 그 가치와 의의를 되새겨보는 일을 저는 '감상'이라고 부르고 싶어요. 감상은 단순히 재미있다고 '좋아요'를 누르고, 지루하다고 '싫어요'를 누르는 행위가 아니라고 생각해요. 저는 되도록 '좋아요'를 잘 누르지만 '싫어요'는 누르지 않아요. 특히 수많은 사람이 애써서 만든 영화나 드라마 같은 작품에는 더더욱요. 차마 그들의 노고를 모른 척할 수가 없어서요. 물론 '이 작품은 정말 바람직하지 않다'라는 생각이 들 때도 있지요. 하지만 '싫어요'를 누르지는 않아요. 과연 우리에게 그런 비판의 권력이 주어진 게 맞는가 싶어서요. 타인의 작품을 칭찬할 때는 기분이 좋지만 비판할 때는 기분이 가라앉아요. 물론 절실히 필요할 때는 비판을 하지만 절대 과격한 비난이 되지 않도록 매우 세심한 주의를 기울여요. 그게 우리에게 주어진 비평의 권리를 조금이나마 덜 위험하게 쓰는 방식이라고 생각해요.

　　대학교 다닐 때 '논리와 비판적 사고'라는 과목은 있었지만, '감성과 공감적 사고'라는 과목은 없었어요. 감성을 표현하는 사람들에게 '감정적'이라고 비난하고, 섬세하게 감정을 느낄 줄 아는 사람에게 '예민하다'라고 공격하는 문화가 보편적이었지요. 하지만 제가 기쁨을 느끼는 순간은 논리와 비판적 사고로 냉정하게 판단을 내릴 때가 아니라 감성과 공감의 사고로 타인을 온몸으로 끌어안을 때이거든요. 제가 좋아하는 글쓰기는 무언가를 사랑하고 긍정하는 글쓰기였어요. 무언가를 사랑해야 좋은 글이 나오더라고요. 대상을 향한 뜨거운 사랑에서 분명 맑고 환한 에너지가 나와요. 누군가를 비난하고 싫어하는 감정에서 '강한 에너지'가 나올 수는 있지만 '긍정적이고 환한 에너지'는 나오지 않지요. 적과 싸우는 투사의 이야기를 쓸 때도 초점은 적에 대한 증오가 아니라 적과 싸우는 투사에 대한 사랑에 있어야 하지 않을까요.

루이저 메이 올컷의 소설 《작은 아씨들》을 영화화한 그레타 거윅 감독의 영화 〈작은 아씨들〉을 보면, 매우 흥미로운 장면이 나와요. 수많은 사람이 주인공 조 마치의 소설을 비판하고, 로맨스가 없다며 투덜거리고, 뭔가 남성중심적 시선이나 순수 문학의 관점에서 비판하는데, 조는 용감하게 맞서죠. 비판을 결코 수긍하지 않아요. 그 후 자신을 비판하는 사람들의 이름은 남지 않고, 오직 루이저 메이 올컷의 분신인 조의 이름만 남게 되잖아요. 누군가를 비판함으로써 유명해진 사람의 권력은 오래가지 못합니다. 창조는 어렵지만 비판은 쉽기 때문이지요. 모든 창작물은 아무리 완벽해도 비판을 받아요. 하지만 아름다운 작품을 쓰는 것 자체가 너무도 어렵기에 결국은 '비판하는 사람의 이름'이 아니라 '작품을 창조하는 사람의 이름'이 오래오래 기억될 수밖에 없어요. 그러니 누군가에게 악성 댓글을 남기거나 비난하느라 시간을 낭비하는 이들이 있다면 말리고 싶어요. 그 시간에 단 한 문장이라도 자기만의 문장을 쓰세요. 타인을 비난하고 싶을 때마다 결코 잊지 마세요. 비난은 쉽고, 창조는 어렵다는 것을. 창조하는 자만이 진정으로 살아남는다는 것을요.

취재할 때 가장 중요한 마음가짐은 대상과 주제를 향한 사랑입니다. 글을 쓰지 않으면 미쳐버릴 듯한 사랑을 느껴야 해요. 글을 쓰는 대상을 향한 제 사랑은 차분하지 못하고 아주 격정적이에요. 그저 차분한 호감 정도의 에너지로는 미적지근한 글밖에 못 쓰거든요. 아주 격렬하게 나의 애정을 표현할 수 있는 대상을 찾아야 좋은 글을 쓸 수 있어요. 《헤세로 가는 길》도 그랬고 《빈센트 나의 빈센트》도 그랬지요. 헤르만 헤세를 향한 격렬한 공감과 빈센트를 향한 타오르는 공감이 그 책들을 쓰게 만들었어요. 이미 사랑받는 사람에 대한 글을 쓰는 건 훨씬 더 어려워요. 다른 사람들이 아직 이야기하지 않은 매력, 발견하지 못한 장점을 찾아내야 하거든요. 그러려면 더 깊은 애정으로, 더 격렬한 열정으로, 대상을 샅샅이 훑어야 해요. 《시네필 다이어리》를 쓸 때도 그랬어요. 글 한 편을 쓰기 위해 영화 한 편을 다섯 번 이상씩 반복해서 봤어요. 영화의 대사를 거의 외울 정도로 대상에 깊이 파묻혀서 글을 썼지요. 그렇게 대상을 열심히 파헤치다보면 아무도 모르는 가치를 발굴해내는 기쁨을 느낄 수 있어요. 바로 그런 새로움을 글 속에 담아내면 됩니다.

나는 빈센트의 우울과 광기 자체가 그토록 위대한 작품을 만들었다고 생각하지 않는다. 오히려 광기와 우울로부터, 트라우마의 무시무시한 공격으로부터 스스로를 구원해내려는 강력한 의지가 그의 그림을 더욱 아름답게 만들었다고 생각한다. 아픔으로부터 치유되기 위한 그 모든 몸부림이 빈센트의 예술 세계였다. 그는 '아픔을 재료로' 예술을 창조한 것이 아니라 '아픔에 맞서기 위한 불굴의 용기'로 그림을 그렸음을 믿는다.

빈센트는 삶을 사랑하고, 사랑을 사랑하고, 예술을 사랑하는 힘으로 그림을 그렸다. 그것은 광기로 인한 집착이나 비틀린 열정이 아니었다. 그는 발작이 올까 봐 두려워했고, 발작이 일어나지 않는 동안 그림을 멀쩡한 상태로 그리기 위해 안간힘을 썼다. 그는 삶으로부터 버림받았지만 삶을 사랑했다. 사랑으로부터 추방되었지만 사랑을 사랑했다. 정상적인 삶, 행복한 삶, 평화로운 삶, 예술을 사랑하는 삶으로부터 저지당했지만, 그는 그 모든 추방의 기억과 싸우고 세상 속에 굳건하게 서 있기 위해 몸부림쳤다. 나는 넘어져도 다시 일어서고, 부서져도 다시 처음부터 만들어내고, 버려져도 다시 매달리는 빈센트의 그 끈덕진 열정을 사랑했다. 그는 우울의 힘, 광기의 힘, 슬픔의 힘으로 그림을 그린 것이 아니라, 사랑의 힘, 감사의 힘, 그리고 지칠 줄 모르는 생명력으로 그림을 그린 것이다.

빈센트의 그 간절함이 다시없는 사랑의 빛이 될 때까지,

그 간절함이 가장 빈센트다운 노랑과 파랑이 되어 세상에 하나뿐인 해바라기와 별이 빛나는 밤으로 솟아오를 때까지, 그는 아플 때나 슬플 때나 두려울 때조차 그리고 또 그렸다. 무서운 계절풍이 불어오면 이젤에 말뚝을 박고 그렸고, 정신병원에 입원해 있을 때도 오직 '그릴 수 있는 자유'를 되찾기 위해 싸우고 또 싸웠다. 빈센트는 자꾸만 나를 어디론가 떠나보냈다. 그의 그림이 있는 곳, 그가 잠깐이라도 스쳐간 곳, 그가 새로운 아이디어를 떠올린 모든 곳이 내게는 '빈센트의 집'이었다. 빈센트는 집에만 머물고 싶어 하는 소심한 나를 아주 멀리, 아주 멀리 나아가게 했다. 아무 곳으로도 떠나고 싶어 하지 않는 나, 그냥 이곳에 안주하고 싶은 나를 세상 밖으로 떠미는 힘. 그것이 빈센트, 나의 빈센트가 내게 전해준 선물이었다. (…) 빈센트는 내게 속삭였다. 삶이 내게 허락하는 제한된 지평선을 뛰어넘으라고. 내가 여기에 안주하면 절대로 보이지 않는 것들, 내 영역에 만족하면 절대로 보이지 않는 '저 너머의 세계'를 꿈꾸라고. 빈센트는 내게 선물했다. 내게 불가능할 것으로 보였던 모든 세계를, 내게 허락되지 않는 모든 세계를 감히 꿈꾸는 용기를.

《빈센트 나의 빈센트》 중에서

사랑하지만 거리를 둘 수 있는 용기

사랑을 표현하는 데도 여러 가지 방법이 있죠. 열정적 팬덤을 보여주는 방법도 있고, 좀 더 차분하고 온화하게 보여주는 방법도 있어요. 부드럽고 관조적인 사랑은 거리를 둘 수 있어야 가능한 사랑법이죠. 저에게는 온화하고 관조적인 사랑을 하는 게 더 어려웠어요. 사랑하는 대상을 향해 거리를 두는 게 쉽지 않거든요. 《헤세로 가는 길》은 광팬의 입장에서 썼어요. 그래서 비판적 사고가 거의 느껴지지 않지요(웃음). 그런데 몇 년 후 클래식 클라우드 시리즈 중 한 권인 《헤세》를 쓸 때는 아주 차분하게 미적 거리를 둘 수 있게 되었어요. 여러 번 헤르만 헤세가 쓴 책을 반복해서 읽다보니 그제야 그의 결점도 보이기 시작했거든요. 하지만 결점을 비판할 때조차도 아주 조심스러워요. 여전히 사랑하기 때문이에요.

우리가 사랑하는 사람에 대해 느끼는 감정도 그렇잖아요. 그의 결점을 다 알면서도 사랑이 없어지지는 않듯이 글을 쓰는 대상을 향해서도 그래요. 비판하더라도 아주 조심스럽게 그에 대한 애정이 손상되지 않게 해야 해요. 그런 비판만이 듣는 사람에게도 제대로 들려요. 애정이 없는 비판은 날 선 비난으로 들릴 수밖에 없으니까요. 헤르만 헤세의 《데미안》을 스무 번 이상 읽어보고, 《싯다르타》나 《수레바퀴 아래서》를 다섯 번 이상 읽고 나서야 헤세에 대한 거리감이 생기더라고요. 헤르만 헤세를 향한 사랑은 예전보다 더 커졌지만, 헤르만 헤세가 당시의 다른 많은 남성 작가처럼 '여성에 대한 묘사'가 빈약하다는 것이 보이기 시작했어요. 《황야의 이리》에 헤르만 헤세의 '아니마(남성이 지니는 여성적 무의식)'를 상징하는 인물, 헤르미네가 나오는데요. 발음도 비슷하죠. 헤르만과 헤르미네. 그런데 헤르미네에 대한 묘사는 너무도 피상적이고 신비롭기만 해요. 그녀의 삶에 대한 깊이 있는 묘사를 찾아볼 수가 없어요. 오직 관능적 대상, 매혹적 여성으로 묘사하는 데 치중할 뿐이죠. 그녀가 얼마나 중요한 인물인지, 작가 스스로도 잠시 잊어버린 것이 아닐까 싶을 정도로 안타깝도록 묘사가 부족합니다. 그런 부분을 알게 되고, 사랑하지만 비판할 수 있을 때 비로소 애정 어린 거리감도 생깁니다. 헤세를 여전히 사랑하지만, 그가 미처 이루지 못한 것들이 이제는 투명하게 보이지요.

테마: 글쓰기의 운명을 결정하는 방향타

> 내가 온전히 집중할 수 있는 주제만 생각하고 연구하느라
> 시간도 잡생각도 잊을 때가 있지요. 완전히 몰입할 수 있는
> 주제를 찾아 글을 쓰는 것이야말로 쓰는 사람의 기쁨입니다.

우선 나에게 맞는 글쓰기 방법을 개발하기

저는 서평으로 데뷔를 했어요. 여기서 데뷔란 원고료를 받고 글을 쓰는 사람이 된다는 걸 말해요. 본격적인 등단을 하기 전에도 원고 노동자로 살았지요. 그게 저의 힘이었어요. 글을 써서 먹고살 수 있다는 것. 물론 풍족하지는 않았지만, 대학원 시절부터 글쓰기는 저의 가장 중요한 생계였어요. 그때는 원고료가 무척 적긴 했지만 내가 좋아하는 일이었기에 열정 페이의 고통을 참아낼 수 있었지요. 글을 써서 생계를 해결할 수 있다는 게 좋았어요. 그렇게 할 수 있도록 저에게 글 쓰는 사람의 끈기를 가르쳐준 장르가 바로 서평이었어요.

신인 시절 저는 서평을 쓸 때 어떤 지름길도 찾지 않았어요. 보도 자료를 보거나 인터넷 서평을 찾아보는 편법을 쓰지 않았지요. 오직 책을 다 읽고, 그것도 세 번 정도 읽고, 그 책의 가장 매력적인 대목들을 모조리 타이핑하고, 핵심적 메시지와 가상의 대화를 해보고, '그 책이 나를 어떻게 바꾸었는가'에 대해서 글을 썼어요. 그 첫 번째 결과물이 저의 첫 단독 저서 《아가씨, 대중문화의 숲에서 희망을 보다》라는 책이었어요. 그 책이 있었기 때문에 지금의 제가 있는 거예요. 그 책에서 가장 중요한 글들은 대부분 서평이거든요.

서평은 '무엇을 어떻게 써야 할지 모르겠다'라고 느끼는 신인들에게 가장 좋은 글쓰기 방법이에요. 대상에 대한 애정, 분석 능력, 텍스트를 장악하면서도 읽기를 즐기는 힘을 키울 수 있어요. 그뿐만 아니라 글쓰기의 대상과 대화하는 법, 문장력 훈련 등 모든 부분에서 도움을 받을 수 있지요. 처음 제가 서평을 쓴 책 제목을 아직도 기억해요. 정말 고생했지만 진실로 아름다운 순간이었어요. 질 들뢰즈·펠릭스 가타리의 《천 개의 고원》이라는 무시무시하게 어려운 책이었지만 황홀할 정도로 아름다웠어요. 석사과정 시절 그 책을 읽으면서 학문의 아름다움과 어려움을 동시에 배웠지요.

그때 제가 서평을 쓴 방식은 다음과 같았어요. 일단 책이 아무리 어려워도 한 문장도 빠짐없이 자세히 읽었어요. 그다음 제가 중요하다고 생각하는 부분만 필사를 했어요. 손으로 쓰면 너무 힘드니까 컴퓨터로 입력을 했지요. 중요한 부분만 필사를 해도 A4 10장이 넘어갔어요. 그런데 원고 청탁을 받은 분량은 A4 1장이었어요. 일단 10분의 1 정도로 축약해야 했죠. 하지만 서평은 요약이 아니잖아요. 필사는 그 책을 제대로 이해하는 데 필요한 과정이지요. 글을 쓰다보면 글에 들어가지는 않는데 나에게 필요한 작업이 있어요. 필사가 바로 그런 작업이에요. 결과적으로 원고에 한 문장도 안 들어가더라도, 필사는 글 쓰는 사람에게 도움이 되어요. 텍스트를 이해하고 공감하는 데 최고의 방식이지요.

그런 다음 그 파일에다가 '내가 생각하는 이 책의 좋은 점들'을 쓰는 거예요. 책을 읽을 때 책 행간에 메모를 많이 해두기도 했어요. 그런데 나중에 옮겨 적는 시간이 오래 걸리니까, 그것도 이미 읽을 때 메모를 컴퓨터로 기록해두는 것이 좋더라고요. 그렇게 A4 10장짜리 필사 노트에 저의 생각과 느낌을 자유롭게 펼친 브레인스토밍의 기록을 다 합치니까 A4 20장이 된 거예요. 점입가경이죠(웃음)? 이래가지고 언제 A4 1장짜리 서평을 쓰겠어요. 하지만 제 본능이 그렇게 시켰어요. 이렇게 해야 책을 제대로 이해할 수 있고, 나만의 느낌을 정리할 수 있고, 서평을 쓰는 사람이 저자를 향해 지켜야 할 예의를 다할 수 있다고 느꼈어요. 제가 생각해도 지독한 면이 있었지요. 메모를 이런 식으로 독하게 해야 나중에 원고를 쓸 때 고생을 덜 해요. 메모가 허술하면 결국 다시 취재를 하고 분석을 해야 하거든요.

그렇게 A4 20장짜리 브레인스토밍 노트를 만든 후, 그걸 종이 위에 인쇄했어요. 그것이 '제가 만든 새로운 책'이 되는 거예요. A4 20장짜리 브레인스토밍 노트를 가지고 씨름하기 시작했어요. 다시 분석하고 느끼고 사랑하는 거죠. 그 메모에 대한 또 하나의 느낌 노트에 하나하나 적어서 요약하니까, A4 3장이 나오더라고요. 인용문은 다 뺐어요. 제 생각만을 적은 노트를 A4 3장으로 축약했어요. 그다음 그것을 다시 3분의 1로 줄이면서, 더욱 독자들에게 친밀하게 다가갈 수 있는 표현들을 궁리했지요. 그렇게 초고가 만들어졌어요. 아직 안 끝난 거죠. 초고를 간신히 완성했을 뿐이에요. 이 원고를 가지고 한 3일 정도 다시 담금질을 하는 거예요. 수없이 반복해서 읽고, 고치고, 소리 내어 낭독하고, 주변 사람들한테 보여주고, 비판도 받고 칭찬도 받고, 새로운 아이디어도 얻고, 그런 다음 두 번, 세 번 교정을 보고 완성될 때까지 열 번 이상 글을 고쳤지요.

그렇게 해서 저의 첫 서평이 태어났어요. 그렇게 혹독하게 훈련을 하고 나니까, 글쓰기가 무엇인지 아주 조금 보이기 시작했어요. 모두에게 이 방식을 권하는 건 아니에요. 저의 경우, 이런 방식을 스스로 개발했고, 본능이 시키는 대로 했더니, 좋은 결과가 나왔다는 거예요. 서평 한 편을 쓰더라도 '내가 할 수 있는 것'은 다 해봐야 해요. 서평이라고 해서 꼭 평서문으로 쓸 필요는 없지요. 일기 형식으로 써도 되고, 작가에게 쓰는 편지 형식으로 서평을 써도 괜찮아요. 소설일 경우, 등장인물과 나누는 대화나 인터뷰 형식으로 서평을 쓸 수도 있고요. '내가 신바람을 느낄 수 있는 글쓰기'의 방법을 스스로 개발해내는 과정이 중요해요. 역시 대상에 대한 불타는 사랑이 없으면 불가능하겠죠(웃음)?

그래서 서평조차도 하나의 창조라는 것을 제가 글을 쓰면서 배운 거예요. 이런 건 누가 가르치는 게 아니에요. 제가 독학한 거예요. 나에게 맞는 글쓰기를 개발했던 것 같아요. 왜냐하면 학교에서 가르치는 글쓰기에서는 나를 찾을 수가 없어요. 학교에서 가르치는 글쓰기는 일단 무슨 도표를 만들어서, 맨날 개요를 짜라고 하잖아요. 개요를 짜는 게 참 재미가 없었지요. 저는 반짝이는 문장들로 수를 놓고 싶었어요. 뼈다귀만 남은 개요들을 가지고 어려운 건축물을 짓는 것처럼 글쓰기를 가르치는 교재들에 실망이 컸지요. 서평은 내 글 속에서 책이 빛날 기회를 주는 것이기도 하고, 책을 소개하는 척하면서 진정한 나의 이야기를 꺼낼 수 있는 기회이기도 해요. 서평을 쓰면서 저는 점점 더 '서평 자체가 아니라 나를 표현하는 글쓰기'를 욕망하는 나 자신을 발견했던 거예요.

개요 짜는 법을 가르쳐주는 글쓰기 교재를 보면 한숨이 나와요. 글쓰기가 이런 앙상한 뼈다귀란 말입니까? 이해할 수가 없어요. 이 개요 짜기 글쓰기 교재를 보면 글쓰기가 오히려 싫어져요. 글쓰기는 감정의 뿌리까지, 내 안의 깊은 무의식의 뿌리까지 파고 들어가 내가 즐거울 수 있는 길을 찾아야 하는데, 계속 표를 만들라고 하고. 1, 2, 3번 번호를 적으라고, 또 서론 본론 결론 나누기나 기승전결이라는 뻔한 형식으로 어떻게 글쓰기에 재미를 느끼겠어요. 이런 도식적인 글쓰기 방법들이 글쓰기에 대한 우리의 열망을 죽이는 거예요. 상투적으로 접근하지 말고, '내가 기쁜 길'을 새롭게 개척해야 해요. 그래서 저는 다른 글쓰기 책처럼 뭔가 순서도가 있는 것같이 글쓰기 수업을 할 수가 없어요. 글쓰기는 수학 공식이 아니니까요. 끝없이 내가 행복할 수 있는 길을 스스로 찾아내야 해요. 그 길을 찾아가는 데 도움이 되는 존재들, '영감을 주는 작가들'을 찾아서 여러분이 한 발 두 발 전진했으면 좋겠어요.

일단 가장 쓰고 싶은 주제를 정하고, 수많은 독자를 만족시키는 가상의 유명 저자가 아니라 '지금 바로 여기의 나'를 기쁘게 하는 글쓰기를 시작하면 돼요. 우선 어떻게 표현할까 생각하지 말고, 마음 깊은 곳에서 우러나오는 날것의 언어를 적어보세요. 예컨대 저는 요새 '나는 브랜드가 되고 싶지 않다'라는 테마를 생각했어요. 자꾸만 나 자신을 브랜드로 만들라고 부추기는 사회 분위기가 위험하게 느껴지거든요. 그래서 메모장에 이렇게 적기 시작했어요. "나는 브랜드가 되고 싶지 않아. 나는 나 자신이 될 거야." 여기서부터 시작하면 되는 거예요. 왜 그런 생각이 떠올랐을까 돌이켜보면, 부끄러운 이야기이지만 어떤 분이 저를 칭찬한 에피소드가 생각나더라고요. "선생님은 이제 하나의 브랜드예요." 칭찬이긴 했지만 너무 낯 뜨겁더라고요.

저는 브랜드가 아니에요. 브랜드가 되고 싶지 않아요. 저는 그냥 나 자신이 되는 것만으로도 시간이 모자라요. 브랜드는 나라는 존재 자체를 홍보 대상으로 만들고, 나를 마케팅의 도구로 삼는 거잖아요. 그렇게 되고 싶지 않아요. 제가 무슨 기업을 경영하는 CEO도 아니니까요. 저의 두 가지 싸움의 대상은 '제도'와 '자본'입니다. 제도에 맞서지 않았더라면 그냥 '국문학 박사 정여울'로 만족했을 거예요. 제도에 저항하지 않았더라면 그냥 국문과 전공으로 만족했을 거예요. 저는 그 안에서 저를 찾을 수 없었기 때문에 뛰쳐나왔고, 그렇게 '작가 정여울'이 된 거예요. 그런데 작가 정여울이 되니까 사람들이 자꾸 브랜드가 되어야 한다고 하네요(웃음). 저는 정말 이대로 괜찮아요. 브랜드가 없어도 나 자신을 꾸밈없이 사랑합니다.

　어떤 글을 쓸 것인가, 어떤 글을 통해 진정한 내 삶을 하루하루 조각할 것인가, 이 문제가 저에게 더 중요하기 때문에 브랜드가 될 시간이 없어요(웃음). 저는 국문학 박사라는 타이틀에도, 작가라는 타이틀에도 구속되고 싶지 않아요. 정여울이라는 이름이 나중에 걸림돌이 되면(때로는 제 이름이 문신처럼 제 정체성을 규정할 때도 있거든요) 아무도 모르는 필명으로 새로운 글을 쓰고 싶어요. 유명해지기에 초점을 맞췄다면 굳이 이렇게 힘든 글쓰기를 매일 하고 있진 않았을 거예요. 제가 가장 사랑하는 제 모습은 '아무도 보고 있지 않을 때조차도, 출판 계약이 전혀 되어 있지 않을지라도, 그냥 나만의 글을 자유롭게 쓰고 있는 제 모습'이니까요.

　돌이켜보면 나는 누군가에게 거절당할 때마다 강해졌다. 거절당하는 모든 순간은 결국 더욱 날카롭게 나를 벼리는 기회가 되어주었다. 나는 그 일로부터 거절당하고, 그 관계로부터 거부당했지만, 내가 아닌 전혀 다른 나를 만들어서, 그들이 원하는 나를 급조하여 재능이나 지위를 인정받고 싶지 않았다. 그들이 거절할 수 없는 나를 만들고 싶은 것이 아니라, 그들이 거절해도 진정으로 괜찮은 사람이 되고 싶었다. 그들이 결코 거절할 수 없는 나를 만드는 것보다 그들의 거절에도 결국 지켜야만 하는 나를 발견하는 일이 좋다. 나는 아직도 사회생활에 서툴고, 관계 맺기를 두려워하지만, 예전과는 다른 편안함을 느낀다. 사람들이 좋아하는 나의 모습을 억지로 만들어서 사랑받기보다는, 있는 그대로의 나의 모습까지 아껴주는 사람들과 더 깊은 공감을 나누며 살아가고 싶다. 뭔가 대중적이고 흥미로운 또 하나의 나를 만들어 주목받기보다는, 내가 평생 조금씩 뿌리내려온 내 사유의 토양 위에서 나를 더 튼실한 아름드리나무로 키워내고 싶다. 거절당해도 괜찮다. 거절은 사형선고가 아니다. 거절당했음에도 아직은 괜찮은 나, 충분히 사랑받을 자격이 있는 나를 만나고 싶다. 거절당해도 무너지지 않는 나, 거부당해도 망가지지 않는 나의 모습을 발견하는 순간. 나는 누구도 빼앗아갈 수 없는 내 마음의 눈부신 주인공이 된다.

〈거절당하는 순간, 진정한 내 모습과 만나다〉,
《서울경제》, 2020.01.31.

가장 좋은 테마, 멈출 수 없는 사랑의 대상

언제든지 헤세에 관한 글을 청탁받으면 즐거워요. 그러니까 저에게 헤세는 마르지 않는 영감의 보물창고예요. 논리적 사고와 비판적 사고를 너무 많이 배우다보면, 감성과 감정, 사랑과 존중의 태도가 사라져요. 우리의 교육은 뭐가 문제였나, 생각해보니까 학교에서 무언가 사랑하는 방법을 안 가르쳐주잖아요. 사랑이라는 단어 자체를 저는 교실에서 들은 적이 거의 없어요. 사랑이란 단어를 들려주는 유일한 수업은 문학 수업이었기에 문학을 사랑하게 되었나 봅니다. 모든 수업에서 항상 논리적 글을 쓰고 읽고, 감성의 과잉된 표현들을 억제하라고 가르쳐요. 무얼 그렇게 억제해야 할까요. 감성이 있다는 것 자체가 얼마나 소중한 건데요. 우리는 있는 감정조차 제대로 표현하는 법을 배우지 못했고, 가장 절실한 표현이 필요한 순간에 자신을 표현하는 법을 잃어버렸어요. 글쓰기의 첫걸음은 텍스트를 사랑하는 능력을 회복하는 거잖아요.

글감이 확실히 떠오르지 않는다면 테마를 포착하는 훈련을 해야 합니다. 일단 책 속에서 첫 번째 길을 찾아보세요. 예를 들면 한 달에 읽을 책 한 권을 정해두는 거예요. 북클럽 같은 모임에 참여하면 더 좋고요. 책 한 권에 대해서 한꺼번에 리뷰를 쓰지 말고, 챕터별로 써보세요. 이번 주는 《공부할 권리》 첫 번째 챕터, 다음 주는《공부할 권리》두 번째 챕터, 이런 식으로 한 달 혹은 두 달 동안 한 챕터씩 차근차근 리뷰를 써보세요. 오히려 책 한 권을 한 번에 리뷰하는 것보다 훨씬 쉽고 재미있을 거예요. 책을 빠르게 훑지 말고 한 글자 한 글자를 쓰다듬어보세요. 속독은 글쓰기에 도움이 안 됩니다. 반드시 정독하되 한 문장 한 문장이 주는 울림에 귀를 기울이면서 글을 읽어보세요. 그때그때 떠오르는 감정들을 천천히 메모로 옮겨보세요. 메모를 자유롭게 브레인스토밍 하듯 쓴 다음, 그 메모를 가지고 새로운 리뷰를 써보는 거예요. 그 훈련을 1년만 하면 글쓰기 실력은 늘게 되어 있어요.

제가 지금도 하는 일종의 '감성 트레이닝' 훈련이거든요. 언제나 효과가 있어요. 심지어 감성이 극도로 예민할 때는 책 한 챕터가 아니라 한 장씩 읽고, 1일 1페이지씩 리뷰를 썼을 정도였으니까요. 꾸준히 그렇게 하면 글쓰기가 달라질 거예요. 대상에 대한 아주 섬세하고 예민한 사랑이 생길 수밖에 없으니까요. 우리는 대상을 요약하는 훈련, 비판하는 훈련, 이런 훈련만 하느라 대상을 있는 그대로 이해하고 한 문장 한 문장을 섬세하게 느껴보는 훈련이 부족해요. 그러다보니 문장에 자신감이 점점 줄어들지요. 스피디하게 스토리를 전개하는 소설들을 사람들이 좋아하니까 안타깝게도 창조적 실험을 하는 소설들이 오히려 줄어들고 있어요. 책을 요약하는 훈련을 하기 전에 책을 늘여 쓰는 훈련을 해야 하지 않을까요. 저는 작품 속에서 작가가 미처 하지 못한 이야기들을 상상해서 쓰는 훈련도 해보았어요. 작가는 이 인물의 어떤 측면을 썼다가 지웠을까, 아니면 쓰고 싶지만 쓰지 못했을까. 이런 부분들을 상상해서 글로 써보기도 했어요. 요약은 누구나 훈련하면 할 수 있어요. 하지만 숨은 이야기를 상상해서 쓰는 것은 더 크고 깊은 애정과 상상력을 필요로 하지요. 지금 하는 생각을 더 자세하고 섬세하고 정확하게 표현하는 것이 요약보다 중요하죠. '요약하기'가 아니라 오히려 '두 배 세 배로 늘려 쓰기'에 도전하세요. 분명 효과가 있습니다.

가슴이 터질 것 같은 아픔을 표현해보기

작가가 되려면 한 번쯤은 표현해야 하는 통과의례 같은 테마가 있어요. 가슴이 미어질 것 같은 슬픔을 표현하는 거죠. 내 심장이 터져버릴 듯한 아픔을 표현해보는 거예요. 슬픔만큼 중요한 주제는 없죠. 우리는 슬픔 때문에 무언가를 끝없이 창조하는 꿈을 꾸는 건지도 몰라요. 슬프지 않았더라면, 아프지 않았더라면, 저는 글 같은 건 안 쓰고 좀 더 편한 삶을 꿈꾸었을 것 같아요. 내 마음속에서 반드시 해결해야 하는 슬픔이 있기에 글을 썼던 거예요. 슬픔을 가장 솔직하게 표현하기 시작했을 때가 《내가 사랑한 유럽 TOP10》을 썼을 때였어요.

어느 날 막냇동생이 내게 전화를 했다. 동생은 열심히 "엄마, 나 오늘은 이런저런 일이 있었는데" 하며 미주알고주알 안부를 전해도, 엄마는 다 듣고 나서 꼭 마지막에는 내 이야기를 물어보신다고 한다. "여울인 어찌 지낸다냐." 엄마는 왜 내게 직접 물어보시질 못하는 걸까. 그냥 아무 때나 전화하셔도 되는데, 엄마는 다 커버린 딸을 왜 이토록 어려워하시는 걸까. 뜻대로 안 되는 자식을 통해 처음으로 '이루어지지 않는 사랑'의 참담함을 깨달으셨을 우리 엄마에게, 여전히 나는 엄마의 이루지 못한 첫사랑인 걸까.

전화기 너머 들리는 동생의 목소리에 가슴이 시려온 나는 바쁨을 핑계로 동생의 말을 대수롭지 않게 넘기려 했다. 그런데 다음 순간 들리는 동생의 목소리는 왠지 더욱 쓸쓸하게 젖어 있었다.

"있잖아, 언니…. 엄마는 항상 언니를 기다려."

벼락을 맞은 듯했다. 엄마는 왜 아직도 나를 기다릴까. 내가 엄마 품을 떠나 완전히 독립한 지도 벌써 10년이 넘었는데. 여고 시절에는 항상 야간자율학습이 끝나고 밤 11시가 다 되어 집에 오는 내가 무사히 돌아오기를 기다리셨고, 대학 시절에는 밤늦게까지 술을 퍼마시고 와서는 '의미 있는 문장'이라고는 한마디도 내뱉지 않던 매몰찬 딸을 기다리셨는데. 서른이 넘어서도 엄마가 그토록 반대하신 문학을 공부한다며 '정상적인 삶'과는 담을 쌓고 사는 딸을, 이제는 그만 기다리실 때도 되지 않았을까. 하지만 자식이 없는 나는 엄마의 그 쓰라린 기다림의 의미를 영원히 이해하지 못할지도 모른다. 다른 사람에게는 다정도 병인 양 하면서 엄마에게만 유독 냉정했던 딸을 변함없이 오늘도 기다리는 우리 엄마. 엄마는 내게 좋은 소식이 들려오기를, 아니 무엇이라도 좋으니 그저 내게 어떤 소식이 들려오기를 기다리시는 것 같다.

그동안 많은 책을 내면서도 한 번도 엄마에게 바치지는 못했다. 이번 책이 또 어디론가 무작정 떠나는 딸의 느닷없는 작별인사처럼 다가갈까 봐 송구스럽지만, 엄마는 내가 어디로 떠나든 항상 내 여행의 의미를 말없이 알아주실 것만 같다. 엄마는 고집스럽게 아무 말도 하지 않는 딸의 눈빛에서 모든 것을 알아내는 신출귀몰한 능력을 키우셨으니. 10년 동안 매년 무턱대고 대책 없이 유럽여행을 떠나는 딸에게 엄마는 한 번도 '왜 아무짝에도 쓸모없는 여행을 떠나냐'고 묻지 않으셨다. 엄마를 함께 유럽으로 모셔 갈 여력이 없었던 못난 딸은, 처음으로 내가 쓴 책을 엄마에게 바치면서 그 좋은 유럽에서 나 혼자만 실컷 행복했던 불효를 용서받고 싶다. 내 책이 나올 때마다 "넌 왜 이렇게 어렵게 쓴다냐?" 하고 투덜거리면서도 늘 아픈 눈을 끔뻑거리시며 돋보기를 쓰고 끝까지 다 읽어주신 내 사랑하는 엄마 김영숙 님께 이 책을 바친다.

그리고 새치름한 표정으로 내 책을 못 본 척하실 엄마에게 자랑스럽게 말씀드려야겠다.
"엄마, 이번 책은 진짜 안 어려워. 왜냐하면, 내가 머리로 읽은 것이 아니라 내가 몸으로 살아온 세상에 대해 쓴 거거든."

《내가 사랑한 유럽 TOP10》 중에서

이 대목을 쓸 때 가슴속에서 거대한 둑이 무너져 내리는 것 같았어요. 이 구절을 읽고 눈물을 흘리신 독자들이 많다고 하더라고요. 저도 울면서 썼거든요. 지금도 제가 쓴 글을 읽으면서 울 때가 있어요. 감상에 빠져서가 아니라 아직도 해결되지 않은 슬픔이 내 안에 많이 고여 있다는 사실을 깨닫기 때문이에요. 글로 쓸 수 있는 슬픔보다 쓸 수 없는 슬픔이 아직 더 많아서이지요. 그때는 이렇게밖에 표현할 수 없었구나, 지금은 더 잘 표현할 수 있는데, 하고 투덜거리면서 울기도 해요(웃음). 이 글을 쓰면서 어떤 경계가 무너지는 느낌이 들었어요. 지금 생각해보면 '쓸 수 있는 주제'와 '쓸 수 없는 주제'를 나누는 견고한 마음의 장벽이었어요. 그 장벽이 속 시원하게 무너져 내린 거죠.

이런 깊은 슬픔과 회한에 대해 글을 쓸 수 있다는 생각을 못 했던 거예요. 마음속에 '이런 건 글로 쓸 수 없어' 하는 느낌이 들 때가 있죠? 바로 그것이 여러분이 지금 바로 써야 하는 가장 소중한 테마예요. 이런 걸 어떻게 쓰지, 이토록 복잡하고 미쳐버릴 것만 같은 마음을 어떻게 글로 표현하지 싶을 때가 있잖아요. 그런 고민을 하게 만드는 복잡하고 사연 많은 주제가 여러분이 가장 잘 쓸 수 있는 내면의 주제인 거예요. 그런 주제로 글을 쓰는 희열을 느껴보셨으면 좋겠어요. 저는 아직 제가 겪은 사랑의 슬픔에 대해서 본격적으로 쓰지 못했거든요. 아주 오래전의 일이지만, '이런 슬픔은 도저히 글로 쓸 수 없다'라는 생각을 아직 깨지 못했어요. 《잘 있지 말아요》라는 책에서 간접적으로 제 사랑은 아니지만 문학작품 속의 주인공들이 겪은 가슴 찢어지는 사랑 이야기들을 저의 언어로 표현해보긴 했지만요.

그런데 그 책 속의 숨은 주인공은 사실 저였지요. 사랑할 때 한 번도 완전히 나 자신이지 못했던 나, 사랑할 때 완전히 빠져들지 못한 나, 너무 많은 복잡한 생각 때문에 순수하게 사랑 그 자체를 느껴본 적 없는 제 안타까운 사랑의 기억들이 녹아 있는 책이지요. 그래서 아직 애틋한 느낌으로 남아 있어요. 더 나아갈 수 있었는데, 제 마음속의 깊은 장애물 때문에 차마 더 나아가지 못한 느낌이거든요. 언젠가는 쓸 수 있겠지요?

하지만 영원히 비밀로 두고 싶은 마음이 더 커요. '그것을 글로 쓰고 싶은 마음'과 '그것만은 글로 표현하지 않고 남겨두고 싶은 마음'이 함께 맞서고 있거든요. 삶의 흔적을 모두 글로 남길 수는 없어요. 그 한계를 알지요. 하지만 사랑은 너무 소중하기에, 작가에게 있어서 사랑은 필생의 주제일 수밖에 없어요. 제 이야기가 아닌 척하며 소설을 쓰고 싶기도 해요(웃음). 하지만 저를 숨길 수 없겠지요. 아직 완전한 거리감이 안 생겼어요. 완전히 거리를 둘 수 있게 되면, '사랑 때문에 아파했던 나'와 '그런 나를 아무런 회한 없이 바라볼 수 있는 나, 조금 더 성숙한 나'를 구분할 수 있게 되면, 그때 쓸 수 있을까요.

하지만 영원히 그 시간이 안 올 수도 있다는 걸 알고 있어요. 다만 여러분에게 말씀드리고 싶은 것은 여러분을 가장 아프게 하는 바로 그 주제를 가지고 글을 써야 한다는 거예요. 아픔이 많이 모여 있을수록, 그만큼 강력한 에너지도 그 상처 위에 모이게 되어 있거든요. 가장 강력한 트라우마가 가장 강력한 예술적 승화의 에너지를 품고 있어요. 그래서 상처 많은 사람은 힘든 일상을 살 수밖에 없지만, 글쓰기라는 차원에서 보면 상처 많은 사람이야말로 엄청나게 많은 내적 자산을 지닌 사람이기도 해요. 슬프지만 사실이지요. 상처는 좀 더 날카롭고 예민하게 세상과 맞서는 기회를 주기도 하거든요.

제가 대학원에서 사랑을 듬뿍 받는 모범생이었다면, 그래서 별다른 상처가 없었다면, 지금과 같은 작가가 될 수는 없었을 거예요. 바로 그 상처를 딛고, 그때 사랑받지 못했던 나 자신에 대한 분노가 너무 커서, 반드시 좋은 작가가 되어야 한다는 의지가 더욱 강렬해졌지요. 내가 최선을 다해 쓴 글에 대한 평가가 안 좋았기에 더욱 정신을 차리고 '과연 무엇이 문제일까' '나는 어떤 글을 써야 할까'에 대한 고민이 깊었던 거예요. 그때 사랑받지 못했던 상처는 이제 더 나은 작가가 되기 위한 자양분이 되어주고 있어요. 나를 이해하는 사람들 속에서 살아야만 한다는 것, 내 이야기에 공감해주는 사람들 속에서 살아야만 행복하다는 것을 느낄 수 있음을 깨닫게 된 시기가 그때이기도 했지요.

여러분이 가장 절실하게 아파하는 주제를 가지고 글을 쓰고, 그 주제를 가장 잘 이해할 수 있는 사람에게 먼저 공감을 얻도록, 혼신의 힘을 다해 모든 노력을 쏟아부어 보세요. 그럼 반드시 응답이 올 거예요. 당신의 가장 아픈 상처야말로 가장 눈부신 창조의 기적이 일어나는 장소이기도 하니까요.

교감: 누구의 마음을
어떻게 두드릴 것인가

독자와 교감하는 글쓰기는 가장 어렵지만 기쁘기도 합니다.
누군가의 마음속에 오래오래 스며드는 글을 쓰려면
무엇을 준비하고 어떻게 글을 써야 할까요.

글을 통해 당신과 나의 닮음을 알아챈 순간

왜 작가가 힘든 경험을 이야기할수록 독자들은 좋아할까
요(웃음). 작가라는 존재는 자신의 고통을 장작으로 삼아, 그걸
이야기의 불꽃으로 태워서 추위에 떠는 사람들의 마음을 녹여
주는 존재이기 때문일 거예요. 상처 자체가 하나의 미디어입니
다. 상처를 통해서 우리는 끈끈하게 연결될 수 있지요. 서로 만
나지 않았더라도요. 예전에 김서영 작가님의《내 무의식의 방》
이라는 책을 읽고 커다란 감동을 받아서, 그 이야기를《그림자
여행》이라는 제 책에 쓴 적이 있어요. 너무 이분을 만나고 싶다,
그러나 만나지 않아도 괜찮다, 우리 두 사람의 영혼은 이미 하나

로 연결되어 있으니까. 이런 생각을 했어요.《내 무의식의 방》이라는 책을 읽으며 이분은 내 영혼의 쌍둥이가 아닐까 하는 생각을 했어요. 저의 고민과 너무나 비슷한 고민을 하고 있어서인지, 사는 곳과 환경이 다르지만 나와 너무도 닮은 영혼을 지닌 사람과 대화하는 느낌이었어요. 우리 두 사람 모두 분명히 온 힘을 다해서 세상을 향해 매일매일 문을 두드리는데, 세상이 나를 향해 문을 열어주지 않는 느낌을 갖고 사는 것 같았어요. 그것이 우리 두 사람의 똑같은 상처였어요. 분명히 온몸이 바수어지도록 글을 쓰고 있는데, 영혼을 불태워 최선을 다하고 있는데, 이 무정한 세상이 나를 알아주지 않는 느낌. 그때는 서로 알지 못했고 글만 읽은 상태였거든요. 하지만 그때 저는 이분과 제가 강하게 연결되어 있다는 생각이 들었어요.

그런 생각을 하면서《내 무의식의 방》을 읽은 느낌을《그림자 여행》에 썼는데, 놀랍게도 김서영 작가님이 제 글을 읽으시곤 눈물을 펑펑 흘리셨다고 하더라고요. 그때는 김서영 작가님의 책이 널리 알려지지 않았을 때였는데, 제가 쓴 글이 작가님께 큰 용기를 주었다고 말씀해주셨어요. 그리고 그런 이야기를 하셨대요. "정여울 선생님과 나는 전생에 자매였나 봐요." 그 이야기를 들으니까 기분 좋은 소름이 쫙 끼치더라고요. 저도 비슷한 생각을 했으니까요. 저는 작가님을 '영혼의 쌍둥이'라고 생각했고, 선생님은 저를 '전생의 자매'라고 생각했는데, 표현만 달랐지 비슷한 마음이었지요. 그 당시 우리는 만난 적이 없었지만, 만나기 전에 이미 너무도 소중한 친구가 되어 있었어요. 서로의 글을 통해 완전한 영혼의 교감을 한 것이지요. 글쓰기란 이런 거예요. 한 번도 만난 적 없는데 매일 만난 사람보다 더 친밀해진 느낌. 서로 온전히 교감하고 있기에 그 무엇도 필요하지 않은 느낌. 얼굴은 몰라도 그를 다 알 것만 같은 느낌. 그것이 교감의 힘이고 글쓰기가 가진 놀라운 감응의 힘이지요.

힘들고 아팠던 경험은 오히려 독자들과 나를 연결하는 데 좋은 미디어가 될 수 있어요. 그래서 작가가 힘들수록 독자는 좋아하나 봅니다. 가학적인 쾌감은 아니고요. 평소 우리는 자신의 고통을 남에게 제대로 말할 수 없잖아요. 하지만 글쓰기는 차마 말로 하지 못하는 내밀한 고통을 교감할 수 있는 아름다운 무기가 될 수 있어요. 힘든 경험을 글로 쓸수록 독자들은 더 많은 것을 얻어가기도 하니까요. 내가 힘들수록 독자들은 행복해한다는 것을 알고 나니까, 저의 고통을 글로 쓰는 게 오히려 재미있어졌어요. 물론 스릴과 서스펜스가 넘치는 그런 재미는 아니고요(웃음). 고통을 이야기하는 것에 대한 두려움이 점점 사라진다는 의미이지요. 고통이 생면부지의 타인조차도 묶어주는 힘을 지닌 미디어라는 것을 알게 된 거예요. 그러니까 고통을 표현하는 데 두려움을 덜 느꼈으면 좋겠어요. 고통을 단순히 하소연하듯이 풀어내면 누구도 좋아하지 않겠죠. 하지만 고통에 나만의 특별한 의미를 부여하고, 그 고통이 끝내 아름다운 다른 무엇이 될 때까지 그 아픔을 승화할 수 있다면, 우리는 고통에 대한 글을 씀으로써 오히려 성장과 치유를 경험할 수 있거든요.

내가 가장 잘하는 건 '상처로부터의 줄행랑'이었다. 서른이 넘어서도 상처와 대면하는 법을 몰랐다. 무조건 도망치기만 하면 아픔이 마치 오래전 책갈피 속에 끼워두고 영영 펼쳐보지 않은 단풍잎처럼 그렇게 기억에서 사라질 줄 알았다. 하지만 상처는 밀림 속의 복병이었다. 이 앞에 무엇이 펼쳐져 있을지 알 수 없는 빽빽한 밀림 속에서, 트라우마는 마치 은밀한 복병처럼 아무 데서나 튀어나왔다. 내가 트라우마를 소유한 것이 아니라 트라우마가 나를 소유하고 있었다. 내가 콤플렉스를 숨기고 있는 것이 아니라 콤플렉스가 진정한 내 모습이 드러나지 못하도록 나 자신을 가로막고 있었다. 방법은 하나뿐이었다. 상처와 진검승부하는 것. 내 상처를 맨몸으로 대면하는 것.
알고 보니 '대면'이라는 단어 자체를 나는 두려워하고 있었다. 사람과의 대면도 두려운데 상처와의 대면이라니.

활 쏘는 법도 제대로 배우지 않은 채 전쟁터에 나서는 병사가 된 기분이었다. 하늘의 별만큼이나 많은 상처 중에 내가 가장 받아들이기 어려운 것은 '내면아이'란 녀석이었다. 진짜 어른이 되고자 평생 애썼는데 '알고 보니 너는 아직 어린아이에 불과해'라는 내면의 소리를 들어야 하다니. '내면아이'라는 심리학 용어에 그토록 반항심이 들었던 이유는 그 단어가 지금껏 내가 어렵게 쌓아온 모든 것을 무너뜨리는 것만 같았기 때문이다. 툴툴거리지도 않고, 남 탓도 하지 않는 듬직한 어른이 되고자 그토록 애썼는데, 또다시 '어쩔 수 없는 내 안의 나약한 소녀'로 퇴행하는 느낌이었다. (…) '내면아이 따위에 신경 쓸 틈이 어디 있어, 성장하기도 바빠죽겠는데.' 이렇게 온몸으로 내면아이를 부정하고 있는데, 뜻밖에 내 안에서 처음 듣는 볼멘소리가 들려왔다. 아주 어리고 유치하지만, 어디로도 더 이상 숨길 수 없는 내면아이의 목소리가. '네가 나를 항상 무시하니까 그렇지. 날 무시할수록 넌 더 힘들어져. 네가 나를 아무리 무시해도 내가 완전히 사라지는 것은 아니야.'

당혹스러웠다. 이 아이가 그동안 어디 숨어 있다가 지금 튀어나온 걸까. 오래전에 영원히 떠나보낸 줄로만 알았던 내 안의 철부지 소녀가 이제 어른이 된 내게 도움의 손길을 요청하고 있었다. 냉동 인간처럼 숨죽이고 있다가 '내면아이'라는 이름을 얻자마자 마치 오랜 마취에서 깨어난 듯 하품을 하며 기지개를 켰다. 오랜 겨울잠에서 깨어나자마자 그 아이는 다급한 얼굴로 나를 채근했다. 어서 자신을 달래달라고, 어서 자신을 일으켜달라고 보채기 시작했다. 어처구니없었지만 천만다행인 것은 이제 나에게 그 내면아이를 다독여줄 수 있는 힘이 생겼다는 점이었다.

《마흔에 관하여》중에서

내 인생을 오픈해야만 가능한 일

고립된 고통은 아무런 힘이 없어요. 하지만 고통을 누군가와 교감하면 고통마저 기쁨이 될 수 있어요. '아, 누군가는 내 마음을 알아주는구나. 내가 저 사람의 마음을 알 것 같아'라는 그 느낌이 결국에는 기쁨이 되는 거죠. 그게 글쓰기의 힘이에요. 원래 처음 시작할 때는 고통이었는데, 그 고통에 대해서 글을 쓰니까 누군가와 '함께 느낄 수 있는 기회'가 생기는 거예요. 《그때 알았더라면 좋았을 것들》을 읽은 독자가 저에게 이런 말을 하더라고요. 저와 비슷한 체험을 해서, '혹시 이분 나와 비슷한 동네에 살았나? 같은 학교에 다녔나?'라는 궁금증이 들더래요. 그래서 제 출신 학교나 이런 것들을 검색해보셨나 봐요. 그런데 하나도 겹치는 게 없었다며 아쉬워하셨어요. 그러니까 환경은 전혀 달랐지만 경험의 본질이 같았던 것이지요.

공감이란 그런 거예요. 서로 환경도 성격도 다를지라도, 상처를 받고 그 상처를 치유하는 인간적 감정의 본질은 비슷하거든요. 우리는 서로 닮은 고통이라는 보이지 않는 고리를 통해 강력하게 연결된 존재예요. 문화적 배경이 전혀 다르다 해도, 글쓰기를 통해, 그 속에 표현된 고통을 통해, 서로 연결되어 있는 것이지요. 그렇게 되려면 반드시 내 삶을 오픈해야만 해요. 내 삶의 굳게 닫힌 문을 활짝 열어야만 독자들은 나에게 다가와요. 어쩌면 '글을 너무나 쓰고 싶은데, 뭘 써야 할지 모르겠다'라는 생각이 든다면, 아직 자신의 삶의 문을 활짝 열 준비가 덜 되어서 그럴 수도 있어요. 조금 더 마음의 문을 열어보세요. '이런 것을 글로 써도 될까'라는 질문의 담장을 좀 더 낮춰보세요. 바로 그런 것을 써야 하는 거예요. 이런 걸 정말 써도 될까, 걱정스러운 것. 그것이야말로 분명히 글쓰기의 소중한 재료가될 거예요.

수줍고 까칠하지만 간절하게 세상과의 소통을 꿈꿨던 제가 처음으로 마음의 문을 활짝 열고 쓴 책이《그때 알았더라면 좋았을 것들》이었어요. '이제는 이판사판이다'라는 생각이 들었어요. 정말 힘들었던 때였거든요. 마음의 문을 활짝 열고 온전히 나 자신이 되어 글을 쓸 거면 쓰고, 아니면 모든 걸 접어버리자, 이런 심정으로 글을 썼어요. 그랬더니 그 진심이 독자들에게 드디어 가닿은 거예요. 그 책이 제 인생 최초의 베스트셀러가 되었지요. 하지만 베스트셀러가 되었다는 사실보다 더 좋은 건 '독자들 한 명 한 명'의 심정에 가닿았다는 분명한 느낌이었어요. 문학평론이나 영화에 대한 글을 쓸 때는, 그 가운데에 문학작품과 영화가 끼어 있었으니까요. 《그때 알았더라면 좋았을 것들》을 쓸 때는 그냥 직구를 던졌어요. 그냥 내 삶이라는 직구를 던졌어요. 평론이 커브라면 에세이는 직구예요.

때로는 커브가 필요하지만, 저는 직구를 던지는 체질이었어요. 그리고 직구를 잘 던지는 사람이 커브도 잘 던질 수 있지 않나요? 야구는 잘 모르지만, 삶은 그런 것 같아요. 직구라는 직설화법이 안 통할 때는 커브라는 에둘러 가기를 선택할 수도 있지요. 하지만 공은 역시 직구잖아요. 삶도 역시 직구예요. 글을 쓸 때 내 삶이라는 가장 아름다운 돌을 던지세요. 그것만큼 간절한 무기는 없어요.

글쓰기 수업을 할 때 저는 '원색적으로 써봐라' '날것으로 써봐라' '이것저것 검열하지 말고 네 마음속에서 가장 먼저 떠오르는 이미지를 글로 써봐라'라는 주문을 해요. 일단 거기서 시작해야 해요. 항상 첫 문장과 시작이 어렵잖아요. 그럴 땐 멋진 첫 문장 같은 건 생각하지 말고, 그저 마음속에서 떠오르는 가장 선명한 이미지를 글로 써보세요. 《그때 알았더라면 좋았을 것들》의 첫 문장은 "나는 동창회를 싫어한다"였어요. 아무런 기교가 없는 문장이지만 그 문장이 여전히 기억나는 이유는, 그것이 제 성격을 드러내는 첫 번째 직설화법이기 때문이에요. 사람들이 많이 모이는 곳을 싫어하고, 오직 진심을 담아 이야기할 수 있는 극히 소규모의 만남만을 좋아하는 제 성격요. 인생의 속도를 비교하는 동창회가 너무 싫고, 친하지도 않은 데 친한 척하는 사람들이 너무 싫고, 억지로 미소를 지으며 행복한 척하는 모습도 싫어요. 그렇다고 해서 사람이 싫다는 게 아니에요. 오직 진심 어린 소통을 할 수 있는 따뜻한 만남만을 필요로 한다는 거였어요. 이렇게 그냥 첫 문장부터 저를 오픈해버렸어요.

이렇게 소박하게 시작하면 됩니다. 《마흔에 관하여》에서는 더욱더 나 자신을 열어 보였어요. 보여주고 싶어서라기보다는, 그냥 나 자신이 튀어나와 버렸어요. 제가 온전한 제 모습을 글로 쓸 수 있을 때, 독자들도 '나와 닮은 상처'를 치유할 수 있는 가능성이 생긴다는 것을 온몸으로 깨달았기 때문입니다.

몸만 어른이지 속은 겁이 잔뜩 들어찬 스물아홉 살의 나도, 알고 보니 내면아이였다. 그때 아버지의 사업 실패로 우리 집은 빚더미에 앉았다. 아버지는 뇌경색으로 쓰러지고, 집안은 풍비박산 났다. 어디가 하늘인지 어디가 땅인지 구분할 수가 없었다. 나는 아버지의 빚을 물려받았고, 글을 쓰고 강의를 하며 근근이, 그야말로 애면글면 11년 동안 그 빚을 갚았다. 빚에서 해방되었을 땐 '진정한 자유의 나날'이 올 줄 알았는데, 그게 아니었다. 나에게 빚을 떠넘긴 아버지에 대한 원망, 나를 힘껏 도와주지 못한 가족에 대한 원망, '네가 그 빚을 다 떠안는 것 외에 우리 집은 다른 길이 없다'며 부담을 주었던 모든 사람에 대한 증오가 얽히고설키어 내 마음은 만신창이가 되어 있었던 것이다. 나는 11년 동안 고슴도치처럼 살았다. 온몸에 가시가 돋아나 아무도 내 상처 안으로 비집고 들어올 수가 없었다. 누가 나를 껴안아도 내 마음에 돋아난 날카로운 가시만을 느꼈을 것이다. 마흔이 다 되어서야 그 빚에서 벗어났지만, 기쁜 마음보다는 '내 청춘을 다 바쳐 아버지의 빚을 갚았구나'라는 절망감이 고개를 들어 더욱 뼈아픈 상실감이 파도처럼 밀려왔다. 빚을 갚을 때마다 오히려 내 영혼의 일부가 조금씩 파열되는 느낌이었다. 돈을 벌

수록 행복한 것이 아니라 오히려 내 꿈에서 멀어지는 느낌. 빚만 갚으면 다 끝날 줄 알았는데, '일'이 끝나고 나자 '진짜 감정'이 몰려왔다. 무의식에 오랫동안 쌓아두기만 했던 온갖 원망과 증오가 폭발했다. 나는 사회적으로는 어른이었지만 심리적으로는 어른도 아이도 아닌 괴물 같은 상태였던 것이다. 그제야 아프게 깨달았다. 이제 현재의 내가 과거의 나를 안아줄 시간임을. 가족을 지켜야 한다는 생각으로 돈을 벌고 또 벌어야 했던, 그래서 가끔은 내 능력을 벗어나는 일도 기꺼이 떠맡았던 지난날의 나를 온몸으로 안아주어야 한다는 것을.

내면아이와의 만남에서 주도적으로 말을 걸어야 하는 쪽은 성인이 된 나 자신이다. 내면아이는 뜻하지 않는 순간 오래된 트라우마의 형태로 자신의 감정을 표현할 뿐, 자신이 나서서 직접 행동할 수가 없다. 성인 자아가 먼저 말을 걸어주고, 그때는 몰랐지만 지금은 깨닫게 된 것들을 이야기해주면, 내면아이는 비로소 귀 기울이기 시작한다. 그리고 오래오래 숨겨두기만 했던 자신의 상처를 꺼내 보여주며 흐느끼기 시작한다. 나는 내면아이에게 이렇게 말을 건다. '오늘 하루도 힘들었지? 그동안 바쁘다는 핑계로 네 이야기를 들어주지 못해 미안해.' 이제 예전보다 꽤 자란 것 같은 내 안의 단발머리 소녀는 손사래를 친다. '괜찮아. 이젠 네 도움 없이도 잘 지낼 수 있어. 다른 아이한테 가봐.' 그러면 나는 일곱 살의 나에게, 열세 살의 나에게 여기저기 노크를 하며 '너는 어떻게 지내니?'라고 안부 인사를 한다. 아직 온전히 위로받지 못한 수많은 내면아이는 저마다의 외로운 감방에 틀어박혀 SOS 신호를 보내기도 하고, 이제는 상처가 말끔히 나은 얼굴로 해맑게 공기놀이나 고무줄놀이를 하며 즐거워하기도 한다. 상처가 고개를 드는 순간, 내면아이가 제발 나를 도와달라고 절규하는 순간은 분명 위기이지만 '내 안의 진짜 내 모습'과 만날 수 있는 소중한 기회이기도 하다. 이제 상처의 처절한 양면성을 조금 알 것 같다. 상처를 꺼내보며 대면하는 순간은 미칠 듯이 고통스럽지만, 상처를 꺼내보는 순간 내 안에서 '그 상처를 이겨낼 수 있는 커다란 힘'도 함께 나온다는 것을.

《마흔에 관하여》 중에서

나를 빼라고? 감정을 빼라고? 그럼 뭐가 남지?

여러분은 나라는 존재를 어떨 때 발견하시나요? 거울을

볼 때? 자기소개서를 쓸 때? 좋은 일이 일어났을 때? 나쁜 일이 일어났을 때? 저는 타인에게 공격을 받았을 때 나 자신을 발견해요. 평소에는 나다움이 평화롭게 유지되죠. 하지만 공격받았을 때는 전 존재가 긴장해요. 나 자신을 온 힘을 다해 지켜야 하는 거죠. 특히 나다움과 내가 가장 소중하게 생각하는 것들이 침해당할 때는 더욱 온 힘을 다해 맞서 싸워야 해요. 저는 대학원에서 논문을 쓸 때 충격적인 일을 경험했어요. 다른 사람들은 그냥 넘어가는데 저는 못 넘어가겠더라고요. "글을 쓸 때 '나'를 빼고 '감정'을 빼야 한다. 나라는 주어를 빼고 감정을 떠올리게 하는 모든 흔적을 지워라. 오직 논리와 이론만을 가지고 써라"라는 가르침을 듣는데 절대 따를 수 없었어요.

논문을 쓸 때 흔히들 듣는 이야기예요. 객관적이고 논리적으로 쓰라는 거예요. 그런데 저는 그 명령이 청천벽력처럼 들렸어요. 아, 이게 아닌데. 내가 이곳에 잘못 왔구나. 나는 이곳에 불시착한 외계인이로구나. 이런 생각에 한동안 괴로웠죠. 저는 이방인이었어요. 단지 다른 학과에서 국어국문학을 배우러 왔기 때문이 아니라 대학원이 요구하는 글쓰기의 규격에 저를 끼워 맞출 수가 없기 때문이었어요. 우리는 객관적 논리로만 사는 게 아니잖아요. 우리는 감정과 이성의 총체인데, 거기서 왜 이성만 똑 떼서 글을 쓰라고 할까요. 그러면 반쪽짜리 이야기가 되는 거죠. 우리는 그런 표현들을 너무 억압함으로써, 다양한 사람들의 개성을 놓치고 있는 것이 아닐까요.

이때부터 기나긴 방황이 시작됐지요. 대학원 공부는 하고 싶은데, 논문은 쓰기 싫었어요. 글은 쓰고 싶었는데, 그들이 원하는 그런 논문은 쓰기 싫었어요. 공부는 미치도록 좋은데, 문학은 미치도록 사랑하는데, 제도가 원하는 그런 글쓰기는 할 수가 없었어요. 나를 빼라고? 감정을 빼라고? 그럼 뭐가 남지? 이런 생각이 드는 거예요. 저에겐 그 두 가지가 전부였는데요. 나라는 존재와 감정이라는 불꽃. 그 두 가지가 제 생을 밀어가는 에너지인데, 그걸 빼고는 내가 누구인지 알 수가 있을까요. 나라는 존재의 본질적 부분을 건드리니까, 제가 휘청하더라고요. 그래서 아주 조금씩 저의 감정과 성격이 드러나는 글을 쓸 때마다 엄청나게 야단을 맞았지요(웃음). 아무리 애를 써도 도저히 숨길 수가 없었으니까요.

나와 감정을 빼버리면 저에겐 아무것도 남지 않는 느낌이었어요. 물론 저도 논리가 있고 이론이 있어요. 하지만 저의 논리와 제가 공부한 이론은 저의 감성이라는 날개를 달고, '나'라는 주어를 달 때만 의미가 있었어요. 저에게는 논리조차도 감성을 필요로 하는 그 무엇이었어요. 나를 사랑하지 않는 타인의 공격을 받을 수록 저는 더욱 강해지는 존재더군요. 기나긴 방황은 무려 12년이나 지속됩니다(웃음). 박사 논문을 쓸 때까지 저는 계속 미운 오리 새끼였고, 이방인이자 외계인이었지요. 한마디로 아웃사이더였어요. 하지만 괜찮았어요. 학교 밖에서는 활개를 치고 다녔으니까요(웃음). 학교 밖에선 제가 쓰고 싶은 글을 썼으니까요. 저도 모르게 뭔가 나다운 숨을 쉴 수 있는 곳, 간절한 숨통을 찾게 되더라고요. 저만의 글쓰기를 학교 밖에선 시작하고 있었고, 여러 권의 책을 내자 학교에도 소문이 나더군요(웃음).

저라는 존재의 모서리진 부분, 울퉁불퉁한 부분, 타오르는 부분을 도저히 숨길 수가 없었어요. 그게 저의 본질이니까요. 그래서 박사 논문까지는 쓰고 졸업을 했지만, 다시 논문을 쓰는 제도 내부로서의 삶을 시작하기가 어렵더라고요. 학교 밖에서, 더 완전한 나 자신이 되고 싶었어요. 물론 취직이 안 되기도 했어요(웃음). 딱 두 번 시도해보고, 그만두어버렸지요. 그 두 번의 낙방은 커다란 고통이었지만, 제가 누군지 알 수 있는 기회이기도 했어요. 더욱 나 자신이 되는 글쓰기, 그 어떤 제도의 규격에도 맞출 수 없는 나만의 글쓰기를 진정으로 시작해보고 싶었어요. 포기하는 것이 너무 힘들었지만 그래도 괜찮았어요. 돈을 더 많이 버는 것보다는 더 '나다운 나'의 삶을 선택하는 것이 좋았으니까요.

당신은 당신이 동경하는 바로 그 무언가가 되지 않아도 충분히 소중하고 아름다운 존재다. 나는 요새 매일 세 번씩 '나는 충분하다'라는 주문을 되뇐다. 이 주문은 자꾸만 나 자신을 '형편없는 존재'로 깎아내리려는 내 안의 초자아가 뿜어내는 독성으로부터 나를 보호해준다. '나는 충분하다'라는 주문을 되뇌며 내가 이미 지니고 있는 것들로 내 삶을 조화롭게 가꾸고 싶어 하는 내 안의 더 큰 나와 만난다. 나는 충분하다. 지금보다 더 많이 갖지 않아도 된다. 이미 많은 것들을 가지고 있다. 나는 충분하다. 내 결점들을 잘 알고 있지만, 그 결점 때문에 내가 지닌 본래의 빛이 가려지지는 않는다. 내가 가진 지혜와 용기의 빛만으로 충분히 이 세상을 헤쳐나갈 수 있다. 나는 충분하다. 타인에게 의존하지 않아도 내 삶을 꾸려갈 수 있다. 타인을 사랑하는 것과 타인에게 의존하는 것은 다르다. 나는 타인을 사랑하되 의존하지 않을 것이다. 나는 내 힘만으로 이 세상을 헤쳐나갈 수 있다. 이런 식으로 '나는 충분하다'라는 아주 간단한 문장을 좀 더 나다운 방식으로 해석하고 확장해 나아간다. 그렇게 나를 무시하고 비난하며 깎아내리려는 초자아에 맞서고, 초자아의 자기혐오가 그릇된 것임을 이성적으로 깨닫는다.

《1일 1페이지, 세상에서 가장 짧은 심리 수업 365》 중에서

과연 내 글을 좋아해줄까?

글 쓰는 일의 좋은 점은 항상 새롭게 자신을 빚어낼 수 있다는 거예요. 매번 새로운 주제로 글을 쓸 때마다 우리는 조금씩 새로운 존재가 되거든요. 또 거꾸로 생각하면, 매번 새롭지 않으면 버텨내기 힘든 세계가 글쓰기이기도 해요. 항상 새로운 주제로 글을 쓰려고 노력해야 좋은 작가가 될 수 있으니까요. 매너리즘에 빠진다는 건 큰일 난다는 뜻이기도 해요. 글이 너무 잘 써진다 싶을 때가 오히려 위험한 거예요. 전혀 새로운 내용이 아닐 수가 있거든요. 익숙하고 쉬운 내용을 나도 모르게 자기복제할 수가 있어요. 정말 새롭다면 잘 안 써지는 게 정상이거든요. 술술 잘 풀린다면 뭔가 익숙한 길을 걸어가는 것일 수가 있어요. 새로운 글을 쓸 때는 한 문장 한 문장이 새로운 길이기 때문에, 마치 길을 닦는 것처럼 험난한 과정이 존재하기 마련이에요. 이렇게 써도 될까? 과연 이 길이 맞는 걸까? 끝없이 질문하며, 울퉁불퉁하게, 비틀거리며 나아가는 게 진정한 새로움이죠.

끝없이 새로움을 향해 나아갈 때 부딪히는 첫 번째 괴물은 바로 내 안의 부정적 자기암시예요. 도대체 누가 나를 이해해줄까 하는 두려움. 내 글을 누가 읽어주겠어 하는 부정적 선입견. 아무도 내 글을 좋아하지 않을 거야 하는 비관적 전망. 이것이 바로 내 안의 용, 내 안의 괴물이에요. 내 안의 적과 싸워 이겨야지 독자와의 교감, 타인과의 공감이 가능해져요. 사람들이 내 글을 좋아해줄까? 내 책을 아무도 안 읽으면 어떡하지? 이런 걱정을 하면 한 줄도 못 써요. 그 용과 싸워 이겨야만 비로소 우리는 앞으로 나아갈 수 있지요.

저는 작품 활동 초기에 '내 안의 상처'가 글쓰기의 장애물이라고 생각했어요. 어딜 가나 이방인 같고, 나만 적응하지 못하는 것 같고, 아웃사이더라는 느낌이 강했지요. 하지만 그것은 괜한 기우였어요. 또 어떤 면에서는 진정한 이방인이 되는 것이 글쓰기에 유리해요. 소외와 상처를 아는 사람만이, 그런 잘못된 현상을 고치려는 강한 의지도 다질 수 있거든요. 제가 저의 상처와 외로움에 대해 솔직히 고백할 용기를 낼 때마다 독자들은 제 앞으로 한 걸음씩 다가와주었어요. 《그때, 나에게 미처 하지 못한 말》을 쓸 때, 제가 이런 생각을 했거든요. 너무 외로워서 글이라도 써야겠다는 생각을 한 순간, 나는 작가가 된 것이로구나.

이 세상에서는 아직 내 마음과 비슷한 글을 찾을 수가 없어서, 내가 나를 위로하는 글, 내가 나를 어루만지는 글을 써야겠다고 생각했어요. 그 깨달음이 많은 걸 변화시켰지요. 이해받을 수 있다는 자신감이 아니라 이해받을 수 없을지도 모르는 공포를 완전히 끌어안을 때, 그 절망의 밑바닥에서 신기하게도 용기가 생기더라고요. 너무 외로워서 글이라도 써야겠다고 마음먹은 순간, 글을 써서라도 반드시 나의 외로움을 극복하겠다고 마음먹은 순간, 글을 써서라도 반드시 나의 마음과 비슷한 친구를 찾고야 말겠다는 의지가 생겼고, 그것이 결국에는 나처럼 아파하는 독자들을 찾아 제 글을 보여드리고 싶은 마음, 그 글로 끝내 우리는 소통하고 교감할 수 있다는 믿음으로 이어졌어요.

우리는 '수많은 사람 중에, 보이지 않는 하나의 점' 같은 미미한 존재가 아니다. 대중의 유행을 따라가거나 대중의 취향에 종속되는 일이야말로 창조적 삶을 꿈꾸는 사람들이 가장 경계해야 할 것이다.

나는 내 마음 깊은 곳의 목소리를 좀 더 생생하게 듣기 위해, '셀프의 목소리'라는 노트를 하나 만들었다. 그 노트에는 남들의 시선에 신경 쓰지 않는 오직 나만의 투명한 목소리들이 담겨 있다. 거기에는 이런 낙서들이 둥지를 틀고 있다. "누가 뭐라든, 나만의 글을 써야지. 아무에게도 보여줄 수 없더라도, 하루에 한 페이지 이상씩 나만의 글을 쓰고 싶다. 타인에게 길들인 시선이 아닌 나만의 시선으로 세상을 바라보고, 더 많은 사람을 보살피고, 더 깊이 사람들을 아끼고 사랑해야지." 이런 솔직한 문장을 쓸 때마다 나는 더 강인해지고 용감해진다. (⋯)

192

우리가 자기 안의 눈부신 창조성의 날개를 펼칠 때, 셀프
는 가장 환한 미소로 당신의 도전을 반겨줄 것이다.

《헤세》 중에서

글쓰기의 터닝 포인트

제가 '진짜 나의 이야기를 써야겠다'라고 결심했던 순간,
결정적 전환점이 있었어요. 평론이나 연구에서는 하지 못한 말,
다른 문학작품이나 영화를 빌려서는 하기 어려운 말, 오직 나 자
신의 이야기를 써야겠다고 결심한 순간이었어요. '내 이야기는
중요하지 않아'라는 생각을 버리게 된 거예요. 제 친구가 용기
를 주기도 했어요. 친구와 술잔을 기울이면서 했던 이야기였어
요. 친구는 저에게 이렇게 말했죠. "이제 너만의 이야기를 써봐.
평론은 그만하고 너만의 이야기를 써봐." 그렇게 '나는 다른 위
대한 문학작품의 이야기가 아니라 너의 이야기를 듣고 싶어'라
고 이렇게 이야기해준 친구가 저에겐 은인이었지요. 그런데 그
때 제가 뭐라고 대답했는지 아세요? "내 이야기는 중요하지 않
아. 내 이야기는 너무 보잘것없고, 재미도 없어." 그게 저의 그림
자였던 거예요. 저는 제 이야기를 전혀 사랑하지 않고 있었던 거
예요. 그런데 친구가 깜짝 놀라면서 이렇게 말하더라고요. "아니

야, 넌 이제 준비가 되었어. 충분히 훈련했어. 이제 너의 이야기를 시작할 때야" 저는 수줍어하면서, 얼굴을 붉히면서, 아직 아니라고, 난 멀었다고 대답했지요. 나 자신이 너무 부끄럽더라고요. 뭔가 중요한 마음속의 진실을, 아무도 모르는 내 슬픈 그림자를 들켜버린 느낌이었어요.

　집에 돌아와서 곰곰이 생각해봤어요. 아프지만 소중한 진실과 마침내 대면했다는 생각이 들었어요. 나는 나의 이야기를, 내가 살아온 이야기를 사랑하지 않고 있었구나. 온 힘을 다해 내 삶을 가꾸어왔으면서도, 정작 내 삶을 사랑하지 않고 있었구나. 나 자신을 미워하고, 나의 이야기를 증오하고 있었구나. 그 깨달음이 너무나 쓰라렸어요. 친구의 말이 맞았어요. 저는 제 이야기를 해야만 진짜 나 자신이 될 수 있었어요. 이제 위대한 작가들의 등 뒤에 숨어서 내 이야기를 수줍게 칼국수 위의 계란지단 고명처럼 슬쩍 얹어놓지 말고, 내 삶이라는 밀가루로 나만의 칼국수를 빚어내야겠다는 생각이 들었어요. 그즈음《그때 알았더라면 좋았을 것들》이라는 책을 쓰기 시작했지요. 제가 온 힘을 다해 질문을 던지고 있으면, 세상이 언젠가는 대답을 준다는 생각이 들 때가 있어요. 제가 그런 고민을 하고 있을 때 마침《그때 알았더라면 좋았을 것들》이라는 책을 써달라는 편집자의 제안이 들어왔어요. 그 편집자 양으녕 님이 제 삶에 매우 소중한 터닝 포인트를 선물해준 거예요. 이제 국문학 박사 정여울이나 문학평론가 정여울이 아닌 작가 정여울로 살아보라고, 세상이 저에게 다정하게 손을 내민 느낌이었어요.

그런데 막상 소중한 기회가 찾아오자, 또 고민이 생겼어요. 나는 위로하는 글을 잘 못 쓸 것 같다, 편집자님이 원하는 건 뭔가 따스한 위로, 대중적 자기계발서가 아니냐, 라고 물어보았지요. 나는 그런 말랑말랑한 글을 못 쓸 것 같다고 고백을 했어요. 그랬더니 놀라운 대답이 돌아왔어요. "선생님이 생각하는 것, 아무거나 좋으니 무엇이든 써주세요." 이 사람이 날 어떻게 알고 이러나 싶었어요. 그런 무조건적 응원을 완전한 타인에게 들어본 건 처음이었거든요. 그런 말은 아주 친한 사람한테나 들을 수 있는 말이잖아요. 그때 저는 베스트셀러를 쓴 적도 없고, 대중적 글을 써본 적이 없었거든요. 그래서 너무 두려웠던 거예요.

저의 이야기를 할 준비는 되었는데, 그걸 많은 사람한테 제대로 표현할 수 있을지, 자신이 없었어요. 그런 저에게 그 편집자의 응원은 커다란 힘이 되었어요. 제 책 중에 《시네필 다이어리》를 읽었다고 하더라고요. 그 책도 쉽지만은 않거든요. 하지만 너무 재미있었다고, 저의 다른 글을 보고 싶다고 이야기하더라고요. 본격 영화평론은 아니고 영화와 철학을 이어주는 글이었는데, 대중적인 글은 아니었거든요. 하지만 저의 딱딱한 글

속에 숨은 '불꽃'을 봐준 거예요. 아, 이 작가는 평론이라는 딱딱한 틀 속에 되게 말랑말랑하고 뜨거운 무언가를 숨기고 있구나.

평론이라는 틀 속에 숨은 제 진짜 본모습이 궁금했던 거예요. 뭔가 '제발 누군가 나를 발견해주길' 기다리다가, 마침내 제 존재가 발각되었을 때의 당황스러움, 반가움, 고마움, 이런 것들이 한꺼번에 몰려왔어요. 아, 내가 아무리 평론가로서의 글을 써도 '내 안의 작가'의 꿈을 알아봐주는 사람이 있구나. 그래서 그 편집자에게 지금도 늘 고맙게 생각해요. 그녀와 두 권의 책을 더 냈지요.《그때 알았더라면 좋았을 것들》의 후속편인《그때, 나에게 미처 하지 못한 말》 그리고《헤세》예요. 나의 뜨거운 진심을 알아주는 사람, 내가 미처 말하지 못한 내용까지 상상하고 공감해주는 사람이야말로 최고의 독자이고 최고의 편집자이지요.

그래서 끊임없이 타인에게 나의 글을 보여줘야 하는 거예요. 보여줘야 소통할 수 있거든요. 보여주기도 전에, '아무도 날 이해 못 할 거야'라고 생각해버리면 안 되죠. 우리가 글을 쓰면서 가장 멀리해야 할 감정 중의 하나가 자기혐오예요. 그런 것은 멀리 떨쳐버려야 해요. 그리고 신이 나서 자기 이야기에 자기가 도취되어 쓰다보면, 어느새 그런 감정은 달아나버려요. 누군가 단 한 명이라도 내 이야기를 읽고 공감해주면, 어느새 그런 나쁜 감정은 사라져버리죠. 이것이 글쓰기의 치유적 효과예요. 저는 그 책을 쓰면서 제가 오랫동안 앓았던 자기혐오라는 마음의 질병을 극복했어요. 내 이야기를 진심으로 사랑하기 시작한 거죠. 뭔가 화려하고 대단한 이야기는 아니지만, 그것이 멋진 이야기여서가 아니라 '나의 이야기'이기 때문에 소중하다는 것. 그것을 잊지 않았으면 해요. 여러분의 이야기는 저마다 이 세상에 하나밖에 없는 독특한 이야기라는 것. 그 독특함을, 그 눈부신 개성을 표현할 수 있는 글쓰기를 지금부터 시작하시면 됩니다. 그러려면 우선 '나의 이야기가 중요하다' '나의 이야기는 그 자체로 소중하다'라는 마음가짐을 꼭 잊지 않았으면 좋겠어요. 우리는 글쓰기를 통해 반드시 교감할 수 있는 존재들이고, 글쓰기를 통해 반드시 서로를 이해하고 그 아픔에 공감할 수 있는 존재들이니까요.

비난의 말들, 트라우마의 기억이 마치 '붉은 피'처럼 선명한 색으로 우리 가슴을 물들인다면, '내 안의 더 큰 나'를 만들어가는 과정은 내 마음이라는 작은 연못을 끝이 보이지 않는 거대한 바다로 만들어가는 과정이다. 비난의 화살, 트라우마의 상처가 아무리 붉은 피처럼 선명하더라도 내 마음이라는 드넓은 바다에 섞여버리면 그 어떤 힘도 발휘하지 못한다. 바닷물에 한 방울의 핏방울을 떨어뜨려도 아무 변화가 없는 것처럼. 내 안의 더 큰 나를 발견하고, 확장하고 성장시키면, 그 어떤 상처도 나를 무너뜨리지 않는 무적의 요새를 지을 수 있다.

《1일 1페이지, 세상에서 가장 짧은 심리 수업 365》 중에서

공간: 취재의 공간,
집필의 공간

늘 바라보는 곳이 아닌 낯선 장소의 삶을 이해해보는 것.
머나먼 곳에서 취재하며 글 쓰는 일의 희로애락은
작가의 삶에서 매우 커다란 비중을 차지합니다.

공간을 바꾸면 글이 달라진다

제 인생의 가장 큰 전환점 중 하나가 《내가 사랑한 유럽 TOP10》을 쓴 일이었어요. 항상 한국문학이 중심이다가 유럽여행으로 테마가 바뀌니까, 이제 글쓰기의 공간이 바뀌니까 완전히 제 글이 바뀐 거예요. 글 쓰는 공간을 바꾸는 것도 좋고, 글쓰기에서 묘사나 분석의 대상이 되는 공간을 바꾸는 것도 좋아요. 직접적으로 바꿀 수 없더라도, 간접적으로 어떤 공간을 상상하면서 글을 쓰는 것도 도움이 되지요. 머릿속이 복잡할 때는 물의 이미지가 도움이 되거든요. 거대한 이구아수폭포의 사진 한 장을 찾아서 컴퓨터 바탕화면에 깔아놓거나 눈이 시리게 푸르른

바다가 그려진 멋진 엽서 한 장을 구해서 책상에 붙여놓는 것도 좋아요. '여기가 아닌 다른 공간'을 상상하면서 글을 쓰면 글쓰기의 느낌이 확 달라집니다. 《내가 사랑한 유럽 TOP10》을 쓸 때 프라하에 대한 글을 쓰면서 '나의 글이 바뀌고 있구나'라는 느낌을 강하게 받았어요.

같은 장소에 아무리 여러 번 가더라도 결코 질리지 않는 풍경이 있다. 내게는 로마의 트레비 분수와 프라하의 카를교가 그렇다. 사람들은 이곳에만 오면 남녀노소 가리지 않고 천진난만한 아이가 된다. 제정신을 잠시 집에 놓고 온 사람들처럼 애나 어른이나 평등하게 이성을 잃고 열심히들 논다.

특히 나는 카를교에 일곱 번이나 가봤는데 갈 때마다 다른 풍경, 다른 미소들을 볼 수 있어 뿌듯했다. 카를교는 무엇보다 숨 막히게 아름답다. 500미터 가까이 되는 커다란 다리 어느 한구석도 빤한 풍경이 없다. 조각상 하나하나에는 오랜 세월 비바람을 견뎌온 인물들의 사연이 꿈틀거리고, 마치 세상에서 가장 편안한 안락의자처럼 조각상에 기대어 앉은 사람들의 뒷모습조차도 또 하나의 풍경이 된다.

카를교 자체도 아름답지만 각각의 조각상들이 수많은 이야기를 품고 있는 듯하여 끊임없이 여행자들로 하여금 셔터를 눌러대게 한다. 카를교에서 바라보는 석양은 온갖 시름을 잊게 한다. 블타바강 어귀로 나룻배들이 천천히 노를 저어 가고, 서쪽으로 기우는 해가 강물 위를 온통 황금빛으로 물들인다. 프라하 고성을 비롯한 온갖 명물들이 오렌지빛과 체리빛 노을로 물들어가면 정신없이 뛰놀던 아이들도, 은밀한 정담에 시간 가는 줄 모르던 연인들도, 저마다 할 말을 잃고 조용히 석양을 바라보게 된다.

물론 전 세계 어디서나 해가 뜨고 해가 진다. 하지만 그중에는 특별히 아름다운 일출도, 특별히 아름다운 석양도 있다. 사람들은 동해안의 일출을 보기 위해 밤새 고속도로를 달리고, 카를교의 석양을 보기 위해 열 시간 넘게 비행기를 타기도 한다.

해가 지는 광경을 바라보고 있노라면 애써 잊었던 슬픔들이 일제히 깨어나 다시금 심장이 따끔거린다. 어린 왕자가 슬플 때마다 해가 지는 광경을 보기 위해 그 조그마한 행성에서 의자의 위치를 바꿔가며 하루에도 마흔네 번이나 해 지는 풍경을 바라본 이유를 이제는 알 것 같다.

슬픔은 더 커다란 슬픔으로 치유된다. 나는 카를교의 석양이 너무 슬퍼서, 그 거대한 우주의 슬픔 앞에 내 모든 슬픔이 꼬마전구처럼 작고 하찮게 반짝이는 것 같아 문득 웃음이 나왔다. 어린 왕자도 이렇게 해가 지는 광경을 바라보며 자신의 모든 슬픔을 우주의 너른 품 안에 맡겨두고 온 것은 아닐까.

해 질 녘의 카를교가 우수에 찬 노스탤지어를 불러일으킨다면, 햇빛 찬란한 대낮의 카를교는 사랑과 희망으로 가득 차 있다. 내가 뜻하지 않게 참석하게 된 가장 아름다운 결혼식도 프라하의 카를교에서였다. 나는 신기하게도 프라하에 방문할 때마다 꼭 결혼식을 보았다. 저 유명한 프라하 시계탑 아래서 결혼하는 커플도 있었고, 카를교 위에서 결혼하는 커플도 있었다.

카를교에서의 결혼식은 연출되지 않은 거대한 세트장에서 로맨스 영화 한 편을 찍는 것처럼 달콤하기 이를 데 없었다. 20대 초반으로 보이는 어린 신부는 카를교 위로 내리쬐는 햇빛처럼 찬란한 미소를 지으면서 모두의 축하를 받았다. 주례도, 축의금도, 피로연도 없는 단출한 결혼식이라 더욱 로맨틱한 느낌을 주었다. 천연 세트장이라 따로 꽃 장식도 필요 없었고, 그저 다리 위를 오가는 모든 사람들의 알록달록한 옷차림이 마치 살아 움직이는 꽃 장식처럼 어여쁘게 보였다. 전 세계의 여행자들이 모여 그들의 결혼식을 누가 먼저랄 것도 없이 축하해주었고, 신부와 신랑은 모두에게 "땡큐"를 연발하며 인생에서 가장 빛나는 순간을 만끽했다.

카를교는 사랑하는 두 남녀와 수많은 커플들, 가족들의 사랑으로 가득 차오른다. 오스카 와일드는 《도리언 그레이의 초상》에서 '낭만'과 '공간'의 상관관계를 멋들어지게 설명한 적이 있다.

"진정 낭만적인 인간에게는 배경이야말로 전부이거나 거의 전부인 것이다." 낭만을 아는 사람들은 공간의 아름다움을 최대로 활용할 줄 아는 사람들이다. 카를교에서 어깨를 끌어안고 키스하는 사람들, 서로의 손을 잡고 오래오래 산책하는 사람들, 결혼식을 올리는 사람들, 홀로 석양을 바라보며 옛사랑을 추억하는 사람들, 그들 모두는 '낭만의 거처'를 아는 사람들 같다. 아름다운 공간은 단순히 인물 뒤를 받쳐주는 배경이 아니라 우리 삶의 모든 빛나는 순간을 고스란히 담아내는 거대한 마음의 그릇이다.

《내가 사랑한 유럽 TOP10》 중에서

저는 이 글을 쓸 때 '이곳에서 뭘 먹고 뭘 하고' 하는 식으로 단순한 묘사를 하고 싶지 않았어요. 프라하가 선물해준 감성을 쓰고 싶었거든요. 그것은 어떤 낯선 공간에 대한 순수한 사랑이었어요. 공간에 대한 사랑, 이런 감정을 토포필리아topophilia라고 해요. 공간topos에 대한 사랑philia, 그것이야말로 제가 여행을 꿈꾸게 된 가장 큰 이유였지요. 여행을 다니기 전에는 공간 감각 자체가 희박했어요. 우리나라 안에서도 여행을 잘 안 다녔으니까 '다른 지방 사람들은 어떻게 살까'에 대한 상상력 자체가 부족했거든요. 공간에 관심이 생겼다는 것, 심지어 어떤 장소에 대한 지독한 열병에 가까운 사랑이 생겼다는 것이 바로 여행이 저에게 준 선물이었어요.

여행을 취재할 때는 '사진'보다도 '메모'를 많이 활용하는 게 좋아요. 사진만 찍고 그때 그 느낌을 기록해놓지 않으면, 나중에 글을 쓸 때 애먹게 되더라고요. 여행을 가면 '남는 건 사진뿐'이라면서 사진 찍는 일에 너무 많은 시간을 보내잖아요. 그보다는 장소와 사건 그 자체에 집중하는 게 취재에는 좋지요. 그 장소에 완전히 젖어들어서, 온몸으로, 온 마음으로 그곳에 존재하는 것. 그것이 최고의 취재예요. 그러니까 정말 여행에 푹 빠졌을 때는 사진도 메모도 별로 신경 쓰지 않게 되지요. 그냥 그곳의 사람들과 나누는 이야기, 풍경의 아름다움, 예술 작품의 경이로움, 그 자체에 빠져들게 되니까요.

토포필리아, 즉 공간에 대한 사랑을 느끼려면 그 공간과 친해져야 해요. 공간과 친해지기 위해 가장 먼저 하는 일은 일단 그곳에서 오랫동안 시간을 보내는 거예요. 예전에 베를린에서 거의 두 달 가까이 살아본 적이 있거든요. 아무런 공식적 임무도 없었는데, 그냥 그렇게 하고 싶었어요. 아주 싼 가격에 하숙집을 얻어서, 베를린을 베이스캠프로 삼아 유럽여행을 했지요. 주중에는 베를린에 주로 있고, 주말에는 오스트리아의 빈이나 독일의 뮌헨, 체코의 프라하 등에 다녀왔던 거예요. 마치 베를린 사람처럼 지내본 그 두 달간의 체험이 저에게는 소중한 '장소의 기억'을 형성했어요. 왜냐하면 '여행자'가 아니라 '거주자'의 느낌을 처음 가져보았거든요. 아침 식사도 직접 만들어서 먹고, 마트나 시장에서 장도 보고, 쓰레기 분리수거도 하고, 동네 빵집에서 빵을 사며 주민들과 이야기도 나누고, 심지어 '베를린 뮤지엄 패스' 1년 권을 끊어서 다니기도 했어요.

제가 박물관을 너무 좋아하니까, 1년 권을 끊는 게 매번 티켓을 끊는 것보다 훨씬 저렴하더라고요. 베를린 뮤지엄 패스 1년 권을 끊기 위해서 처음으로 외국에서 증명사진을 찍었는데, 즉석에서 아주 편리하게 찍었어요. 그런 낯설고도 소박한 체험이 '베를린 사람으로 살아보기'의 매력이라는 걸 알게 되었지요.

어떤 날은 특별한 목적지를 정해두지 않고 그냥 한없이 걷기도 했고요. 《내가 사랑한 유럽 TOP10》을 쓰고 나서 그런 여행을 할 마음의 여유가 생겼지요. 그래서 그 후속편인 《나만 알고 싶은 유럽 TOP10》이나 《내성적인 여행자》를 쓸 때는 '여행자'의 느낌보다는 '임시 거주자'의 느낌으로 써보고 싶었어요. 여행자는 잠시 스쳐가는 이방인이라면, 거주자는 '그들 속으로' 들어가 사는 현지 생활인과 다름없지요. 그 차이를 느껴본 시간이었고, 베를린에 대한 사랑이 훨씬 깊고 진해졌어요. 지금도 베를린에서 자주 가던 식당이 그리워요. 언제나 친절하고 음식도 맛있고, 단 한 번도 인종차별을 하지 않던 곳이었어요.

이렇듯 '장소에 대한 사랑'이 생기면, 그곳에 대한 글은 마치 '영감의 샘물'이 내 안에서 솟아나오는 것처럼 저절로 신이 나서 써지지요. 그곳에서 체험한 아주 작은 에피소드를 쓰는 것만으로도 장소에 대한 사랑이 되살아나니까요.

가장 편안함을 느끼는 장소 찾기

글을 쓰는 장소에 대한 질문을 자주 받곤 해요. 어디서 글을 쓰는지, 글을 쓸 때 특별한 습관이나 '루틴'이라고 할 만한 규칙이 있는지, 언제 어디서 자주 영감을 받는지, 이런 질문들을 자주 받아요. 저는 '어디서나'라고 대답하고 싶어요. 물론 가장 글을 많이 쓰는 장소는 정해진 곳이에요. 예전에는 집이었고 지금은 작업실이지요. 가장 많은 시간을 보내고 가장 편안하게 집중할 수 있는 나만의 작업 공간이 있으면 당연히 좋아요. 하지만 그런 공간이 없을 때는 '어디서나 글을 쓸 수 있다'라는 생각을 하는 게 중요해요. 저도 작업실을 얻기까지는 15년 이상 방황했어요(웃음). 그 시간도 분명 의미가 있었어요. 왜냐하면 '어디서나 글을 쓸 수 있다'라는 생각을 할 수 있을 만큼, 정말로 많이 돌아다녔거든요.

여행 중 비행기에서 글이 잘 써지기도 했어요. 지방 강연을 하기 위해 이동하는 기차에서 집중이 잘되기도 했지요. 작업실이 없을 때는 주로 동네 카페를 이용했어요. 노트북 자판 두드리는 소리를 내면 주변 사람에게 미안해서 도서관은 이용하기가 어렵더라고요. 이 카페에서 저 카페로 이동하면서 글을 쓰는 게 30대 중반까지의 글쓰기 패턴이었어요. 하지만 언제 어디서나 집중할 수 있는 훈련을 한 것이 가장 멋진 일이었지요. 지하철에서 쓴 글도 정말 많아요. 원고지 10매 정도의 짧은 칼럼은 지하철에서 쓰기 딱 좋았어요. 지하철에 앉을 자리가 없을 땐 서서 쓰기도 했어요. 한 손은 노트북을 들어야 하니까, 나머지 한 손으로 독수리 타법으로 자판을 두드려야 했지요. 노트북을 떨어뜨릴 뻔한 적도 많았지만 재미있었어요(웃음). 지하철에서 내리면 바로 벤치가 보이잖아요. 그럼 거기 앉아서도 한참 썼어요. 생각의 흐름이 끊어지면 안 되니까요. 지하철에 앉았을 때는 너무 몰입해서 열심히 쓰다가 내릴 역을 놓친 적도 많아요. 하지만 그렇게 해서라도 목표한 글쓰기의 분량에 도달할 수만 있다면 기뻤지요. 고생스럽다고 생각하진 않았어요.

글쓰기에 집중할 때는 자기 자신을 감금하는 용기가 필요해요. 외부의 자극으로부터 자신을 봉인해야 합니다. 다른 사람들이 들어올 수 없는 공간을 하나 만들면 좋아요. 난방 텐트나 인디언 텐트를 활용하는 것도 좋은 방법이에요. 독서실 책상처럼 양옆의 시선을 가려주는 작은 책상을 마련하는 것도 괜찮은 방법이고요. 내가 집중할 수 있는 환경을 만들기 위해서는 가족들의 협조도 구해야지요. 가족이 있는 공간에서 글쓰기를 할 때는 소음을 차단할 수 있는 이어폰을 사용해서라도 완전히 스스로를 봉인하는 것이 중요합니다. 오히려 카페나 지하철보다도 집에서 집중하는 게 훨씬 어렵더라고요. 밖에서는 '이곳이 공공장소다'라는 긴장감 때문에 열심히 집중하게 되거든요. 이용할 수 있는 시간도 한정되어 있으니까 짧은 시간에 고도의 집중력을 발휘할 수 있어요.

하지만 집에서는 늘어지지요. 텔레비전도 보고 싶고, 간

작업실이 없었던 시절엔
어디에서나 썼습니다.

카페, PC방, 지하철, 공원 벤치 등
장소를 가리지 않았습니다.

방황을 하느라 고생은 했지만

목표한 글쓰기 분량을 채우면 기뻤어요.

식도 먹고 싶고, 괜히 냉장고를 들락거리며 맥주 앞을 기웃거리게 되고(웃음). 집은 놀이와 휴식의 유혹이 많기에 작가들은 별도의 작업 공간을 필사적으로 구합니다. 저도 집에서 작업할 때는 텔레비전을 켜놓고 글을 쓰다가 망한 적이 한두 번이 아니죠(웃음). 멀티태스킹은 원천적으로 불가능하거든요. 특히 글쓰기는요. 음악을 들으면서 글을 쓴다 하더라도 어떤 순간은 음악을 듣고 어떤 순간은 글을 쓰게 돼요. 우리는 멀티태스킹을 하는 것이 아니라 멀티트래킹을 하는 것이라고 하더라고요. 이 길을 걸었다가, 저 길을 걸었다가, 그러니까 글을 쓰다가, 딴청을 피우다가, 음악을 듣다가, 멍하니 있다가, 이런 식으로 여러 트랙을 왔다 갔다 할 뿐이라는 거예요. 그러니까 완전한 집중은 '유혹의 미디어'가 있을 때는 불가능하죠. 특히 텔레비전을 절대로 가까이해선 안 돼요. 차라리 보고 싶은 걸 실컷 다 보고 나서 글을 쓰세요. 그럼 마감 시간에 쫓겨 어쩔 수 없이 집중할 수도 있거든요(웃음).

인터넷도 문제예요. 인터넷과 연결되어 있는 한, 온라인 상태에 있는 한, 순수한 집중에 다다를 수 없어요. 그러다보면 눈 건강도 나빠지죠. 작가에게 가장 중요한 신체기관은 손과 눈이잖아요. 두뇌는 당연하고요. 인터넷 서핑은 손목의 근육을 망가뜨리기 쉽고, 눈 건강을 상하게 하고, 우리의 두뇌도 엉망진창으로 헝클어버리지요(웃음). 좀 더 순수한 집중에 가까운 시간을 하루에 두 시간이라도 만들어보았으면 좋겠어요. 인터넷도 휴대폰도 잠시 잊어버리고, 오직 '읽기와 쓰기'에만 집중하는 시간요. 아무래도 기계와 함께 있으면 또다시 유혹에 빠지니까, 종이와 연필, 노트와 펜으로 글을 쓰는 것이 좋아요. 그러면 완전히 어떤 검색도 없이 오직 내 마음과 내 손으로 글을 쓰게 되지요. 그렇게 초고를 노트에 완전히 손으로 쓴 다음, 그것을 정교하고 섬세하게 다듬는 작업은 노트북으로 하는 것도 좋은 방법이에요.

아주 유명한 작가라도 책상 하나 없이 글을 쓰는 분들도 있어요. 토니 모리슨이 대표적인 경우이지요. 노벨문학상을 받은 토니 모리슨은 그냥 의자에 앉아서 무릎에다 노트를 올려놓고 글을 썼대요. 오랫동안 그렇게 작업하다보니 습관이 되어서, 굳이 커다란 책상을 필요로 하지 않게 되었죠. 시몬 드 보부아르와 장 폴 사르트르는 항상 카페에서 글을 썼어요. 그것도 파리에서 가장 사람들이 많이 모이는 '카페 드 플로르' 같은 시끌벅적한 공간에서요. 카페에 찾아오는 수많은 예술가는 그들의 존재만으로 그들에게 영감의 씨앗이 되었던 것 같습니다. 의외로 아주 이상적이고 완벽한 공간에서 글을 쓴 유명 작가는 많지 않아요. 오랫동안 포기하지 않고 좋은 글을 쓴 사람들의 특징은 환경을 탓하지 않는다는 거죠. 어떤 환경에서든 끝내 책을 읽고 글을 썼으니까요. 열악한 공간에서도 기죽거나 스트레스를 받지 않아야 해요.

어디든 글쓰기의 공간으로 만들어보세요. 모든 곳을 내 글쓰기의 영감을 주는 곳으로 만들고, 모든 곳을 내가 글을 쓸 수 있는 공간으로 만들어보세요. 비스듬히 앉아서도 써보고, 소파에 누워서도 써보고, 싱크대에 노트북을 올려놓고 서서도 써보세요. 자세를 바꿀 때마다 뭔가 다른 아이디어가 떠오르거든요. 우리의 두뇌 또한 몸이기 때문에 정신적 자극만으로는 부족해요. 끝없이 물리적 자극을 줘야 하지요. 집에서도 걷고, 움직이고, 요리도 하고, 설거지도 하면서, 여러 가지 활동을 해야 두뇌가 활발하게 움직입니다. 집중을 위해 자신을 감금하되, 그 공간 안에서는 자주 움직이세요. 어디서든, 언제나, 어떤 상황에서든 쓸 수 있다는 생각이 당신을 진정한 작가로 만들 것입니다.

고백: 내 안에 깊이 숨어 있는
이야기의 보물창고

나라는 존재야말로 가장 풍요로운 이야기의 보물창고라는 걸
우리는 자주 잊습니다. 입 밖으로 꺼내기 너무 어려운 말도
글로 풀어놓으면 눈부신 생각의 열매가 되곤 합니다.

뼈아픈 실패를 고백한다는 것

독자일 때와 작가일 때, 우리의 마음은 어떻게 변화할까요. 독자일 때는 작가가 뭔가 엄청난 이야기를 해주기를, 특히 아주 '흥미진진한 자기고백'을 해주기를 바랍니다. 하지만 작가일 때는 바로 그 흥미진진한 자기고백이야말로 가장 쓰기 힘든 글이 됩니다. 우리는 독자일 때와 작가일 때, 완전히 반대 상황에 직면해요. 한쪽이 가장 원하는 것을, 한쪽은 가장 두려워하지요. 하지만 우리는 본능적으로 타인의 진솔한 고백에 이끌려요. 작가가 자신의 인생 이야기를 털어놓을 때, 독자는 그것이 완전한 진심이라고 느끼면 마음이 움직이지요.

독자들의 질문 중 가장 대답하기 어려운 질문은 '어떻게 전업 작가가 되었는가' 하는 거예요. 그 과정을 모두 설명하려면 밤을 지새워야 해요. 하지만 결정적 계기는 있었지요. 결정적 계기를 설명하려면, 제 아픈 과거를 드러내야만 하는데요. 그런 고백의 글쓰기가 저에게는 가장 어려운 글쓰기예요. 제가 제일 잘하는 건 '타인의 이야기에 편승해서 나의 이야기를 슬쩍 흘리는 것'이지요(웃음). 친구의 이야기를 빌려서, 문학작품의 이야기를 빌려서, 영화 속 인물의 이야기를 빌려서, 사실은 저의 이야기를 하는 거예요. 그런 간접 고백도 물론 효과가 있지요. 나의 프라이버시를 어느 정도 보호하면서 독자들에게 다가갈 수 있는 가장 무난한 방법이에요. 하지만 그것만으로는 부족하지요.

에둘러 말하기는 고백의 위험, 즉 나 자신을 완전히 드러내는 일의 위험을 피하게는 해주지만, '나, 작가'와 '여러분, 독자들' 사이의 친밀한 소통을 방해하거든요. '진짜 이것은 나의 이야기입니다'라고 말할 수 있는 글쓰기, 어떤 꾸밈도 에둘러 가기도 없는 직설적 글쓰기가 필요한 순간이 있어요. 더 이상 완곡어법이 통하지 않을 때, 투명한 직설화법만이 필요할 때가 있어요. 이런 글쓰기를 할 때는 독자 앞에 나를 온전히 드러내고, 비난이나 수치심을 감당할 준비가 되어야 하지요.

마치 실시간 생중계를 하듯 제 삶을 드러내 보인 글이 바로 《마흔에 관하여》입니다. 가장 빠른 속도로 제 삶을 생중계하듯 쓴 책이었어요. 다른 책은 보통 몇 년간의 생각을 정리해서 여러 번 수정을 거친 뒤 출간하는데, 《마흔에 관하여》는 빠르게 써 내려갔죠. 빠듯하고 숨 가쁜 일정이었고, 과연 이 책을 무사히 끝낼 수 있을까 걱정이 되었지만, 바로 그 생생한 현장감 때문에 더욱 흥미진진한 글을 썼어요. '이런 이야기를 하면 독자들이 부담스러워하지 않을까' 하고 걱정했던 바로 그 내용을, 독자들은 가장 좋아해줬거든요. 물론 악성 댓글도 많이 받았지요(웃음). 제가 쓴 글에 강한 공감을 보여주는 독자가 많을 때는, 또 거꾸로 강한 거부 반응을 보이는 독자들도 많아져요. 확실히 어떤 '편'에 서는 글쓰기를 했을 때는 그렇게 됩니다.

나는 확률을 계산하지 않는다. 어떻게 해야 사랑받는지도 모른다. 계산의 '계計' 자도, 효율성의 '효效' 자도 싫어한다. 미치게 좋아하는 일을 하는데, '셈법'을 동원하기는 싫다. 나는 이런 내 용감함과 무식함을 사랑한다. (…) 나는 언제든 패배할 준비가 되어 있지만, 싸움을 두려워하는 비굴한 관찰자가 되고 싶지는 않다. 패배하는 것보다 더 무서운 것은 싸움 자체를 두려워하는 것이니까. 실패하는 것보다 더 두려운 것은 내가 꿈꾸는 더 나은 나, 내가 살

215

아가고 싶은 더 아름다운 세상을 포기하는 것이니까.

《마흔에 관하여》 중에서

이렇게 저는 마흔의 문턱에 들어서는 순간 더욱 솔직해지고, 당당해지고, 적극적으로 변해갔거든요. 나이가 들수록 오히려 마음은 더욱 젊어지는 느낌이었죠. 싸움을 두려워하지 않으며, 권력자나 유명인 앞에서 주눅 들지 않고, 나와 정반대의 생각을 가진 사람들 앞에서도 대담하게 나의 이야기를 하기. 거침없는 당당함, 이것이 《마흔에 관하여》의 주된 톤tone이었어요. 톤이란 책 전체의 운명을 결정하는 마음의 색채라고 할 수 있어요. 이런 솔직하고 대담한 글쓰기는 제 인생에 처음 있는 일이었어요. 저는 어딘가 항상 내성적이고 글루미한 톤을 좋아하거든요(웃음). 저를 다 보여주는 것을 두려워해요. 간절히 소통하기를 원하면서도 필사적으로 저를 숨기려고 하는 이상한 양면성이 있어요.

그래서 《그때 알았더라면 좋았을 것들》에서 《빈센트 나의 빈센트》에 이르기까지, 분명 '평론가에서 작가로' 변신하면서도 '온전히 나만을 그려내는 이야기'에는 쉽게 도전하지 못했지요. 항상 '누군가를 사랑하는 나' '무언가를 공부하는 나' '어딘가를 여행하는 나'로 고백의 범위가 한정되어 있었어요. 숨길 건 숨기고 드러낼 건 드러내야 한다고 생각했는데, 숨기는 것이 굉장히 많았던 거지요. 숨기는 것은 바로 '일상 속의 나'였어요. 작가로서 살지 않을 때, 일상 속에서 하루하루를 살아갈 때, 제가 어떤 모습인지에 대해서는 잘 말하지 못했거든요. 《마흔에 관하여》에서는 바로 그 평범한 일상 속의 제 모습을 폭발적으로 드러내버렸어요. 그런데 이 새로운 작업이 너무 재미있는 거예요(웃음). 고백은 중독성이 있거든요. 고백을 시작하기는 어렵지만, 한번 시작하면 고백은 멈출 수 없는 폭주기관차가 되어버려요.

　　나중에는 너무 신이 난 나머지 전혀 집필 계획에 없던 시시콜콜한 사생활 이야기도 다 털어놓았어요. 그래서 제 오랜 독자들은 눈치채셨겠지만, 《마흔에 관하여》를 쓸 때 '정여울 작가가 변했다'라는 걸 느끼셨을 거예요. 너무 솔직해서 좀 부담스러우셨을 수도 있어요(웃음). 하지만 저는 그런 '낯선 나 자신'과의 만남이 좋았어요. 가끔은 과거의 나를 벗어던지고 더욱 투명한 나, 가면을 완전히 벗어던진 나를 만나고 싶거든요. 물론 모든 글쓰기에 자기고백이 필요하지는 않아요. 하지만 우리가 타인에 대해 글을 쓸 때도, 나와는 전혀 다른 누군가에 대해 글을 쓸 때도, 사실 우리는 '나의 마음에 비친 그 사람'을 이야기하고 있거든요. 소설가가 자기 작품 속의 주인공을 묘사할 때도, 소설가는 나 자신의 마음에 비친 그 인물을 그려내는 것이지요. 그런 의미에서 마음을 담은 모든 글쓰기는 자기고백적이에요.

저는 인생에 대해 불평하는 시간이 가장 아까워요. 그 시간은 저에게 아무런 도움이 되지 않았어요. 저도 그런 시간이 있었거든요. '왜 나는 내가 가진 재능만큼 인정을 못 받지?' 이런 생각을 하는 시기도 있었고, '나는 재능이 왜 이렇게 없지?'라고 생각한 적도 있고, 돈을 벌어야 살아남을 수 있는 이 자본주의 속 인간의 생존 조건 자체가 너무나 지옥 같다고 생각한 적도 많아요. 그런데 그럼에도 제가 버틸 수 있었던 건, 제 글을 읽고 싶어 하는 사람들이 있기 때문이었어요. 나를 진심으로 아껴주는 독자들이 있는데 어떻게 글쓰기를 포기해요? 그리고 왜 불평을 해요? 아무리 힘들어도 참아야 한다고 생각해요. 진정 좋은 글을 쓰고 싶다면.

〈정여울, 에세이스트의 마음〉, 《문학하는 마음》
(김필균, 제철소, 2019)

어떻게 전업 작가가 되셨나요?

사실 저는 아직 자본주의 사회에 제대로 적응하지 못했어요. 직장을 다니며 조직에 적응하고 나의 노동력이 화폐로 전환되는 모습을 보는 걸 해낼 수가 없었어요. 물론 저도 평생 노동을 했지요. 인문계 대학원생이 할 수 있는 거의 모든 아르바이트를 해봤어요. 하지만 그런 열정 페이식 노동 속에서는 당연히 나 자신을 발견할 수가 없었어요. 물론 작가도 돈을 벌어야 생계를 꾸릴 수 있지요. 하지만 정해진 직장을 다니면서 글도 쓰는 삶, 말하자면 '투잡'을 뛰는 것은 저에게는 어려운 일이더라고요. 작가는 평생 불안한 프리랜서로서의 삶을 견뎌야 하는 직업이기 때문에, 투잡을 뛰어야 살아남을 수 있다는 부담감이 있었거든요. 그런데 세 가지 계기를 통해 전업 작가가 되었어요.

첫 번째 계기는 부지런히 쉬지 않고 글을 쓴 거예요. 글쓰기에 미쳐 있었던 것 같아요. 지금도 그렇지만 전업 작가가 되기 전에는 오히려 글쓰기에 더 미쳐 있었던 것 같아요. 살아낼 방도가 없었거든요. 글쓰기로 살아남지 못하면 죽는다는 생각이 있었어요. 물론 글을 못 써도 몸은 살아 있겠지만, 제 마음이 죽었다고 느낄 것 같았어요. 그 고통을 견뎌낼 자신이 없었어요. 더욱더 열심히 글을 쓰는 것밖에는 길이 없다고 생각했기 때문이에요. 다행히 제 책을 꾸준히 봐주시고, 사주시고, 제 강연에 와

주시는 독자들이 점점 늘어났기 때문에 희망이 생겼어요. 매번 신간을 낼 때마다 독자들이 조금씩 늘었던 것 같아요. 편지를 보내주시는 분들도 많은데, 일일이 다 길게 답장하지 못할 때가 많아서 죄송한 마음이지요. 독자들에 대한 감사 인사를 더 자주 드리고 싶은데, 그 감사의 마음을 표현하는 가장 좋은 방법은 꾸준히 더 좋은 작품을 쓰는 것이라고 생각해요. 오디오클립 '월간 정여울'과 '정여울의 미드나잇 북클럽'은 언제 어디서나 무료로 저의 이야기를 들으실 수 있는 통로예요. 독자들에게 일일이 감사 인사를 드릴 수가 없으니까 그렇게 팟캐스트를 통해 감사 인사와 안부를 전해드리고 있습니다.

베스트셀러가 되지 못하고 소리 없이 사라지는 책들이 많지요. 그런데 신기하게도 5년 후, 10년 후까지 과거에 인정받지 못했던 책들이 사랑받기도 해요. 예를 들어 《정여울의 문학 멘토링》은 출간 당시 커다란 반향이 없었는데요. 지금까지 개정판을 합쳐서 10쇄를 찍었어요. 감사한 일이죠. 꼭 눈에 띄는 베스트셀러가 아니더라도, 가치 있는 글을 쓰면 언젠가 독자들이 알아주고 공감해줍니다. 독서 시장은 아직 공정한 측면이 더 커요. 물론 과도한 마케팅 경쟁도 있지만, 다른 분야에 비하면 공정한 측면이 강해요. 마음을 다해 글을 쓰면 언젠가 이해받고 공감을 얻을 수 있다는 믿음을 꽉 붙들고, 오늘도 변함없이 저는 글을 씁니다.

두 번째 전환점은 제 안의 깨달음인데요. 글을 읽고 글을 쓰는 사람들 속에서 살아가는 삶을 선택한 거예요. 그렇지 않은 삶은 살아갈 수 없다는 걸 깨달았어요. 제가 주말에도, 아무 원고 청탁이 없는 날에도, 멀리 해외여행을 가서도 꼭 하는 일이 있어요. 바로 글을 쓰는 거예요. 아무런 일이 없어도, 아무런 계약이나 약속이 없어도, 그냥 글을 쓰고 있는 나 자신을 발견했어요. 심지어 주제가 없고 글감이 없을 때도 그저 마음속에 흐르는 상념들을 써보는데요. 어떤 사람들은 저에게 '다작한다'라고 비판하지만 저는 발표하지 않은 글이 아직도 많아요. 발표하지 않아도 괜찮은 거예요. 쓰는 일이 너무 행복하니까요. 글을 쓰는 삶이 너무 소중해서 다른 그 무엇과도 바꿀 수 없다는 사실을 제 안에서 명징하게 깨닫게 된 것이지요.

세 번째 전환점은 마지막 남은 제 안의 미련과 결별하는 것이었어요. 아직도 저는 교수가 된 친구들에 대한 콤플렉스가 있는데요(웃음). 저도 몇 년 전까지만 해도 '학교에서' 공부하는 사람들의 길 위에 있었기 때문이지요. 지금은 '학교에서'가 아니라 '장외에서' 공부하는 사람이 되었어요. 저는 늘 필드 바깥의 이방인이었어요. 당연히 상실감이 있지요. 하지만 '작가로 살아가는 나'를 선택했기 때문에 뚜렷한 목표가 있었어요. 그런데

도 마지막 남은 미련과 결별하기는 어렵더라고요. 그때 어떤 학교에서 초빙교수로 와달라고 했어요. 고민이 되더라고요. 이미 '전업 작가로 살겠다'라고 결심했던 때였거든요. 그런데 마지막으로 단 한 번만 좋은 교사가 되어보고 싶다는 생각이 들었어요. 물론 학교에 있지 않아도 강연할 수 있는 길은 많지만, 학교에서 학생들을 정해진 시간과 공간에서 가르칠 수 있다는 건 교사로서 엄청난 영광이고 특권이라는 사실을 저는 알아요. 이미 작가로 자리를 잡고 나서도 시간강사 일을 그만두지 못했던 것도 '가르칠 수 있는 기쁨' 때문이었거든요. '마지막으로 내가 취직을 할 수 있는 사람인지, 좋은 교사가 될 수 있는지, 실험해보자'라는 마음으로 선택했던 초빙교수 체험을 《마흔에 관하여》에서 과도한 솔직함으로 고백해버렸지요(웃음).

> 파커 J. 파머의 《가르칠 수 있는 용기》를 여러 번 읽으며 마음속으로 되뇌었다. 그래, 내게 더욱 필요한 것은 한 줌의 지식이 아니라 학생들 앞에서 떨지 않고, 배우려 하지 않는 아이들에게 주눅 들지 않고, 내가 평생 공부한 것을 거리낌 없이 전할 수 있는 용기야. 마흔의 문턱을 넘어가며 좋은 선생이 되어보고 싶은 마음이 꿈틀거리기 시작했다. (…)

나는 수업에만 집중할 수 있는 환경을 원했지만, 학교는 나에게 학교 홍보에 적극적으로 참여해주기를 바랐고 수업 이외의 다양한 업무를 요구했다. 나는 학교를 '더 나은 교육의 장'으로 생각하고 싶었지만, 학교 측에서는 나를 '조직 생활에 적합하지 않은 사람'으로 보는 것 같아서 마음이 아팠다. (…) 1년 후 재계약이 되지 않자 내 마음의 상처는 컸다. '나는 여전히 조직 생활에 걸맞지 않은 사람이구나' 하는 절망감, '아무리 노력해도 절대 바뀌지 않는 것이 있구나' 하는 생각 때문에 괴로웠다.

하지만 두 달 정도 끙끙 앓고 나자 거짓말처럼 괜찮아졌다. (…) '나는 그 어느 조직에도 제대로 속해본 적 없는 사람'이라는 절망감이 마음을 할퀴었지만, 두 달간 잔뜩 웅크리며 '도대체 나는 어떤 사람인가, 과연 조직 생활은 절대로 잘해낼 수 없는 외톨이형 인간일까'라고 자문해보았지만, 마음 깊은 곳에서 예전과는 다른 대답이 들려오기 시작했다. '이 바보야, 너 정말 절망한 것 맞니? 넌 조직 생활에 실패한 것이 아니라 진정한 네 자신을 찾은 거야. 정말 아직도 너 자신을 모르겠니?' 예전과 달리 엄청나게 박력 있고 확신에 찬 내면의 목소리가 내 안에서 들리기 시작했다.

나는 조직 생활에 실패한 것이 아니었다. 재계약이 되지 않았을 뿐이다. 그곳에서 1년 동안 잠을 못 이루며 배운 모든 것들은 내가 지금까지 여러 학교를 전전하며 시간강사로 배운 것보다 훨씬 많은 것들이었다. 나는 처음으로 아이들에게 전념할 수 있었다. 학교에는 '말 안 듣는 교수'로 찍혔지만 아이들에게만은 좋은 선생님이 되기 위해 전력투구했다. 그곳에서 만난 다른 교수님들도 좋았다. 처음으로 '나는 왕따가 아니구나, 이분들은 나를 진심으로 아껴주는구나'라는 따스한 느낌, '조직의 누군가는 나를 지켜주기 위해 안간힘을 쓰는구나'라는 고마움을 느꼈다. 우리는 다만 서로의 갈 길이 너무 달라 더 많은 일상을 함께할 수 없었을 뿐이었다.

나는 조직 생활에 적응하지 못했지만, '함께 어울리는 삶'은 무엇보다도 사랑했다. 나는 교육에서 수업 자체보다 중요한 다른 무엇이 있다고 생각할 수 없었다. 홍보는 나의 재능도 열망도 아니었기에 도저히 해낼 수가 없었다. 1년 동안의 엄청난 질풍노도의 시기 끝에 나는 그곳에서 버틸 수는 없었지만, 직장보다 더 소중한 것을 얻었다. 바

로 그 어느 곳에서도 가르칠 수 있는 용기 그리고 어느 곳
에서도 작가임을 포기하지 않을 수 있는 열정이었다. 나
는 스쿨버스 안에서도 글을 썼고, 지하철 안에서 그날 할
수업을 마음으로 그려보며 수업 준비를 하는 것도 좋았
다. 아이들의 글쓰기를 하나하나 훑어보며 일대일 멘토링
을 하는 시간이 가장 좋았다.

《마흔에 관하여》 중에서

"너는 조직 생활을 못할 거야"라는 편견에 시달리던 제 삶
이 싫었던 거예요. 그런데 조직에서 처절하게 왕따가 되고 나니
까 그런 생각이 들더라고요. 조직 생활이 아니어도 공동체 생활
은 가능하다는 생각요. 조직 생활은 어떤 시스템 속에서 적응하
고 살아남아야 되잖아요. 그런데 공동체 생활은 내가 좋아하는
사람들과 내가 좋아하는 일을 하면 되는 것이더라고요. 조직 생
활은 월급을 받아야 되고 직급이 있는 그런 생활이지만, 공동체
생활은 특정한 장소가 없어도 되고 정해진 시간이 없어도 돼요.
제가 글을 쓰고 여러분이 제 글을 읽어주시는 것만으로도, 우리
는 '독서의 공동체'에 속하는 거예요. 지금도 제가 원하는 글쓰
기 수업을 많은 분과 함께하고 있어요. 글쓰기 수업을 하고 있는
동안에는, 우리는 분명히 완벽하고 아름다운 공동체예요.

또 하나 깨달은 것이 있어요. '나는 사람을 싫어하는 게 아니라 사람을 판단하는 걸 싫어하는구나'라는 것이죠. 그래서 저는 여러분의 글쓰기에 대해서 비판하는 걸 멀리해요. 글쓰기를 정확하게 분석은 할 수 있지만, 제 경험상 비판한다고 나아지는 경우는 별로 없었어요. 오히려 역효과가 생겨요. 그래서 글쓰기에 대해 화를 내거나 비판하고 싶지는 않은 거죠. 그리고 오히려 칭찬해줬을 때 효과가 더 좋았어요. 상투적 칭찬은 소용이 없고, 날카롭고 정확하게 그 사람의 재능을 콕 집어 설명해야 해요. 그래야 자신의 재능을 좋은 쪽으로 발전시킬 수 있어요.

예전에는 많은 사람에게 상처받으면 마음의 고통이 굉장히 오래갔는데, 이제는 저도 모르게 회복탄력성이 좋아졌는지 금방 상처가 치유되더라고요. 글쓰기의 힘 덕분이에요. 저를 믿어주는 독자들이 있기에 저는 글을 쓸 수 있는 거예요. 조직에서 밀려나고 왕따가 됐음에도 이제는 빨리 치유가 되더군요. 포기가 빨라진 거죠. 그 사람들은 나의 이런 면을 받아들이지 못하는 것이지, 나라는 존재 전체를 받아들이지 못하는 건 아니거든요. 우리가 어떻게 서로를 다 알겠어요. 만나면서 보는 아주 작은 교집합을 알 뿐이죠. 심리학을 공부하면서 내면에 팬 상처를 스스로 꿰매는 속도가 빨라지고 있다는 걸 알게 되었어요. '상처 입은 치유자wounded healer'가 되고자 노력하는 과정에서 회복

탄력성이 늘어났던 거죠. 상처를 안 받는 방법은 없지만, 상처를 스스로 치유하는 속도는 점점 빨라지고 있는 것 같아요. 이것이 '심리학과 글쓰기의 하모니'가 아닐까 싶습니다. 제가 항상 나 자신의 한계를 극복하는 방법이에요.

저의 '고백적 글쓰기'는 심리학을 공부하면서 더욱 농도가 짙어졌지요. 저는 더 이상 타인에게 상처를 받지 않기 위해서 심리학을 공부했어요. 그런데 지금은 상처를 안 받는 방법은 없음을 알아요. 다만 상처와 함께, 상처를 끌어안고 살아가는 법은 알 것 같아요. 상처와 함께 살아가려면 상처에 지나치게 놀라지 말아야 해요. 우리는 매일 상처받으면서 살고 있잖아요. 내 상처의 핵심적 이유를 스스로 정확하게 이해하는 게 중요해요. 예컨대 저는 《마흔에 관하여》를 쓰면서 제 콤플렉스의 원인을 깨달았어요.

세상에는 훌륭한 문학연구자와 문학평론가도 꼭 필요하지만, 나는 그런 재목이 아니었다. 나는 그 두 가지 일 속에서 진정으로 행복을 찾지 못했다. '닥치고, 나의 글'을 쓰고 싶은 열망을 늘 품어왔으면서도 스스로를 속였다. 그토록 원하던 작가의 길로 곧바로 도전하지 못하고 문학연구자나 문학평론가의 길에 만족하려고 했던 내 마음 깊

은 곳에는 '나의 이야기를 과연 누가 읽어줄까'라는 자격
지심이 가로놓여 있었다.

《마흔에 관하여》중에서

자신의 콤플렉스와 정확히 대면하는 것이야말로 '고백하
는 글쓰기'의 장점이에요. 문제가 무엇인지를 알면 무엇을 해야
할지 확연하게 드러나 보이거든요. '고백하는 글쓰기'는 독자들
의 궁금증을 해소하는 데서 끝나는 것이 아니라 '나 자신을 글이
라는 투명한 거울로 바라보기'라는 관점에서도 좋은 마음공부
예요. 독자에게 고백하기 위해서가 아니라 나 자신에게 고백하
기 위해서 글을 쓸 때도 있어요. 그리고 조용히 노트북에 감춰두
죠(웃음). 그때 그 순간의 내 마음이 궁금할 땐 오래전의 그 고백
들을 찾아봐요. 그럼 '앞으로 나아가야 할 길'이 보여요. 그때와
같은 실수를 하지 말자, 그때와 같은 절망과 우울에 빠지지 말
자, 또는 그때처럼 눈부시게 앞으로 나아가자. 이렇게 나 자신의
깊은 마음속 이야기에 더욱 절실하게 가닿을 수 있다는 점도 바
로 '마음을 고백하는 글쓰기'의 장점입니다.

독자: 좋은 작가를 꿈꾼다면
우선 좋은 독자가 되자

잘 듣는 사람이 잘 말할 수 있듯이,
잘 읽는 사람만이 잘 쓸 수 있습니다.
타인의 글을 소중하게 읽고, 분석하고, 곱씹고, 헤아리면서
글쓰기의 감각을 익히는 시간이 필요합니다.

좋은 독자가 결국 좋은 작가가 된다

작가가 되고 싶은 이유는 무엇인가요? 좋은 글을 읽고, 그 책으로 선한 영향을 받았기 때문은 아닌지요. 일단 좋은 독자가 되어야 좋은 작가도 될 수 있거든요. 저는 그래요. 제 삶의 90퍼센트는 행복한 독자로 살고, 10퍼센트는 제 글을 쓰고 싶어요. 그런데 현실은 그렇지 않죠(웃음). 원고 마감으로 바쁠 땐 하루 100퍼센트 쓰기만 해요. 밥 먹고 자는 시간을 빼고 쓰기만 할 땐 정말 에너지가 고갈되는 느낌이 들거든요. 그럴 때를 대비해서 항상 많이, 깊게, 넓게 읽어두고 있어요. 계속 쓰기만 하면 소재가 고갈되고 저의 모자람을 들키는 기분이 드니까요.

저는 문학과 역사, 심리학 분야의 책들을 많이 봐요. 그림과 음악에 관한 책도 자주 보고요. 서점에서 도서 검색을 할 때 이런 단어들을 검색하면 제 관심사가 떠요. 한국소설, 외국소설, 시집, 카를 융, 지그문트 프로이트, 알프레트 아들러, 헤르만 헤세, 프란츠 카프카, 수전 손택, 프리드리히 니체, 리베카 솔닛, 발터 벤야민, 심리학, 정신분석, 자크 라캉, 슬라보예 지젝, 지그문트 바우만…. 작가로 검색하기도 하지만 번역가로 검색해보기도 해요. 김정아, 홍한별, 박현주, 서제인 번역가를 좋아해요. 이분들은 책을 고르는 안목뿐만 아니라 언어 감각도 뛰어나세요. 번역가는 단지 문장을 옮기는 사람이 아니라 그 책의 문화적 의미 전체를 우리에게 알려주는 창조적 메신저가 되어야 하거든요. 최근에는 제시카 브루더가 쓰고 서제인 번역가가 우리말로 옮긴 책《노매드랜드》가 영화화되어 아카데미 감독상과 여우주연상을 받기도 했지요. 우리나라에서 아무도 그 작품을 모를 때 번역가가 발굴해낸 거예요. 아카데미상을 받기 오래전에 번역이 끝나 있었거든요.

오정희, 최윤 소설가의 소설, 김소연 시인의 산문, 김서영 작가의 정신분석 에세이, 박노해 시인의 포토 에세이도 자주 펼쳐 읽지요. 최승자, 김혜순, 김승희, 천양희, 진은영 시인의 시와 산문도 정말 좋아해요. 고전은 늘 머리맡이나 책상 위에 놓아

두고 찾아 읽곤 해요. 버지니아 울프, 제인 오스틴, 에밀리 브론테, 샬럿 브론테, 실비아 플라스, 조지 버나드 쇼, 윌리엄 셰익스피어, 표도르 도스토옙스키, 오비디우스, 손 호머 등이 쓴 책들은 항상 가까이에 두고 아무 쪽이나 펼쳐 읽어요. 클로드 레비스트로스, 카를 마르크스, 미셸 푸코, 질 들뢰즈, 버트런드 러셀, 한나 아렌트 등이 쓴 책들은 어렵지만 아름다운 사유와 눈부신 문장들로 가득하지요. 빈센트의 편지, 루트비히 판 베토벤의 전기, 베토벤의 음악과 생애를 연구한 평론가들의 책도 좋아해요. 빈센트와 베토벤은 글 쓰는 작가가 아니지만 두 사람 모두 훌륭한 글쓰기의 재능도 지니고 있었어요. 빈센트가 테오에게 보낸 편지와 베토벤이 두 명의 동생에게 남긴 〈하일리겐슈타트 유서〉를 읽다보면 눈물이 펑펑 날 때가 많지요.

버지니아 울프의 소설도 좋지만 그녀가 남편에게 남긴 유서도 정말 절절합니다. 너무도 제대로 살고 싶지만, 자신에게 덮쳐오는 또 다른 우울증의 파도를 도저히 이겨낼 자신이 없어, 사랑하는 남편에게 결코 죄책감을 심어주지 않기 위해 온갖 위로의 말들로 독자의 가슴을 찢어놓지요. 형식은 유서이지만 혼자 남겨질 남편에 대한 절절한 사랑과 위로의 편지예요. 자신이 너무 고통스러워 세상을 떠날 참이면서 남겨질 남편의 행복을 더욱 걱정하는 아내 버지니아 울프의 간절한 마음이 글 속에 그대로 표현되어 있지요. 너무 속상해서 그저 목놓아 울고 싶을 때는 버지니아 울프와 베토벤의 유서를 꺼내 읽곤 해요. 제가 마치 숨 쉬듯 책을 읽고 싶어 하는 것은 글쓰기에 도움을 얻기 위함만은 아니에요. 책을 읽는 몸짓 자체가 저에게 가장 큰 위로이자, 열 정이자, 배움이자, 사랑이거든요. 책을 읽는 행위가 없다면 저는 나 자신이 될 수 없으니까요. 제가 작가가 되지 않았더라도 독서 는 정말 열심히 했을 거예요. 작가가 되지 않았더라면 아마도 편 집자나 번역가가 되었을 것 같아요. 매일 책을 읽는 일을 직업으 로 삼고 싶으니까요. 참 지독한 병이죠(웃음)?

그러고 보니 저에게 영향을 준 작가들이 정말 많네요. 직 접적 영향은 아니더라도 간접적 영향을 준 작가들이 많아요. 열 심히 책을 읽지만 무슨 말인지 완전히 이해하지 못할 때도 많아 요(웃음). 하지만 두 번, 세 번 읽으면 점점 깊이 공감하게 되지요. 다섯 번쯤 읽으면 비로소 '나만의 문장'으로 새롭게 해석할 수 있는 힘이 생겨요. 그렇게 쓴 책이 《시네필 다이어리》였어요. 프 리드리히 니체를 읽고 프랭크 다라본트 감독의 영화 〈쇼생크 탈 출〉을 해석했고, 미야자키 하야오 감독의 영화 〈원령공주〉와 가 스통 바슐라르를 연결시켜 보고, 구스 반 산트 감독의 영화 〈굿 윌 헌팅〉과 수전 손택을 연결시켜 보았지요. 이런 식으로 《시네 필 다이어리》1, 2권을 통해 철학자 16명과 영화 16편을 각자의 가장 아름다운 커플로 맺어주었어요. 그 '커플 매니지먼트'의 결과가 두 권의 책이 되었던 거예요. 가장 행복했던 순간은 미야자키 하야오 감독의 영화 〈센과 치히로의 행방불명〉과 신화학자 조지프 캠벨을 이어주던 순간이었어요. 그 순간 제 안에서 꿈틀거리던 문장들의 강력한 마그마를 기억해요. 조지프 캠벨이 왼쪽 귀에 말을 걸고, 미야자키 하야오가 오른쪽 귀에 말을 걸자, 제가 그들에게 하고 싶은 말을 글로 쓰는 느낌이었거든요. 그렇게 작가들의 말이 완전히 나의 것이 되어 '나만의 문장'을 새롭게 창조할 때까지, 우리는 읽고, 곱씹고, 읽고, 다시 쓰며, 나만의 새로운 문장을 담금질해야 합니다. 《시네필 다이어리》를 쓸 때 저는 평론가에서 작가로 변신하고 있었고, 평론가의 삶을 사랑하지만 떠나야 했으며, 작가의 삶이 두렵지만 선택해야 했어요. 그 순간의 소중한 기쁨이 다음의 글 속에 담겨 있습니다. 저는 '열렬 독자'에서 모든 것이 두렵고 설레는 '신인 작가'로 변신하고 있었던 것이지요.

돌아올 기차표가 없는 머나먼 길을 떠나온 센에게, 용으로 변신한 하쿠는 자신의 등을 내어준다. 하쿠의 듬직한 등 위에 올라 하늘로 날아오르는 센. 그녀는 창공을 가르며 날아가는 하쿠의 등허리 위로 펼쳐진 아름다운 밤하늘을 보며 강력한 기시감을 느낀다. 인간의 언어로는 감히 표현할 수 없는 이 황홀한 느낌, 이토록 행복한 느낌을, 어디선가 느껴본 적이 있는 것만 같다. 밤하늘은 거대한 강처럼 느껴지고 나를 등에 태운 하쿠의 이 체온은 내가 분명 느껴본 적이 있는 따스함이다. 아, 그래, 그거였어…. 센은 마음속 깊숙이 둥지를 튼 하쿠의 기억을 드디어 발견해내고 눈물이 그렁해져 고백한다. "하쿠, 엄마한테 들은 얘기야. 기억은 흐리지만. 내가 어렸을 때 강물에 빠졌는데, 그 터에 아파트가 들어섰대. 문득 생각이 났어. 그 강의 이름이 코하쿠였어. 네 본명은 코하쿠야."

그 순간 하쿠의 몸을 둘러싼 수백만 마리의 용의 비늘이 밤하늘을 수놓은 은하수처럼 화르르 흩어지며 하쿠는 소년의 모습으로 돌아온다. 하쿠를 겹겹이 옭아매던 가혹한 운명의 사슬이 이제야 벗겨진 것이다. 손을 맞잡고 볼을 비비는 두 사람의 얼굴 위로 눈물이 방울방울 떨어져 흩어진다. (…) 거대한 아파트가 들어서자 강의 신이었던 '하쿠'는 인간 세계에서 퇴출당해야 했고, 하쿠는 자신의 이름도 존재도 잊은 채 마녀의 부하가 되어 살아가야 했던 것이다. 하쿠는 문명이 삼켜버린 자연이었고, 도시가 짓밟은 생명의 입김이었다. 치히로도 기억나기 시작한다. 그녀가 강물에 빠져 죽을 뻔했을 때, 하쿠는 그녀를 집어삼키지 않고 얕은 곳으로 옮겨 살려주었다는 것을. "맞아, 네가 나를 얕은 곳으로 옮겨줬지." 내가 누구인지 몰라 스스로를 구원할 수 없었던 하쿠가, 연약한 소녀 센의 목숨을 건 투쟁으로, 자신의 이름을, 자신의 운명을 되찾게 된다.

이제 봉인은 풀렸다. 두 사람의 운명을 겹겹이 에워싸고 있던 운명의 봉인은 센-치히로, 그리고 하쿠의 '너와 나를 구분하지 않는' 운명의 전투로 풀린 것이다. 너를 찾아 떠나는 머나먼 길이 곧 나를 찾는 유일한 열쇠였다. 너를 찾지 못했다면, 너의 이름을 기억하지 못했다면, 나는 나의 존재 또한 잃어버렸을 것이다. 센의 영웅적인 면모는 그녀가 헤라클레스처럼 대단한 힘을 가지거나 아테나처럼 출중한 지혜를 가져서가 아니었다. 그녀는 개인적인 욕망을 잊고 자신에게 다가오는 모든 고통과 임무를 피하지 않았다. 마치 '자아'라는 정해진 실체가 처음부터 존재하지 않는 것처럼 행동하며, 주어진 모든 상황에 자신의 가능성을 열어놓았다. '내 것을 지켜야 한다'는 애착을 어느새 끊어버린 그녀에게는 이미 두려울 것이 없었다. 센은 강력하고 적극적이며 투사적인 영웅의 전형이 아니라 지극히 내향적이고 수동적으로 보이는 사람의 내면에 숨겨진 엄청난 폭발력, 에너지를 끊임없이 자기 안에 가두어놓는 내성적 캐릭터 속에 잠재된 정화와 재생, 치유와 배려의 에너지를 보여준다. (…) 모든 것을 '받아들이는' 센의 깊이와 넓이 앞에 유바바의 얼굴에도 어느새 사악한 기운이 사라졌다. 신화적 내러티브의 궁극에서는 결국 '적들'의 존재조차 사라지거나 무의미해진다. 적들이야말로 장애물과 싸우는 주인공의 내공 지수를 높이는 최고의 스승이기 때문이다. 원수는 우리의 운명을 조각하는 가장 예리한 칼날이다.

(…) 조지프 캠벨은 속삭인다. 모든 곳에서 상징을 보라. 죽음을 딛고야 일어서는 삶의 비애를 긍정하라. 삶이 더 나아질 것이라는 기대 때문에, 이미 주어진 삶의 고통을 부정하지 말라. 타자를 죽이고 그 시체를 먹어야만 살아지는 무서운 신비, 그것이 삶임을 인정하라고. 그리고 타인의 고통에 기쁘게 참여하는 희열, 그것이 신화 속 영웅의 가장 아름다운 본성이라고. 비논리적이라고, 비과학적이라고, 난센스라고 비웃지 말고, 신화를 통해 인류의 잊힌 기억을 하나하나 되짚어보라고. (…) 우리가 가장 원하는 꿈, 누구에게도 말해보지 못한 수줍은 꿈을, 밤새워 공들여 또박또박 종이 위에 적어보자. 그것이 바로 우리 안

의 신화다.

글을 쓰는 순간 우리는 독자를 선택한다

에세이는 잡문이라고 생각하는 분들도 간혹 있더라고요. 그렇게 생각한다면 글쟁이의 기본자세가 안 돼 있는 거죠. 짧은 추천사든 무슨 글이든 정성을 들여 잘 써야 해요. 내 이름이 붙는 글이니까요. 모든 글을 소중히 여기는 연습이 필요한 것 같아요. 그래서 문자 메시지 한 줄을 보낼 때도, 인스타그램에 한 줄을 올릴 때도, 이 글은 평생 남는다는 생각을 하면서 썼으면 좋겠어요. 그 정도로 자신의 글을 소중하게 여겼으면 좋겠어요.

우리는 일단 '우리 자신이 쓴 글의 첫 번째 독자'가 되어야 하거든요. 여러분이 진정으로 글쓰기를 원한다면 내가 쓴 글에 대한 가장 냉철한 독자가 되어보세요. 편만 들어주려 하지 말고, 칭찬만 받으려 하지 말고, 가장 혹독한 비판에도 귀를 열어두는 뛰어난 독자가 되어야 합니다.

삶의 마지막을 떠올려본 적이 있나요? 저는 매일 생각해요. 삶의 마지막에서 후회를 남길 글을 쓰지 않기 위해 나 자신과 싸웁니다. 우리가 남기고 가는 흔적은 우리의 생각과 집작보다 뒤끝이 길어요. 그래서 많이 생각하고 한 문장 한 문장을 귀중하게 여기면서 글을 써야 해요. 사실 글을 쓰는 것 자체가 감사한 일이잖아요. 나의 글을 한 명이라도 읽어준다는 것 자체가 정말 기적 같은 일이니까요.

나에게 독자가 있다는 사실에 항상 감사하는 마음을 잊지 않아요. 글을 쓸 때 '내 글을 단 한 명의 독자만이 읽어주더라도 나는 쓰겠다'라는 태도와 마음가짐을 지녀야 하는 것 같아요. 그래야만 좋은 글을 쓸 수 있어요. 그러려면 나부터 일단 훌륭한 독자가 되어야 하지요. 타인이 쓴 글은 소중히 여기지 않으면서 어떻게 내 글만 소중하게 여겨달라고 부탁할 수 있겠어요.

어떤 글을 쓸 때든 항상 독자를 선택하세요. 사실 어떤 문장을 쓰는 순간 이미 독자들을 선택하고 있는 거예요. 일단 저는 아주 진지한 독자들을 선택해요. 제 글에서 유머를 찾거나 가벼움을 찾는다면 금세 도망갈 거예요(웃음). 진지한 독자들과 아주 깊이 있게, 오랫동안 서로의 마음을 토닥이며 소통하고 싶거든요. 첫 책을 내는 작가들은 불특정 다수가 내 글을 읽을 것이라 상정하고 글을 쓰는 실수를 종종 범하곤 하죠. 그런데 사실 불특정 다수를 위한 글은 없어요. 자신이 쓴 글에 딱 맞는 독자, 자신의 글이 자아내는 분위기와 아우라에 딱 어울리는 독자를 위한 글을 쓰는 거예요. 이 글을 읽을 만한 사람들, 읽어줄 수 있는 그런 마음의 준비가 된 사람들은 따로 있어요.

특정한 소수의 사람보다 다수의 사람이 나의 글을 읽어주길 바라면서 그냥 무조건 재미있고 쉽게 쓰자고 생각할 수도 있지요. 하지만 그것은 진짜 전략이 될 수 없어요. 너무 커다란 범위의 불특정 다수를 향한 글을 쓰면 진짜 나 자신의 글을 쓰지 못해요. 끝내 대중성만 남게 되거든요. 그래서 '불특정 다수를 위한 재미있는 글쓰기'가 아니라, '내가 나 자신이 되는 글쓰기' '내가 가장 나다운 나로 변신할 수 있는 글쓰기'를 하면 좋겠습니다. 그런 글쓰기를 꿈꾼다면 글을 쓰는 모든 순간, 내가 나의 독자를 결정하고 있다는 사실을 잊지 말아야 해요.

내가 쓰는 모든 문장이 한 명 한 명 나의 독자를 결정하는 행위라는 것을 잊지 않을 때, 우리는 더 좋은 글을 쓸 수 있어요. 그런 의미에서 편집자는 내 글을 읽는 첫 번째 타인이자 가장 소중한 독자입니다. 여러분도 끊임없이 더 나은 방향으로 변신하는 작가가 되고 싶다면, 좋은 편집자에게 항상 귀를 열어두고 마음을 내어주어야 해요. 편집자의 말은 듣지 않겠다고 결심하고, 내 문장은 단 하나도 건드리지 말라고 윽박지른다면, 결코 더 나은 방향으로 변신하는 작가는 될 수 없지요. 내가 나이기 때문에 보이지 않는 것들을 가장 허심탄회하게 알려줄 수 있는 사람, 그가 바로 편집자이니까요. 나의 각도에서는 결코 보이지 않는 나의 사각지대를 알아봐주는 사람이 좋은 편집자예요. 그런 소중한 편집자들을 생각하면서 저는 다음의 글을 썼습니다.

우리를 더 나은 존재로 만드는 힘은 무엇일까. 물론 본인의 노력이 가장 중요하지만, 좋은 사람들과의 협업이야말로 우리를 더 나은 존재로 만드는 최고의 비결이다. 나는 매번 신간을 낼 때마다 '글을 쓰는 일'과 '책을 만드는 일' 사이에는 엄청난 간극이 존재함을 깨닫는다. 글을 쓰는 일이 피아노 독주라면, 책을 만드는 일은 오케스트라와의 협연이다. 글쓰기는 언제든 나 혼자 할 수 있지만, 책을 만드는 일은 수많은 사람의 도움과 협력을 필요로 한다. 책의 목차는 물론 제목과 디자인에 이르기까지 모든 부분에 관여하는 훌륭한 편집자의 역할이 가장 중요하고, 책의 내용과 잘 어울리는 이미지를 구현하는 창조적인 디자이너, 디지털화된 편집본을 '만질 수 있는 생생한 책'으로 만들기 위해 인쇄와 제본에 참여하는 분들, 책을 더 많은 독자에게 제대로 알려주기 위해 노력하는 마케터와 서점 직원분들에 이르기까지, 정말 수많은 사람이 책을 만들고 유통하는 과정 속에 기꺼이 참여해야 한다.
특히 저자와 편집자와의 하모니는 책을 만드는 데 있어

가장 결정적인 협업이다. '작가가 만들어낸 날것의 언어'를 '독자들이 읽고 싶은 책의 언어'로 바꿀 수 있도록 조언해주는 사람이 바로 편집자다. 나를 작가로 만든 내부의 힘은 나 스스로의 노력이지만, 나를 작가로 만든 외부의 힘은 팔 할이 편집자라고 할 수 있을 정도로, 편집자의 조언과 지휘력은 큰 힘을 발휘한다. 좋은 편집자란 어떤 재능을 갖춰야 할까. 첫째, 좋은 편집자는 작가의 '아직 낳지 않은 황금알'을 알아볼 수 있는 투시력을 지닌다.《그때 알았더라면 좋았을 것들》의 편집자는 나에게 '20대를 향해 건네고 싶은 메시지'를 책으로 써달라며, 한사코 '나는 이런 책은 못 쓴다'고 도망치려는 나를 붙들어주었다. '남을 위로하는 글을 쓰는 재능이 없다'고 생각하는 나에게, 편집자는 "선생님이 쓰고 싶은 것을 그냥 쓰시면 돼요!"라고 응원해주었다. 그 소박한 응원이 나로 하여금 '문학평론가'에서 '작가'로 변신하는 책을 쓸 수 있게 하는 원동력이 되어주었다.

둘째, 좋은 편집자는 '기다림의 달인'이다. 훌륭한 편집자는 고통스러운 기다림을 창조적인 협업의 과정으로 바꿀 줄 안다. 작가는 너무나 절실하게 좋은 원고를 주고 싶지만, 그만큼 빠른 시간 안에 좋은 글을 쓰는 일은 어렵기에 본의 아니게 편집자들을 기다리게 할 때가 많다. 편집자도 고통스럽지만, 작가도 누군가를 기다리게 하는 일이 가슴 아프다. 글을 쓰는 일이 워낙 고통스럽고 외로운 일이기 때문에 때로는 '이제 그만 포기하고 싶다'는 생각이 들기도 한다. 바로 이럴 때 지혜로운 편집자는 작가에게 '포기하지 않을 용기'를 준다. '월간 정여울' 시리즈를 만들 때, 나의 편집자는 내게 아무리 힘들어도 글을 써야 하는 이유를 알려주었다. 나의 글을 먼 곳에서 날아오는 따스한 편지를 기다리는 마음으로 고대하는 독자들이 있다는 것, 매달 배달되는 책 한 권이 조금이라도 늦으면 출판사에 전화를 걸어 '왜 책이 안 나오냐'고 걱정을 하는 독자들이 있다는 것을 알려준 것이다. (…)

셋째, 좋은 편집자는 '아름다운 책을 마음속에 그리는 능력'이 있다. 단지 한 권의 책을 히트작으로 만들기 위해 뛰는 것이 아니라, 이 작가를 더 좋은 작가로 만들어주기 위해, 다음 책은 물론 10년 후에 낼 수 있는 책까지 기획하고 상상하며 저자에게 용기를 준다. 급박한 미디어 환경의 변화 속에서 점점 설 자리가 좁아지는 책에 대한 변함없는 사랑, 글쓰기에 대한 사랑, 독자에 대한 사랑이야말로 좋은 편집자의 가장 중요한 덕목이다. 《빈센트 나의 빈센트》를 만드는 동안 편집자는 매일 나에게 가족보다 더 자주 메시지를 보냈다. "선생님, 오늘은 초교를 마쳤어요." "오늘은 디자인 시안이 나왔어요." "책 인쇄 중이에요. 사진 잘 나오게 잉크를 들이부어달라고 신신당부했어요." 이렇게 세심하게, 이렇게 다정하게 나에게 책을 만드는 과정 하나하나를 이야기해줌으로써 내가 결코 혼자가 아님을 일깨워주었다. 편집자와 작가는 이렇듯 언어를 사랑하는 마음, 그 언어로 만들어진 책을 사랑하는 마음으로 뭉쳐진 영혼의 길벗이 되어 힘겨운 오늘을 버텨내는 진정한 동지가 된다.

〈편집자, 나를 작가로 만든 사람들〉, 《서울경제》, 2019.04.12.

제 글은 노출된 경우가 많으니까 저는 제 글을 의도치 않게 볼 때가 종종 있는데요. 그럴 때마다 깜짝 놀라곤 해요. 블로그나 인스타그램 같은 플랫폼에 올라온 제 글을 보면 간혹 정성 들여 쓰지 못한 문장들이 눈에 들어올 때가 있거든요. 글을 쓸 때 첫 문장이나 마지막 문장에 좀 더 신경을 쓰게 되잖아요. 매력적인 첫 문장을 쓰면 독자의 눈길을 사로잡을 수 있거든요. 마지막 문장은 글의 잔상과 마지막 기억을 남기기에, 온 힘을 쏟는 것 같아요. 그런데 글을 쓰다보면 중간에 무언가 설명하는 부가적 문장이 있잖아요. 주요 테마가 들어간 문장도 있지만 약간 지나가는 문장, 그러니까 부가적 문장도 있거든요. 그런데 핵심 문장이 아니라 지나가는 문장을 너무 강조해서 읽는 분들이 있더라고요. 그냥 지나가는 문장을 캘리그래피로 아주 중요하게 쓰는 독자들을 봤어요. 그럴 때면 너무 부끄러운 거예요. 이 문장은 정성 들여 쓴 문장이 아닌데, 이걸 필사하면 어떡하나 싶어서요. 그 독자는 제가 힘을 쏟지 못하고 열심히 쓰지 못한 그 문장이 좋았던 거예요. 그걸 보면 제가 부끄러워져요. 그래서 모든 문장에 더더욱 심혈을 기울여야겠다는 생각이 들더라고요.

항상 독자를 생각하면서 글을 써야 하지만 그렇다고 독자만을 생각하면서 글을 써서는 안 돼요. 그러면 글에서 내가 사라져요. 글쓰기는 결국 에고와 셀프의 대화이거든요. 다른 사람에게 보여줄 수 있는 나(에고)와 다른 사람에게 보여줄 수 없는 가장 깊은 곳의 나(셀프)의 대화를 독자에게 보여드리는 글이 좋은 글이라고 생각해요.

애정: 대상을 향해 가져야 할
가장 소중한 감정

글을 쓰는 대상에 애정을 지닌 이가 오래 글을 쓰고
독자의 마음속에 기억됩니다. 대상을 사랑하는 감정이야말로
힘든 순간에도 글쓰기를 포기하지 않게 만들어주는 힘입니다.

무언가를 이만큼 사랑할 수 있을까

저에게 글 쓰는 대상을 향한 사랑의 의미를 가르쳐준 좋은
책이 있어요. 사랑하는 아버지를 잃고 심각한 공황 상태에 빠진
작가가 자신의 모든 일상을 버리고 야생 참매를 키우며 상실감
을 극복하는 이야기, 헬렌 맥도널드의 《메이블 이야기》라는 작
품입니다. 이 작가는 아버지가 갑자기 돌아가신 것에 대한 충격
을 이기지 못해서 은둔형 외톨이가 됩니다. 그럼에도 유일하게
소통하고 싶은 대상이 바로 참매였어요.

상실의 한가운데에서는, 특히 가장 사랑하는 사람이 영원

히 세상을 떠나버린 상황에서는, 어떤 초인적 위로도, 어떤 위대한 철학적 메시지도 빛을 잃는다. 그 위로와 철학이 덜 훌륭해서가 아니다. 그런 견딜 수 없는 상처 앞에서는 대다수가 스스로를 '봉인'해버리기 때문이다. 세상에서 가장 존경하고 사랑했던 아버지를 아무런 마음의 준비 없이 갑자기 잃어버린 헬렌의 마음도 그랬다. (…) 헬렌은 수많은 인간관계 속이 아니라 참매 한 마리와의 고립된 관계 속에서만 '진실한 자기'일 수가 있다.

《콜록콜록》 중에서

아버지를 잃어버린 헬렌은 상실의 한가운데서 고통 속에 몸부림칩니다. 사람을 만나면 고통스러우니까 오직 참매하고만 소통하려고 해요. 모든 인간에게 받지 못한 사랑을, 다른 인간에게 다 주지 못한 사랑을, 이 사납고 제멋대로인 야생동물인 참매에게 주려고 하는 거예요. 아버지와 함께한 따스한 추억이 깃든 동물이 바로 참매였기 때문이지요.

수많은 사람의 달콤한 위로 속에서도, 커리어를 쌓아가고 남들과 경쟁하는 사회생활 속에서도 진짜 '자기'를 찾을 수 없기 때문이다. 항상 마음속의 등대처럼 영원히 반짝

일 줄로만 알았던 아버지의 죽음은 그녀에게 세상 전체의 등불이 꺼져버린 것 같은 절대 암흑으로 다가온다. 그녀는 아버지와의 추억이 담겨 있는 참매에게 집착하기 시작한다. 사납고, 차갑고, 무뚝뚝하며, 오직 사냥과 고독만을 즐기는 참매는 그녀에게 '상실을 극복하는 무기'가 아니라 '상실 자체로부터 도피하는 진공의 시간'을 선물한다. 그녀는 어린 참매에게 먹이를 주고, 비행을 가르치고, 사냥을 도우면서 그 참매가 자라나는 과정 속에서 '세상의 시간'이 아닌 '야생의 시간'에 집중하는 법을 배운다. 멀리 날아가 버려 다시는 돌아오지 않을 것만 같은 참매가 마치 고향으로 돌아오는 연어처럼 그녀의 주먹 위에 사뿐히 내려앉는 그 짜릿한 순간들이 그녀에게는 유일한 희망이다.

아버지는 돌아오지 않지만, 참매는 돌아온다. 다정하고 지혜로우며 최고의 기자였던 아버지는 돌아오지 않지만, 새치름하고 자기중심적이며 먹잇감에만 순수하게 집중하는 참매는 오히려 돌아온다. 그녀는 이 매혹적인 참매에게 '메이블'이라는 예스러운 이름을 붙여준다. 참매의 본래 성격과는 정반대로, 사랑스럽고 귀엽다는 뉘앙스를 지닌 이 이름은 그녀에게 결핍된 그 무엇을 일깨운다. 그녀는 본래 대학의 연구교수였고, 역사학자였으며, 촉망받는 젊은이였지만, 그 모든 사회적 인정 욕구를 내려놓고 오직 참매에 매달린다.

그럴 수밖에 없었다. 아버지의 죽음으로 인해 삶의 의지 자체가 마비되어버린 그녀에게 '내가 살아 있다'는 것을 일깨우는 유일한 대상이 참매였기 때문이다. 메이블은 처음에는 가죽끈을 통해 그녀와 연결되어 높이 날아올랐다가 다시 돌아오곤 했지만, 나중에는 가죽끈이 없이도, 훨씬 더 위험하고 자유로운 방식으로 하늘 높이 날아오르기 시작한다. 그녀는 참매가 처음으로 사냥한 꿩의 깃털을 뽑아주며, 마치 어미 새가 아기 새에게 먹이기 위해 온갖 노력을 기울이는 것 같은 뿌듯함을 맛본다. 하지만 더 큰 기쁨은 그녀 자신이 '참매가 되어가고 있다'는 것, 그러니까 인간의 첨단 문명이 아닌 야생의 자연 속으로 점점 빨려들고 있다는 철저히 고립된 희열이었다.

《콜록콜록》중에서

이건 헨리 데이비드 소로의 《월든》보다 더 심각한 고립이에요. 소로는 글을 집중해서 쓰려고 숲속으로 들어간 것이거든요. 글을 쓰기 위해서, 누구의 눈치도 보지 않고 삶을 온전히 살아보기 위해서, 숲으로 들어갔지요. 하지만 소로는 그냥 오두막 문을 항상 열어놨어요. 나그네들이나 도망자들이 소로의 오두막에서 피신하기도 했어요. 그런데 헬렌은 사람 자체가 싫었던 거예요. 상실의 고통이 압도적이니까요. 인간이 아닌 참매만이 자신과 교감할 수 있다고 생각해요. 참매를 너무 사랑한 나머지 자신이 참매라고 생각하게 되어버린 거예요.

그녀는 참매가 자신을 아프게 할 때마다 오히려 짜릿한 흥분을 느낀다. 내가 사라지는 느낌, 이토록 고통스럽고 이토록 결핍투성이인 '나'라는 존재가 사라지는 느낌이 어처구니없이 좋았기 때문이다. 그녀는 굶주린 메이블의 습격을 받아 피를 철철 흘리면서도 메이블을 향한 사랑을 포기하지 않는다. 메이블이 마음 놓고 사냥과 비행을 할 수 있도록 온갖 산과 들을 찾아 헤매며 그녀는 진정 '매의 시선'으로 세상을 바라보게 된다. 하지만 때로는 스파이처럼, 때로는 야생동물처럼, 때로는 고고학자처럼 세상의 어둡고 깊고 무서운 곳들만을 골라 사진을 찍곤 했던 용감한 아버지를 향한 그리움을 떨칠 수는 없다. 그녀는 영원히 되찾을 수 없는 아버지를 향한 애절한 그리움을 참매를 향한 애정으로 대체했지만, 결국 그것조차 아름답지만 자기중심적인 집착임을 깨닫기 시작한다.

《콜록콜록》 중에서

참매는 배고플 때 헬렌을 막 쪼아요. 헬렌은 피를 철철 흘려요. 그런데도 헬렌은 좋아해요. 위험한 상황이지요. 하지만 참매와의 순수한 야생의 삶이 헬렌을 살린 것이기도 해요. 심각한 우울증에 빠진 헬렌에게 참매는 계속 살아갈 이유를 주었기 때문이지요. 참매를 키우는 기쁨은 이 세상에 내가 돌봐야 할 존재가 있다는 믿음을 주니까요. 무엇보다 참매에 대한 글을 쓰면서 헬렌은 다시 세상 속으로 돌아와요. 누군가 내 아픔을 이해해주기를 간절히 바라면서, 나와 닮은 아픔을 가진 사람이 내 글을 통해 치유되기를 바라면서, 글을 쓴 것 아닐까요. 《메이블 이야기》는 글을 통해 트라우마를 치유하는 게 어떤 것인지 감동적으로 보여주는 에세이입니다. 자신의 인생을 통째로 던져야 이토록 아름다운 글 한 편이 나와요.

헬렌은 인생을 던지며 죽을 각오를 하고 참매에게 매달린 거죠. 아버지를 잃은 슬픔에 질식한 나머지, 죽고 싶을 만큼 고통스러웠지요. 죽도록 사랑하는 참매를 통해서 죽음과 같은 고통을 극복한 거죠. 어떤 글은 이렇게 극단을 향해 걸어가야만 나와요. 어쩌면 충분히 내 삶을 던지지 않아서, 충분히 열정을 불태우지 않아서, 글이 써지지 않는 건지도 몰라요. 내 안의 열정을 더 불태워야 하죠. 일상에서 그저 흘려보내는 시간을 철저히 아껴서 글쓰기에 몰아넣어야 해요. 그 시간에는 아무것도 생각하지 말고 '저 사람은 살짝 정신이 나간 것 같다'라고 보일 정도로 집중해야 해요. 온 마음을 쏟아부어야 아름다운 글 한 편이 나와요. 헬렌은 자기의 슬픔에 온전히 집중했어요. 자기의 상실감을 향해서, 트라우마를 향해서, 완전히 인생을 던져버렸잖아요. 이렇게 다 던져야 무언가 한 편이 간신히 나와요. 진정한 글쓰기의 세계는 이렇게 냉혹하고 가차없지요. 나를 완전히 던져야 좋은 글 한 편이 간신히 나오니까요.

어느 순간 헬렌은 깨닫지요. 내가 참매를 사랑하는 만큼 참매가 나를 사랑하기를 바라는 건 이기심이구나. 참매는 아버지가 아니구나. 아버지의 대체물이 아니구나. 아무리 사랑해도 아버지는 돌아오지 않는구나. 참매와 아버지를 분리할 수 있게 된 거죠. 아버지가 돌아가셨지만 아버지를 향한 사랑은 멈추지 않아도 되죠. 사랑을 멈추지 않을 수 있는 방법이 있다는 걸 알게 된 헬렌은 아버지의 추도식을 준비하기 시작해요. 마침내 헬렌은 깨달아요. 참매를 향한 감정은 사랑이었지만, 그 사랑은 영원히 지속될 수 없다는 것을. 인간과 동물 사이의 이루어질 수 없는 사랑이니까요. 자신이 참매를 길들이는 것이 아니라 참매가 자신을 길들이고 있었음을 알게 된 순간, 헬렌은 아버지의 추도식에 참여하게 됩니다. 야생동물 메이블이 강인한 인간 헬렌보다 힘이 센 거예요. 메이블은 헬렌 때문에 인생을 바꾸진 않거든요. 헬렌은 메이블 때문에 인생이 바뀌어버렸어요. 메이블이 이긴 거죠. 마침내 참매에 대한 집착을 멈추고, 헬렌은 아버지의 추도식에 참여해요. 충분히 슬퍼했으니까. 정말 내 삶의 끝까지 걸어가 죽음과 슬픔이 일치하는 그 순간까지 슬퍼했으니까, 이제 정상적 슬픔의 과정으로 옮아가는 거예요. 일상을 포기한 슬픔이 아니라 일상 속에서 슬퍼할 수 있는 길을 찾은 거죠.

정신분석의 목표 중 하나는 비정상적 슬픔을 정상적 슬픔으로 바꾸는 것이거든요. 비정상적 슬픔은 죽을 정도로, 정말 죽을 위험이 있는, 그 사람의 일상이 완전히 파괴될 정도의 슬픔을 말해요. 우리는 그런 슬픔을 인생에서 여러 번 겪죠. 하지만 언젠가는 일상으로 돌아올 수밖에 없잖아요. 그렇게 일상생활을 하면서 정상적 슬픔을 느낄 수 있도록 도와주는 것이 정신분석이에요. 정상적 슬픔이 애도이고, 비정상적 슬픔은 우울증이라는 거죠. 우울증의 정확한, 지그문트 프로이트적인 정의는 '대상의 상실을 나의 상실로 오해하는 것'이에요. 예를 들어 사랑하는 연인이 죽었는데 마치 내가 죽은 것처럼 느끼는 것. 그 사람의 인생이 끝났는데 내 인생이 끝났다고 느끼기에 우울증이 심해져요. 우울증과 달리, 애도는 너무 가슴 아프지만, 절대로 잊을 수도 없겠지만, 그래도 나의 삶이 아직 남아 있다는 것을 깨닫는 거예요. 가슴 아파도 내 삶의 의무를 다할 수 있는 성숙함이 애도라는 거죠. 헬렌도 이제 비정상적 슬픔에서 정상적 슬픔으로 가고 있어요. 애도할 수 있는 상태가 된 거죠. 예전에는 아버지의 추도사를 쓸 수 없었어요. 아버지가 죽었다는 사실을 차마 받아들일 수 없었으니까요. 하지만 이제 그 트라우마를 향해 '거리'를 둘 수 있게 된 거예요. 아버지의 추도식에서 수많은 사람이 모여 '당신의 아버지를 존경하고, 사랑하고, 그리워합니다'라는 마음을 드러내는 모습을 보지요. 나만 아버지를 사랑하는 게 아니구나. 아버지는 참 많은 사람의 사랑을 받는 사람이었구나. 이렇게 깨달은 거예요. 아버지는 수많은 사람에게 살아 있는 전설이었구나. 그것을 깨닫는 순간, 그녀는 치유되기 시작합니다. 나만큼 아프지는 않겠지만 저 사람들도 아파하고 있다는 사실을 알게 된 것, 이것도 헬렌이 정상적 애도의 과정으로 돌아오는데 도움이 됐어요. 헬렌은 메이블을 놓아줄 용기가 생겨요. 마침내 메이블과 아버지를 분리할 수 있어요.

우리는 사랑의 대상을 잃으면 대체제를 찾아요. 하지만 그 대체제는 결코 잃어버린 대상과 같지 않지요. 그걸 깨달을 때 진정한 애도도 시작됩니다.

이제 메이블을 놓아주어야 할 때가 되었음을 깨닫는다. 베를린의 한 대학에서 제안한 교수 자리마저 거절하고 '참매의 연인'이 되는 삶을 선택한 이후, 그녀는 오직 참매를 통해서만 세상에 존재할 수 있었다. 하지만 그녀는 자신이 '인간'이기에 온전히 '야생의 존재'가 될 수 없음을 받아들이기 시작한다. 그토록 사랑했던 메이블을 놓아줄 용기를 얻는 순간, 그녀는 다시 세상으로 한 걸음 나갈 수 있는 자유를 얻게 된다. 상실에 대처하는 최고의 길은 따로 없다. 하지만 나 자신을 파괴하지 않고 상실의 상처를 극복하는 길은, 나처럼 여리고, 나처럼 불완전하며, 나처럼 사랑이 고픈 '다른 존재'를 사랑하는 것뿐이다. 다시 사랑함을 통해서만, 우리는 사랑의 상실을 치유할 수 있다.

《콜록콜록》 중에서

의료기관의 도움 없이 상실의 고통을 극복하는 가장 좋은 방법은 다시 사랑을 시작하는 겁니다. 사람들은 헬렌을 우울증 환자라고 생각하지만, 헬렌의 무의식은 자신에게 가장 맞는 상실의 치유제를 발명해낸 것이죠. 《메이블 이야기》는 다시 사랑함을 통해서만, 우리가 그 엄청난 사랑의 상실감을 치유할 수 있다는 사실을 보여주는 책입니다. 여러분이 사랑하는 모든 것에 대해서, 열정적으로 습작을 해보셨으면 좋겠어요. 《메이블 이야기》를 읽어보시고 내가 이만큼 애정을 갖고 쓸 수 있는 대상이 무엇일까, 꼭 생각해보시면 좋을 것 같아요.

빈센트처럼 나를 완전히 던질 수 있다면

저도 헬렌의 메이블처럼 애정을 쏟은 존재가 있었는데요. 바로 빈센트입니다. 10년이 넘는 취재 기간이 필요했던 책이 《빈센트 나의 빈센트》예요. 방학이 되면 항상 빈센트에 관련된 여행을 떠났거든요. 벨기에, 네덜란드, 프랑스, 영국, 미국, 심지어 일본에도 빈센트의 그림이 있어요. 이런 식으로 여행을 다니다간 전 세계를 여행하겠다 싶을 정도로, 빈센트의 그림은 전 세계에 흩어져 있어요. 《빈센트 나의 빈센트》를 쓰면서 글 쓰는 대상에 대한 사랑 때문에 인생이 바뀔 수도 있다는 걸 깨닫게 되었어요. 하지만 공부한 내용을 책에 다 넣을 순 없잖아요. 한 권의 책이라는 분량의 한계가 있으니까요. 언젠가 빈센트에 관한 책을 다시 쓴다면, 또 다른 빈센트의 모습을 그려낼 수도 있을 것 같아요. 빈센트의 자취를 따라가며 쓴 돈과 시간 그리고 열정 같은 것들이 전혀 아깝지 않더라고요. 애정의 특징은 내가 거기에 아무리 돈을 쓰고 시간을 써도 아깝지 않은 거잖아요. 깊은 애정을 가지면 내가 쓴 모든 시간과 돈, 경험이 전혀 아깝지 않아요.

10여 년 전 도쿄로 여행을 떠났을 때, 나는 손보재팬보험 건물에 빈센트의 〈해바라기〉가 소장되어 있다는 사실을 알고 뛸 듯이 기뻤다. 별다른 조사 없이 충동적으로 여행을 떠났을 때라, 현지에서 구한 여행 책자에 빈센트의 그림을 볼 수 있는 건물을 보고 무작정 '가자! 이건 꼭 봐야 해!'라고 생각했던 것이다. 이른 아침부터 건물 앞으로 가서 전시관의 문이 열리기를 기다렸다. 그런데 아무리 기다려도 열릴 기미가 안 보였다. '사람'이 아닌 '무언가'를 그렇게 열심히 기다려본 적은 없었다. 아뿔싸, 알고 보니 그날은 휴관일이었다. 나는 한동안 거대한 보험회사 건물 앞에서 발을 뗄 수가 없었다. 빈센트의 그림이 아니라면, 생뚱맞게 보험회사 건물 앞에 내가 왜 그토록 오래 서 있었겠는가. 나는 그제야 알았다. 내가 빈센트를 정말로 좋아하고 있음을. (…)

무언가를 좋아한다고 생각하면서 그 사실을 잘 의식하지 못할 때가 있다. 바로 너무 많은 사람이 그를 좋아할 때다. 빈센트를 좋아하는 사람들이 워낙 많아 나는 그 수많은 마니아의 행렬에 끼기가 쑥스러웠다. 그날 빈센트의 그림을 만나지 못하고 며칠 후 집에 돌아와 보니 빈센트 화집이 수두룩했다. (…) 가난한 대학원생이던 내 형편으로는 사기 힘든 비싼 화집도 꽤 있었다.

《빈센트 나의 빈센트》 중에서

그 비싼 화집을 큰맘 먹고 샀던 거예요. 그런 나 자신의 모습을 미처 인식하지 못하고 있었어요. 화집 앞에다가 이렇게 또박또박 메모를 써놓았더라고요. '나에게 선물하는 최고의 사치품'이라고. 여유롭고 행복한 사람이 위로를 준 게 아니라 저보다 더 힘든 상황에서 열정적으로 자신의 길을 걸어나갔던 빈센트 같은 사람이 저에게 위로가 되었어요.

내가 왜 그랬을까. 마음에 위안이 필요할 때마다 내가 나에게 선물을 주고 싶다는 핑계를 대며 빈센트 화집을 사모았던 것이다. 빈센트의 그림은 힘겨운 순간마다 내 영혼의 등짝을 두들겨주던 위로의 손길이었다.

이후에도 빈센트는 나로 하여금 이해할 수 없는 행동을 많이 저지르게 부추겼다. 한번은 가장 어려웠던 시절 엉뚱하게도 '빚'을 내어 여행을 가기도 했다. 없으면 안 쓰고 말지 빚을 내선 안 된다고 생각했던 나로서는 있을 수 없는 일이었다. 게다가 막 서른이 된 그때의 나는 부모님과의 갈등, 불투명한 미래, 앞으로 계속 공부를 할 수 있을지 모르겠다는 걱정으로 녹초가 되어 있었다. 하지만 뉴욕의 현대미술관MoMa에 〈별이 빛나는 밤〉과 〈사이프러스〉를 볼 수 있다는 생각에 가슴이 두근거리기 시작했다. 빈센트의 그림 중에서도 내 마음을 세차게 두드리던 작품이었다. '그냥 화집으로 봐도 되잖아, 충분히 아름답잖아, 충분히 감동적이야!' 스스로 마음을 다독였지만 자꾸만 가슴이 두근거렸다.

《빈센트 나의 빈센트》 중에서

무언가 누군가를 사랑하게 되면 우리는 어떻게 되나요? 말도 안 되는 행동, 엉뚱한 행동을 서슴지 않고 하게 되잖아요. 그를 위해 무엇이든 할 수 있다는 생각이 들면서, 왜 지금까지 이토록 소심하게 살아왔나 후회까지 하지요. 빈센트 때문에 역마살이 도진 거예요. 멀리 여행을 떠나지 않으면 도저히 나을 수 없는 마음의 병에 걸려버린 거죠. 하지만 이런 마음의 병은 몇 번이고 다시 걸리고 싶은 아름다운 고통이기도 해요.

무언가를 온전히 사랑하는 일의 눈부신 열정을 체험하게

해주니까요. 그 무엇도 후회하지 않을 용기, 그 무엇도 아깝지 않은 드넓은 마음의 여유가 생겼어요. 가난하고 힘들었던 그때 '빈센트의 발자취를 따라 여행을 떠나고 싶다'라는 기이한 열정은 저에게 살아갈 이유가 되어주었지요. 논리적으로 설명할 수 없는 기이한 열정이었어요.

무언가를 사랑하면 이렇게 이상한 행동을 하게 돼요. 심지어 미국 비자를 얻으려고 대사관에서 인터뷰까지 했어요. 전자여권이 나오기 직전이었거든요. 천신만고 끝에 미국여행을 하면서 빈센트의 그림을 보고 난 뒤로 작가가 되기로 마음을 잡았어요. 빈센트가 저보다 백만 배쯤 힘들었다는 걸 알고선 닥치고 글을 쓰게 된 거죠(웃음). 빈센트는 우리보다 훨씬 힘들었는데 그래도 해냈잖아요. 직접 가서 빈센트의 그림을 보았기 때문에 감동은 더욱 생생했어요. 인터넷으로 그림을 찾아보고 상상만 하는 것과는 차원이 다른 체험이었지요. 빈센트를 위해 쓴 시간과 돈이 하나도 아깝지 않은 순간이었어요. 빈센트는 제가 '글을 써야만 살 수 있는 사람'임을 깨닫게 해준 사람이니까요.

마침내 빈센트의 그림을 보고 온 이후로, 내 마음의 갈등이 거짓말처럼 가라앉았기 때문이다. 나는 아무리 힘들어도 내가 좋아하는 일을 하기로 결심했다. 모두 빈센트 덕분이었다. 글을 쓰고 싶고, 공부를 하고 싶은 내 소박한 꿈을 버리지 않도록 응원해준 사람이 바로 빈센트였다.

부끄러운 이야기이지만, 뉴욕 현대미술관에서 빈센트의 그림을 본 날, 나는 펑펑 울었다. 오랜 기다림과 내 안에 차곡차곡 쌓아온 슬픔이 그토록 간절히 그리워하던 대상을 만나 폭발해버린 것이다. (…) 그때는 사진을 잘 찍어야 한다는 강박관념이 없어서 사진도 제대로 찍지 못한 채 여행을 다녔는데, 그래서 더 좋은 점이 있었다. 사진은 남지 않았지만, 내 감정만은 고스란히 마음속에 새겨진 것. 내가 느낀 감정을 기록할 보조 장치가 없었기 때문에, 온전히 내 마음만을 기억할 수 있었다.

《빈센트 나의 빈센트》중에서

제대로 찍은 사진은 남지 않았지만 그래서 좋은 점도 있더라고요. 사진을 남기지 않아서 그때 제 감정을 사진처럼 정확하게 기억하게 됐어요. 기억의 보조 장치가 없으니까 마음으로 확실히 기억했지요. 글을 잘 쓰고 싶다면 때로는 기계를 완전히 포기할 필요도 있어요. 사진을 찍지 않고 마음으로만 기억하려고 하면 훨씬 더 많은 것을 볼 수 있을 거예요. 기계가 아니라 온몸으로 기억하게 되거든요.

휴대폰 카메라라는 보조 장치가 생기고 나서 사람들은 메모조차도 잘 안 해요. 강의할 때 칠판에 필기하면 많은 분이 너무 쉽게 사진을 찍더라고요. 인간은 내가 내 몸으로 움직여야만 기억을 해요. 쉽게 얻은 건 쉽게 잊어버리거든요. 귀찮더라도 손을 움직여서 글을 써보세요. 아쉽더라도 가끔은 일부러 사진을 안 찍는 연습을 해보세요. 카메라가 없어 불안하다면 사진 열 장 찍을 시간에 한 장만 제대로 찍어보세요. 카메라로 포착하는 것보다 내 마음으로 생각하는 게 훨씬 더 뛰어난 영감을 줍니다.

우리 눈은 최고의 카메라예요. 그런데 어느 순간 훌륭한 눈으로 제대로 볼 생각은 안 하고 카메라부터 들이대는 습관이 생겨버렸어요. 미디어는 인간을 게으르게 만들어요. 인간의 감각을 확장하지만, 인간 본래의 감각을 둔화시켜요. 우리는 더 잘 보고 느낄 수 있는데 기계에 그것을 아웃소싱outsourcing 하면서, 내 몸으로 느끼고 생각할 수 있는 능력을 많이 잃어버렸어요. 더 많이, 더 절절하게, 내 몸으로 생각하는 방법을 익혀야 해요. 모든 감각을 총동원해서 대상을 관찰하고 묘사해야 해요.

인터뷰할 때도 인터뷰이의 말만 들으면 안 돼요. 손짓, 발짓, 향기, 말투도 살펴야 해요. 인터뷰이가 어떤 단어를 말할 때 잠시 호흡을 고르는지, 어떤 문장을 말할 때 유난히 힘들어하는지, 어떤 순간에 먼산바라기를 하는지, 어떤 순간에 말을 더듬는지, 하나도 놓치지 않고 기억해두어야 해요. 그래야 깊이 있는 인터뷰를 할 수 있고 감동적인 인터뷰를 쓸 수 있어요. 집요하게 관찰하는 느낌을 주면 안 되니까 관찰하지 않는 척하면서 관찰해야 해요. 머리로만 기억하지 말고 몸으로 기억해야 해요. 내 온몸이 녹음기가 되고 카메라가 되고 영사기가 되어서 취재의 대상을 완벽하게 포착해야 해요. 유명인이 기자회견을 할 때 어떤 기자들은 타이핑만 하고 있잖아요. 인터뷰 대상을 앞에 두고 타이핑만 하는 인터뷰는 '살아 있는 묘사의 대상'을 눈앞에서 놓치는 행위예요. 그냥 기사를 찍어내는 거예요. 인터뷰이에게도 굉장한 실례죠. 눈도 마주치지 않고 그 사람의 이야기를 착취해가는 것과 다름없어요. 무례한 행동이에요. 그 사람의 눈을 보며 경청해야죠. 그 사람의 이야기만 뽑아갈 게 아니라 그 사람의 현재와 소통해야죠.

빈센트가 살아 있다면 저는 밤새도록 이야기를 나누고, 술잔도 기울이고, 맛있는 음식도 사주고 싶어요. 줄리언 슈나벨 감독의 영화 〈고흐, 영원의 문에서〉는 빈센트의 외로움을 절절하게 표현했지요. 빈센트는 사람들이 자신에게 사소한 안부라도 물어봐주고, 밥은 먹었냐고 말해주면 좋겠다고 했어요. 항상 배고팠고 외로웠던 안부를 물어주는 사람조차 없던 거예요. 살아 있는 빈센트를 만날 수만 있다면 그가 외롭지 않게, 배고프지 않

게 '마침내 진정한 친구가 생겼다'라고 느낄 수 있도록 오래오래
함께 있어주고 싶어요.

그림을 그릴 물감과 캔버스를 살 돈조차 없어 남동생 테
오에게 의지해야 했던 빈센트만큼 힘들다고 할 수는 없었
다. 하지만 내 불안의 근원 또한 내가 하고 싶은 일을 시
도조차 못 하게 되는 미래를 대한 두려움이었다. (…) 현실
의 안정을 위해 내가 가장 원하는 것을 버려야 할지 모른
다는 두려움.

이 땅의 모든 젊은이의 불안이고, 빈센트 역시 절박한 마
음으로 견뎌야 했던 두려움이다. 나는 〈별이 빛나는 밤〉과
〈사이프러스〉를 보면서, 아니 '만나면서' 내 불안에 종지
부를 찍었다. 논리적으로 설명할 수 없었지만, 인생에서
무엇이 진짜 중요한지 알 것 같았다.

성공하지 못해도 좋다. 내가 걸었던 길에 후회가 없다면.
남들의 인정을 받지 못해도 좋다. 내가 걷는 길에 부끄러
움이 없다면. 빈센트는 그림 속의 붓질 하나하나를 통해
내게 말하고 있었다. 내가 디디는 인생의 발걸음 하나하
나는 이 그림의 붓질 자국처럼 분명히 흔적을 남기게 된
다고. 심장에서 바로 터져나온 듯한 빈센트의 빛깔은 바

로 마음의 색채였고 영혼의 울림이었다.

《빈센트 나의 빈센트》 중에서

위의 글은 《빈센트 나의 빈센트》라는 책의 씨앗이 발아한 순간, 영감이 태어난 순간을 표현한 글이에요. 그때 제가 만 스물아홉 살이었는데 빈센트의 그림을 보면서 문장들이 저절로 떠올랐어요. 그 순간은 제 인생이 바뀌는 순간이었어요. 어떤 대상에 대한 애정이 결정적인 깨달음을 주는 순간이 있어요. 헬렌도 그랬잖아요. 참매를 사랑하면서 자신이 삶에서 진정으로 잃어버린 게 무엇인지, 자신이 되찾아야 할 게 무엇인지를 깨닫게 됐잖아요. 헬렌은 글을 써야만 살 수 있는 사람이었던 거예요. 저도 그랬어요. 생물학적으로 살아 있을 수는 있지만 '글을 못 쓰면 나는 죽은 것과 똑같겠구나' 하는 생각이 들었어요. 빈센트도 그랬어요. 공식적으로 평생 단 한 작품밖에 그림을 팔지 못했지만 빈센트가 그림 그리기를 포기하지 않았던 이유는 그림을 그려야만 진정한 나 자신이 되기 때문이었죠. 그림을 그려야만 살아 있다는 느낌이 든 거예요. 빈센트는 성공을 위해서 그림을 그린 게 아니었어요.

다음의 글은 제가 글쓰기 강연에서 매번 느끼는 감정을 풀어낸 에세이입니다. 이 글을 읽으면서 제 글쓰기 수업에 직접 참여하는 듯한 생생한 현장감을 느껴보면 좋겠어요. 글쓰기 수업을 하면 반드시 일대일 멘토링이 필요한 순간이 있거든요. 그 순간의 아픔, 그 순간의 강렬한 교감에 대해 그려낸 글이기도 해요.

이 일을 해내면, 이 장애물만 뛰어넘으면, 모든 것이 괜찮아질 것만 같은 순간이 있다. 그런데 그 장애물을 뛰어넘기가 싫다. 왠지 거부하고 싶다. 진정한 나 자신을 찾는 길 위에서 뛰어넘어야 할 최고 난도의 관문, 그것은 바로 내 슬픔의 뿌리를 직시하는 것이다. 때로는 타인에게 내 아픔의 뿌리를 털어놓고, 치유의 가능성을 함께 탐색하는 작업이 필요한 순간도 있다.

물론 아픔을 숨김없이 털어놓는다는 건 결코 쉬운 일이 아니다. 상담치료를 받는 환자들이 일부러 약속 시간을 안 지킨다든지, 괜스레 상담실의 인테리어나 오는 길의 교통체증을 문제 삼는다든지, 자신을 진심으로 도와줄 의지가 있는 사람의 조언을 매몰차게 거부하는 것이 바로 저항resistance이다. 저항을 하면 잠깐 자존심은 지킬 수 있지만, 궁극적으로는 진정한 자기실현의 가능성을 스스로 차단해버리는 결과를 낳는다.

자신이 적극적으로 변화해야만 가능한 치유를 스스로 거

부하는 저항은 매우 다양한 방식으로 나타난다. 나는 글쓰기 수업을 할 때 학생들의 맹렬한 저항에 부딪힌다. 자신의 아픔을 생생하게 묘사하는 동안, 단지 슬픔만 마음 밖으로 빠져나오는 것이 아니라 슬픔을 치유할 힘 또한 자신도 모르게 솟아나게 된다. 그런데 슬픔을 표현하는 일에는 강한 수치심이 동반되기 때문에 사람들은 이 과정을 극도로 두려워한다.

나는 철저한 일대일 멘토링을 통해 글쓰기 수업의 진정한 묘미는 이 과정을 함께하는 것임을 배우고 있다. 어떤 학생은, 문장은 매우 훌륭한데 슬픔의 원인에 대해선 전혀 힌트를 주지 않아 공허한 글쓰기를 계속한다. '학생은 분명히 글쓰기에 재능이 있는데, 있는 그대로의 자기 마음을 보여주지 않기에 안타깝다'라고 이야기하니, 굳이 표현할 필요를 못 느끼겠다며 딴청을 피운다. 저항의 전형적인 사례다.

사실 그 모습마저도 귀엽다. 예전 같았으면 '이 아이는 왜 이토록 시니컬할까'라고 걱정했겠지만, 이제는 안다. 그 아이도 침묵이나 생략의 방식으로 자신의 아픔을 표현하고 있다는 것을. 나에게 반기를 듦으로써 자신의 힘을 과시하지만, 실은 자신도 모르게 '아픔을 누구에게도 보여주기 싫다'는 닫힌 마음을 보여주는 것이다.

일대일 멘토링을 하다보면 무엇보다도 나 자신이 변화한다. 망원경으로 볼 수밖에 없었던 아이들의 아픔이 현미경으로 보는 것처럼 생생하게 확대되어 보이기 시작한다. 효율적인 교육이 아니라 진심 어린 소통을 추구하자 겨우 두 달 만에 많은 것이 바뀌었다. 글쓰기가 싫어 펜대만 하염없이 굴리며 지루해하던 아이가 고양이를 잃어버린 슬픔에 대한 뭉클한 글로 나를 감동시켰고, 글쓰기에 좀처럼 관심이 없던 아이가 할아버지의 죽음 직전 자신과 마지막으로 나눈 통화를 글로 써서 나를 울리고 본인도 울었다. "아가, 할애비가 세상에서 젤로 사랑하는 건 우리 손녀인 거 알제? 인자 내가 없더라도 너무 슬퍼하지 말그래이."

눈물을 뚝뚝 흘리는 학생의 어깨를 말없이 안아주며 깨달았다. 학생들에게 필요한 것은 글쓰기의 전략이 아니라 아픔을 털어놓을 사람임을. 아이들은 단지 글쓰기 선생이 필요한 것이 아니라 자신의 아픈 이야기를 마음을 다해 들어줄 친구가 필요했던 것이다. 일대일 멘토링을 통해 누구보다도 나 자신이 변하고 있다. 어떻게 하면 수업을 더 잘해낼 수 있을까 고민하며 초조해하던 내가 어떻

게 하면 아이들의 아픔을 더 잘 이해할 수 있을까를 고민하는 사람으로 바뀌었다.

친밀성의 힘은 이렇듯 수많은 것을 바꿀 수 있다. 인디언들은 친구를 이렇게 정의한다. 친구란, 내 슬픔을 등에 지고 가는 사람이라고. 내가 아이들의 슬픔을 등에 짊어지고 가기로 마음먹자, 아이들은 어느새 가르침의 대상이 아니라 한 명 한 명 더없이 소중한 다정한 길벗이 되었다.

《나를 돌보지 않는 나에게》 중에서

문장: 눈부신 마지막 문장이 보일 때까지
다듬고 또 다듬기

묘사, 은유, 상징은 글쓰기의 무기가 되지요.
문장을 만들고 다듬으며 끊임없이 퇴고하는 시간은
글쓰기의 클라이맥스이자 화룡점정입니다.

경쾌하게, 도발적으로, 그러나 진심을 다해

어떨 때 좋은 문장이 나올까요. 제가 아는 것은 세 가지 경우예요. 첫째, 완벽한 취재가 끝났을 때이지요. 대상을 향한 취재가 완전히 끝난 뒤 엄청난 언어의 마그마가 무의식 깊은 곳에서 끓기 시작해요. 정말 활화산에서 마그마가 끓어오르는 것처럼 하고 싶은 말이 미친 듯이 분출하지요. 이때 초고나 메모를 반드시 써두어야 해요. 이때 쓴 문장은 완벽하진 않지만 생생하게 살아 있거든요.

둘째, 내가 대상에 대해 가지고 있던 생각이 타인의 생각과 만나 강렬한 충돌을 일으켰을 때이지요. 제가 《헤세》를 썼을 때 《데미안》을 청소년 시절에 읽는 필독서로 생각하시는 분들이 많다는 사실을 알았어요. 심지어 《데미안》을 어린 친구들이나 읽는 소설이라며 무시하시는 분들도 있더라고요. 그분들과 《데미안》 토론 배틀을 해보고 싶을 정도였어요. 과연 《데미안》을 제대로 읽고 그런 말을 하는 걸까 궁금했고 분노하기도 했어요. 왜 고전문학 작품을 무시하는지 모르겠어요. 제대로 읽어본다면 단 한 작품도 무시할 수가 없거든요. 바로 그런 타인의 생각과 나의 생각이 이렇게 강렬한 스파크를 일으킬 때, 타인에게 맞서 하고 싶은 뜨거운 말들이 샘솟아 오르지요.

셋째, 사건이 일어나고 오랜 시간이 지난 뒤 마침내 그 일이 나에게 지니는 새로운 의미를 알게 되었을 때이지요. 그러니까 과거를 되돌아보다가 '그때는 몰랐지만 지금은 알 것 같은 이야기'가 떠오르면 미친 듯이 문장이 써져요. 《상처조차 아름다운 당신에게》를 그렇게 썼어요. 저의 내면과 거의 완전히 일치된 문장들이 그 책 속에 들어 있지요. 아름답고 화려한 문장을 쓰고 싶은 것이 아니라 저의 내면과 거의 혼연일치가 된 그런 문장을 쓰고 싶었어요. 그것이 저의 유일한 문장론이기도 해요. 내 삶과 일치하는 문장, 내 마음의 무늬와 어우러지는 문장, 그리하여 그 문장 자체가 나의 영원한 분신이 되는 그런 문장을 꿈꿉니다.

'나는 한 번도 행복하지 못했다'는 것을 깨달았던 스물아홉 살의 그 겨울을 기억한다. 그 깨달음은 못 견디게 아프기도 했지만 커다란 해방감도 동시에 가져왔다. 어떻게 해야 '부모님의 착한 큰딸'이라는 감옥을 벗어날 수 있을지, 그것만 생각했다. 나의 삶을 찾아야만 부모님도 제대로 사랑할 수 있었다. 나는 엄마가 날리는 방패연이었다. 얼레는 엄마가 꼭 붙들고 있었다. 엄마가 실을 잡아당길 때마다 나는 더 높이, 더 빨리 하늘을 날아야 했다. 내가 날고 싶어 나는 게 아니었다. 엄마의 기대와 집착이라는 얼레가 나를 억지로 날게 했다. 나는 엄마의 기대만큼 훌륭한 사람이 될 수 없을 것 같았다. 부모님은 지극히 착한 사람들이었지만, 나를 향한 사랑에는 '네가 잘되어야 우리가 잘살 수 있다'는 기대감이 떠나지 않았다. 그 기대감이 나를 무시무시한 힘으로 옥죄고 있다는 사실을 부모님은 몰랐다.

《상처조차 아름다운 당신에게》 중에서

엄마와 저의 트라우마가 폭발하던 시기의 고통이 떠오르더라고요. 지금은 엄마와 매우 평화롭게 잘 지내거든요. 어제도 엄마한테 제발 오래오래 살아주라고, 엄마를 미치게 사랑한다고 말했어요(웃음). 이렇게 마음의 여유가 생기고 나니까, 그때 왜 엄마와 잘 지내지 못했는지 깨닫게 된 거예요. 어린 시절 집 안의 기대를 한 몸에 받고 자라난 성인 중 일부는 마음속에 응어리가 있어요. 기대감이 평생 쫓아다니는 거죠. 실수하면 안 될 것 같고, 내가 잘돼야만 우리 집이 버틸 수 있을 것 같은 엄청난 중압감이 있는 거예요. 중압감도 트라우마가 될 수 있어요. 마음대로 살 수 없으니까요. 실수도 장난도 안 되는 거예요. 어린이다운 삶, 미숙하고 서툰 삶이 용납되지 않는 거죠. 저는 어린이들에게 조숙한 태도를 요구하는 것에 반대해요. 어린이는 어린이인 채로, 마음껏 실수하고 장난치고, 가끔은 '도대체 이래도 되는 걸까' 싶을 정도로 자기 마음대로 살게 내버려두어야 해요. 그래야 어른이 되어 '잃어버린 어린 시절'에 대한 원한에 시달리지 않아요. 시험을 조금이라도 못 보면 부모님께 혼날까봐 잠 못 이루던 어린 시절의 상처에서 완전히 벗어나지 못한 내면아이가 깨어나 아직도 저를 괴롭힐 때가 있어요. 그래서 마음껏 뛰놀고 시험 걱정도 없이 자라는 저의 조카들이 부럽고, 다행이라는 생각이 들어요. 우리 가족이 드디어 '트라우마의 유전자 사슬'을 끊어낸 것이니까요. 절대로 제 고통을 조카들에게 물려줘서는 안 되니까요.

엄마, 이제 제발 나를 붙잡고 있는 그 얼레의 실을 끊어
줘. 나는 그렇게 부탁하고 싶었다. 아직 그럴 용기가 없었
다. 엄마를 실망시키는 딸이 되고 싶지 않은 마음이 내 안
의 단호함을 가로막았다. 얼레가 절대 날 놓아주지 않으
니, 내가 갑자기 하늘 높은 곳에서 강력한 돌풍을 만나 홀
로 갑자기 끊어지는 수밖에 없었다. 그러려면 일단 높이
올라가야 했다. 내가 아무리 멀리 날아가도 엄마가 얼레를
계속 돌리는 듯한 느낌이 들었다. 한 번도 부모님의 뜻을
거슬러본 적 없는 모범생, 착한 큰딸, 집안을 일으켜야 하
는 존재라는 부담감으로 얼룩진 이 얼레의 줄을 끊을 기회
가 찾아왔다. 첫 번째 유럽여행이었다. 아르바이트로 열심
히 돈을 모아 간신히 첫 번째 유럽여행을 떠날 수 있었다.
세상에 태어나서 그렇게 멀리, 그렇게 오랫동안 가족을 떠
나본 적은 처음이었다. 미치도록 좋았다. 유럽이 좋아서만
은 아니었다. 엄마의 집착 어린 사랑이라는 얼레로부터 탈
출할 기회를 찾았기 때문이었다. 나는 이렇게 자유롭게 살
수 있는 존재인데, 아무런 직업도, 아무런 계획도 없이 살
아도 이토록 행복할 수 있는 존재인데, 그동안 집과 학교
밖에 모르는 갑갑한 모범생으로 살아왔던 것이다.

《상처조차 아름다운 당신에게》 중에서

처음으로 이렇게 돈을 안 벌어본 거예요. 스무 살부터 하루도 쉰 적이 없었어요. 공부도 일도 안 하고 그냥 놀기만 한 것이 그때가 처음이었던 거죠. 엄마의 잔소리는 제 안에서 강력한 초자아 superego로 변신해서 24시간 저의 행동을 감시하고 있었던 거예요.

> 지금 생각해보면 '엄마의 얼레' 때문만은 아니었다. 나는 내 고통을 전가할 대상이 필요했던 것이다. '모든 게 엄마 탓'이라고 생각하면 조금 나아졌으니까. 내 문제가 무엇인지 몰랐던 것이다. 그 누구도 아닌 바로 내가, 스스로 착한 딸이 되고 싶었다. 내가 모범생이 되고 싶었다. 칭찬만 받고 싶었다. 비난은 죽어도 싫었다.
>
> 《상처조차 아름다운 당신에게》 중에서

"비난받을 수도 있지." 이렇게 우아하게 말은 해요. 그런데 비난받으면 죽고 싶은 거예요. 그래서 대학원 생활이 힘들었어요. 매일 비판과 비난 속에서 사니까 도저히 견딜 수가 없었던 거죠. 토론이라는 명목으로 사람을 괴롭히는 곳인지 모르고 제가 겁 없이 대학원에 들어간 거예요. 그냥 공부하는 곳인 줄 알고 들어갔고 혼자서 공부만 하는 건 자신 있었는데 그렇게 자주 비판받을 줄은 몰랐던 거죠. 합평회 같은 형식을 통해 누군가가 내 글을 항상 판단한다는 생각을 하면, 에고가 매일 다칠 수밖에 없어요.

> 학교를 벗어나서는 친구를 사귀어본 적도 없었다. 아는 사람은 모두 학교와 연관된 사람이었고, 소개팅도 한 번 해본 적 없었으며, 학교를 벗어나서는 새로운 인연을 만들 생각조차 하지 못했다. 그제야 그런 나 자신이 너무 싫어졌다. '나를 이렇게 만든 건 엄마'라고 생각했고, 엄마를 원망하는 마음으로 탈출을 계획했다.
>
> 《상처조차 아름다운 당신에게》 중에서

'나를 이렇게 만든 건 엄마'라고 생각하면 조금이나마 카타르시스가 느껴지잖아요. 언제든 도망칠 수 있었는데 엄마 탓을 하면서 새로운 삶에 도전을 못 했던 거죠. '나는 엄마 때문에 이렇게 됐어'라고 생각하면서 말이죠. 이런 것을 공의존共依存이라고 해요. 서로가 서로에게 의존하면서 벗어나지 못하는 그런 중독적인 인간관계를 뜻하죠.

사실 언제든 그 착한 딸의 굴레에서 도망칠 수 있었는데,

착한 딸이 되고 싶은 나의 욕망이 나를 막아 세웠다. 내가 도망간다 해서 엄마가 설마 칼을 들고 쫓아오겠는가. 그저 나의 에고가 착한 딸이 되고 싶었던 것이다.

《상처조차 아름다운 당신에게》 중에서

그때 저는 착한 딸 콤플렉스도 있었고, 평강공주 콤플렉스도 있었고, 별 게 다 있었어요. 나 자신이 이상적 자아상을 만들어놓고 그것에 도달하지 못하는 나를 끊임없이 탓하면서, 내가 나에게 '이게 최선이야? 이것밖에 안 돼?' 그렇게 말했어요. 내가 나의 엄마가 되어 내가 나를 억압하고 있었던 거예요. 이런 것을 초자아라고 해요. 초자아가 점점 커져서 제 안의 괴물이 커버린 거죠. 처음에는 부모님의 잔소리나 선생님의 훈육 때문에 초자아가 생겨요. 나중에는 그것이 자기검열 기관이 돼버려요. 부모님이 옆에 안 계시고 심지어 부모님이 돌아가시고 나서도 계속 그 초자아의 '잘해야 해. 나는 최고가 되어야 해'라는 압박감에서 벗어나지 못하죠. 이제 저는 벗어났어요. 최선을 다해도 일이 안 풀릴 수 있음을 알아요. '꿈은 이루어진다'라고 생각 안 해요. 꿈 대부분은 안 이루어져요(웃음). 그것을 인정할 때 진짜 어른이 되는 것 같아요. 최선을 다해 꿈을 이루려고 하되 이루어지지 않는 꿈에 대한 미련을 버릴 수 있는 용기를 갖는 것이 진정한 어른의 태도 아닐까요.

> 이 세상 큰딸들은 대부분 그런 엄청난 기대 속에 살아간
> 다. 동생들은 부모 속을 좀 썩여도 되지만 나라도 속을 좀
> 덜 썩이자. 집안이 어려우면 큰딸부터 소녀 가장이 된다.
> 그래서 나 또한 더욱 부모님께 잘해야겠다는 생각을 했던
> 것 같다. 그렇지만 그런 삶은 결코 행복하지 않았다. 나도
> 독립을 해야 했지만, 부모님도 나로부터 독립을 해야 했
> 다. 도대체 언제 나는 진짜 나의 삶을 살지. 언제 진짜 나
> 만의 삶을 살 수 있지. 그런 생각을 하면 너무나 아팠다.
>
> 《상처조차 아름다운 당신에게》 중에서

진정한 독립은 경제적 독립뿐만 아니라 타인의 시선에서
독립하는 것이죠. 착해 보여야 한다는 생각, 어여쁨을 받아야 한
다는 생각, 사랑받고 싶다는 생각에서 독립하는 게 진짜 어렵더
라고요. 그냥 부모님의 사랑에서 독립하는 게 어려운 것이 아니
라 잘 보이고 싶은 생각, 인정받고 싶은 생각, 그래도 중간은 해
야지 하는 생각에서, 그 강력한 초자아에서 벗어나는 게 저는 훨
씬 어려웠어요. 실제로는 저를 가두는 감옥이 없는데, 보이지 않
는 감시와 처벌의 감옥이 늘 저를 따라다니는 느낌이었어요.

그러다 첫 번째 유럽여행을 떠났을 때 탈출의 길을 깨달은 것이다. 나는 학교가 없어도 살 수 있겠구나, 어쩌면 학교가 내 행복을 가로막고 있었구나 하는 것을.

《상처조차 아름다운 당신에게》 중에서

실수도 모험도 해보고, 깨지고 넘어지면서 그게 자연스럽다는 것을 알아가는 과정이 성숙해지는 거잖아요. 그런데 항상 두 주먹 꽉 쥔 채 살았으니까 긴장을 풀지 못했던 거죠. 릴랙스가 되어야 열정을 쏟아부을 또 하나의 에너지가 생기는데 계속 힘만 주며 살고 있었던 거예요.

첫 번째 유럽여행에서 나는 인간이 만들어낸 위대한 예술작품의 아름다움을, 카페나 서점의 아기자기한 일상의 아름다움을, 그리고 살아 있다는 사실 자체의 기적 같은 아름다움을 깨닫게 되었다. 아름다움이 무엇인지 처음으로 관심을 갖게 되었고, 교과서에서 나오는 아름다움, 시험을 보기 위한 아름다움이 아니라 진정으로 인류의 삶을 바꾸는 아름다움이 무엇인지 알게 되었다.

《상처조차 아름다운 당신에게》 중에서

그 전에는 아름다움이 무엇인지 모범생처럼 알고 있었어요. '이런 게 아름다운 거야'라고 책에서 아름다움을 배운 거죠. 책을 읽고 납득되어야 비로소 아름다웠어요. 그런데 첫 번째 유럽여행에서 '내 눈으로 아름다움을 느끼는 법'을 난생처음 배운 거예요. 아름다움이 무엇인지 처음으로 온몸으로 느껴본 듯한 기분이었죠. 또 처음으로 건축이 얼마나 중요한지 깨달았어요. 끊임없이 재건축과 리모델링을 반복하는 문화에서는 아름다움이 보존되기 어려워요. 건물을 끝없이 보호하고 보존해야만, 아름다움이 탄생하기까지의 곡진하고 구구절절한 역사가 건물 안에 살아 숨 쉬는 거죠. 바르셀로나에 있는 사그라다 파밀리아 대성당을 보세요. 안토니오 가우디가 죽고 나서도 수십 년 동안 계속 지어지고 있잖아요. 바르셀로나에 있는 사람들은 완공되기까지 '얼마 안 남았다'라고 환호를 하더라고요(웃음).

건물을 빨리 짓는 데는 매우 뛰어난 솜씨를 발휘하지만, 그만큼 부실공사도 많고 각종 사건 사고도 많이 터지는 우리의 속전속결 문화와 비교해보게 됩니다. 느림의 가치를 되찾아야 해요. 사람이 다치지 않게, 아름다움이 망가지지 않게요. 예술의 아름다움은 그렇게 급한 마음으로는 창조되지 않지요. 그렇게 끝없이 되어가는 과정, 내가 완성하지 못하면 다른 사람에게 넘겨주어도 아깝지 않을 정도로 풍요로운 설계도, 장기적인 큰 그림을 그리는 것이 바로 작가의 할 일이지요.

글을 쓸 때도 '단기 플랜'과 '장기 플랜'을 나눠요. 단기 플랜은 앞으로 몇 달 안에 써야 하는 글, 며칠 안에 써야 하는 글을 쓰는 거예요. 이미 취재가 끝나 있어야 하지요. 항상 읽고 쓰는 삶을 습관으로 만들어야만 단기 플랜을 성취할 수가 있어요. 장기 플랜은 가끔 쉬어가면서 글을 쓰는 거예요. 쉴 때 오히려 생각날 수도 있는 아이디어들, 오래 고민해보고 실패도 해보고 '이제 좀 써볼까' 했는데 막상 써보면 덜 무르익은 생각들, 그것이 장기 플랜의 주제죠. 저는 신화에 관한 책을 15년 동안이나 고민하고 있는데 아직 못 썼어요(웃음). 언젠가는 꼭 쓰고 싶어요. 그리스 신화뿐만 아니라 우리 신화, 북유럽 신화, 아프리카 신화까지 신화 속에 숨은 우리 인류의 사유를 탐찰해보고 싶어요. 그 무궁무진한 보물창고를 탐사해보고 싶어요. 이런 장기 플랜은 엄청난 기다림과 견딤, 대상에 대한 끝없는 열정을 필요로 하지요.

인간에게는 정말 예술의 아름다움, 건축의 아름다움, 그림의 아름다움, 음악의 아름다움이 필요하구나. 이게 없다면 우리는 아무것도 아니구나. 이런 생각을 하면서 매일 눈물을 펑펑 흘렸다. 어떤 해방감이었다. 사회적 에고의 껍데기가 깨지면서 마침내 진정한 내면의 셀프와 만나는 기쁨이었다. 한 시간이라도 더 미술관에 있기 위해 잠을 아껴가며, 발에서 피가 나도록 걸어다녔다. 그 아픔마저 아름다웠다. 새로운 세계에 눈뜨는 시간은 싱클레어가 크로머의 굴레로부터 벗어나는 해방감만큼이나 통쾌하고 아름다웠다. 아름다움의 본고장을 찾아 헤매면서, 우리가 되찾아야 할 삶의 아름다움을 상상하는 것만으로도 행복했다. 그 짧은 여행 기간 동안 처음으로 '그냥 나 자신'으로 살아볼 수 있었다.

《상처조차 아름다운 당신에게》 중에서

《데미안》에서 싱클레어를 괴롭히는 사람은 크로머이지요. 크로머가 휘파람을 불면 싱클레어는 자동인형처럼 끌려나가요. 싱클레어는 크로머의 노예로 살았어요. 저에게 엄마는 '크로머처럼' 자식을 통제하는 분이었지요. 저를 가장 사랑하는 사람이 저의 가능성을 가로막고 있었어요. 지금은 완전히 벗어났어요. 이제 엄마는 다정한 친구이고, 제가 보살펴야 할 아주 사랑스러운 동생처럼 느껴질 때도 있어요.

문학작품을 읽으며 상상만 하던 인간의 행복이 처음으로 내 것이 된 느낌이었다. 처음으로 '충만함'을 느꼈다. 마음

가득 차오르는 기쁨. 이것으로 완전히 충분하다는 느낌을 처음으로 알게 되었다. 그렇게 깨달은 '셀프'의 힘은 실로 막강했다. 나는 그해 겨울 엄청난 투쟁 끝에 마침내 '독립'에 성공했고, A4 한 장 크기의 귀여운 창문이 달린 원룸으로 이사했으며, 부모님의 온갖 반대에도 '글쟁이'가 되었고, 이제 내가 스스로 그 '절대로 끊어지지 않을 줄로만 알았던' 방패연의 얼레, 엄마라는 이름의 굴레로부터 해방되었다.

《상처조차 아름다운 당신에게》 중에서

그것이 내 전부도 아니고 그것으로 돈을 벌 수 있는 것도 아닌데 그냥 좋은 거예요. 그것이 아름다움만이 가르쳐줄 수 있는, 아름다움만이 우리에게 선물해줄 수 있는 이 세상의 어떤 진실 같은 거죠. 우리는 이런 아름다움과 함께해야 해요. 이런 예술의 아름다움과 함께하는 삶과 그렇지 못한 삶은 정말 천지 차이예요. 제가 가난을 견딜 수 있었던 비결은 예술의 힘이에요. 저는 제가 가난한지도 몰랐어요. 다음 학기 등록금이 항상 없었는데도 말이죠. 장학금을 받거나 아르바이트를 하며 등록금을 해결했는데, 어찌 보면 근근이 버텼는데, 그런 와중에도 예술의 아름다움을 항상 곁에 두려고 노력했기에 가난을 몰랐던 것 같아요. 매일 책을 읽고 그림을 감상하고 음악을 찾아 듣느라 바빠서 가난을 느낄 틈도 없었어요. '엄청난 투쟁'이라고 그냥 다섯 음절로 요약했는데, 제가 우리 집안을 여러 번 들었다 놨죠(웃음). 제가 집을 나간다고 하니까 엄마는 거의 쓰러지다시피 하셨어요. 생애 최초의 유럽여행을 다녀온 뒤 제 안의 숨은 열망, 즉 글을 쓰고 싶고 독립하고 싶고 영원한 자유를 얻고 싶은 열망을 깨달은 순간, 저 스스로 엄마가 조종하는 방패연의 얼레를 비로소 확 끊어버린 거죠.

내 안의 빛을 찾아내기 위해 마침내 내 그림자와 화해한 사건, 그것은 엄마의 눈물을 쏙 빼놓은 뒤 생애 최초의 원룸으로 독립한 그 순간이었다. 마치 오래 앓던 이가 한 번에 확 뽑히는 것 같은 '속 시원한 고통'을 엄마와 나는 함께 느꼈던 것 같다. 사랑하지만 놓아주어야 한다는 것을 깨달았을 때, 엄마 또한 나처럼 성장했다. 사랑을 '같이 꼭 붙어 있는 것'으로밖에는 표현하지 못했던 엄마는 내가 떠난 뒤에야 깨닫게 되었을 것이다. 멀리 있어도 사랑이 어딘가로 도망가지 않는다는 것을.

《상처조차 아름다운 당신에게》 중에서

엄마는 배신당했다고 느끼셨던 것 같아요. 그래서 한동안은 원룸 비밀번호를 알아내려고 노력하시더라고요(웃음). 저는 필사적으로 원룸 비밀번호를 진정한 1급 기밀로 만들기 위해 노력했지요. 엄마와 화해하는 데 몇 달이 걸렸어요. 너무 가까이 있어서 서로에게 거리를 두는 법을 몰랐던 우리는, 사랑하지만 서로를 놓아줄 용기가 필요했던 거예요. 멀리 떠나더라도, 엄마를 계속 사랑하면 되니까. 사랑을 돌려받지 못해도, 내가 엄마를 사랑한다는 사실이 더 중요하더라고요.

어떤 존재는 더 멀리 있어야 더 높이 날아갈 수 있음을.

그해 겨울 나는 처음으로 '나의 글'을 쓰기 시작했다. 부모님의 도움과 기대와 집착으로부터 벗어나 나만의 삶을 살기 시작하자 비로소 내가 쓰고 싶은 글이 어떤 것인지 보이기 시작했다. 나의 에고를 끊임없이 공격하는 '논리적인 글쓰기'가 아니라, 나의 셀프를 충분히 드러낼 수 있는 '감성적인 글쓰기'가 나에게 맞는다는 것을 처음으로 인정하기 시작했다. 타인의 글을 논리적으로 분석하는 글이 아니라 '아무 꾸밈없는 나의 삶'을, 때론 환한 미소를 얼굴 가득 머금고, 때론 눈물이 그렁그렁한 채로, 그냥 내가 나인 채로 글을 써야 내가 숨다운 숨을 쉬고 살 수 있음을 깨달았다.

《상처조차 아름다운 당신에게》중에서

저는 더 멀리 있어야 더 높이 날아갈 수 있었던 거예요. 그 후에 처음으로 논문이 아니라 진짜 저의 글을 쓰기 시작했어요. 원룸으로 독립하고 나서야 진짜 저의 셀프가 되고 좋아하는 글을 쓸 수 있더라고요. 인간에게는 공간이 정말 중요해요. 특히 글 쓰는 사람에게는 아무리 좁더라도 독립된 공간이 필요해요. 열정 페이를 받던 시절에는 PC방에서도 글을 썼어요. 모두가 게임을 하고 있는데 저 혼자 한글 프로그램을 열어놓고 글을 썼어요(웃음). 그렇게 밤을 새워도 까딱없고 괜찮았지요. 글을 쓸 수 있고 원고 청탁이 들어온다는 것 자체가 기적 같았으니까요.

하지만 여러분은 저처럼 고생하지 말고 똑똑하게 상징적인 독립의 공간을 일찍 마련하셨으면 좋겠어요. 집에 있는 베란다를 작업 공간으로 예쁘게 꾸미는 방법도 있어요. 베란다가 잡동사니로 가득하죠? 하루 날을 잡아서 싹 치워버리는 거예요. 베란다가 추우면 난로라도 놓고요. 조금 비좁을지라도 홈 카페처럼 만들어보세요. 내가 글 쓰는 동안에는 아무도 못 건드리게 규칙을 정하고 여러분만의 작업을 시작하면 좋겠어요.

자기만의 공간이 있어야 글이 써져요. 저도 마흔이 넘어서야 작업실이 생겼는데, 작업실을 관리하려면 돈도 시간도 들죠. 두 개의 공간을 청소하고 관리해야 하니까 두 배의 노동이 필요하잖아요. 하지만 일과 휴식을 완전히 분리할 수 있어서 좋더라고요. 작업실에 있을 때는 일에 확 집중하고 집에 있을 때는 진짜 휴식을 취하는 거예요. 한 인간으로서의 일상적인 삶과 작가로서의 삶이 서로 완전히 분리되어 있어야 해요. '일상 모드'일 때는 아주 활기차게 생활인으로 살고, '작가 모드'일 때는 우울마저도 소중한 자산으로 삼아 미친 듯이 글을 써야죠. 그래야 균형 감각이 생겨요. 글을 쓸 때 막 움직이면서 활기차게 살 수는 없거든요. 글을 쓸 때는 어쩔 수 없이 정적인 삶을 살아야 해요. 하지만 생활인으로 살 때는 다시 일상으로 돌아오는 용기가 필요해요. '생활인의 페르소나'와 '글쓰기의 셀프'가 구분이 되면 더 좋아요. 글을 쓸 때의 나와 자연인으로서의 나를 분리할 수 있을 때, 글은 글대로 삶은 삶대로 나아질 수 있어요. 글쓰기를 포기하고 싶을 때는 '내 안의 빛이 되어준 문장들'을 기억해보세요. 예를 들면 저는 이런 문장들을 기억하며 힘을 냅니다.

어떤 언어는 화살처럼 칼처럼 내면을 뚫고 들어와 지울 수 없는 상처를 남기지만, 어떤 언어는 빗물처럼 음악처럼 오래오래 가슴을 적시며 힘들 때마다 내면의 빛과 소금이 되어준다. 대학원 석사과정 때 선배들과 교수님들에게 이리저리 치이고 비판받으며 만신창이가 되었던 나는, 내 글을 유일하게 좋게 봐주셨던 한 교수님의 담담한 칭찬을 가슴에 새기며 외로운 날들을 버틸 수가 있었다. "이 학생의 글을 보십시오. 학문은 이렇게 앞으로 나아가는 것입니다. 비틀거리며 조금씩 조금씩. 완벽하진 않지만 느리게 한 걸음씩. 이렇게 앞으로 나아가는 것입니다." 칭찬이 아니었을 수도 있지만, 항상 비난만 받던 나에게 그분의 말씀은 계속 비틀거리면서도 포기하지 않을 수 있는 용기를 주었다. 내게는 이음매 하나 없이 완벽하게 매끄러운 글을 쓸 능력은 없었지만, 내 망설임과 서성거림을 숨김없이 글 속에 녹일 수 있는 무모함과 솔직함이 있었다. 그게 나의 진정한 장점이 될 수도 있다는 것을 나는 십여 년 후에야 깨달았다.

삶의 고단함에 지쳐 공부를 포기하고 싶을 때가 많았다. 재능이 부족한 것 같아 글쓰기를 포기하고 싶을 때도 있었다. 그럴 때마다 니체의 문장이 마치 독초를 가득 섞은 신묘한 영약처럼 폐부 깊숙한 곳을 찔렀다. "삶의 사관학교로부터. ── 나를 죽이지 못한 것은 나를 더욱 강하게 만든다"(《잠언과 화살》, 8절, 《우상의 황혼》). 힘들 때마다 이 문장을 떠올리며 '이 고통은 아직 나를 못 죽였으니, 이제 강해지는 일만 남았네'라고 생각하곤 다시 일어날 힘을 얻곤 했다. "그것이 삶이었던가? 좋다! 그렇다면 다시 한 번!"(〈환영과 수수께끼에 대하여〉, 《차라투스트라는 이렇게 말했다》). 이 문장은 너무 비장해서 떠올릴 때마다 소름이 돋곤 했다. 그런데 곱씹을수록 참으로 뭉클한 문장이었다. 얼마나 생을 꾸밈없이 사랑하면, 이 끔찍한 생조차 다시 한 번, 또 다시 한 번 반복할 용기가 생기는 것일까. 삶이 위험천만하게 보일 때마다, 나는 니체식 사유의 향기가 그윽한 이 두 문장을 되새기며 '그럼에도 삶을 사랑하는 나 자신'에 대한 믿음을 다잡았다.

얼마 전에는 제90회 미국 아카데미 시상식을 보면서 내가 좋아하는 배우 앨리슨 재니의 수상 소감을 들으며 함박웃음을 지었다. 생애 첫 아카데미 조연상을 58세에 거머쥔 그녀는 트로피를 쥐자마자 전 세계 관객들을 향하여 환하게 미소 지으며 이렇게 말했다. "이건 오직 제가 혼자 이뤄낸 겁니다I did it all by myself." 당찬 수상 소감에 모두가 박장대소했지만, 그 한 문장만으로도 그녀가 얼마나 피나는 노력을 기울여 그날의 영광을 쟁취했는지 알 수 있었다. 수십 명의 지인에게 "모두 이분들 덕분입니다"라고 감사하는 인사말에 익숙해진 나는 "이건 다, 그 누구도 아닌 제가 해낸 거라고요!"라고 선언할 수 있는 그녀의 용기가 부럽고도 눈부셨다. 누구의 특별한 지원도 없이 오직 자력으로 그 자리에 올라가기 위해 끊임없이 노력한 스스로를 향한 감사의 말로 들렸다. 뻔한 수상 소감이 아닌 '나 자신을 위한 경의와 존중'이 가득 담긴 그 말 덕분에 깨닫게 되었다. 남들이 칭찬해주기만을 기다리는 것이 아니라, 때론 내가 나 자신을 적극적으로 칭찬하고 존중하며 배려해야 한다는 것을.

많은 일에 실수도 하고 실패도 하면서 자존감이 위축될 때는 버나드 쇼의 문장을 읽으며 기운을 냈다. "실수하며 보낸 인생은 아무것도 하지 않고 보낸 인생보다 훨씬 존경스러울 뿐 아니라 훨씬 더 유용하다." 용기를 주는 문장이다. 실패가 두려워 무엇에도 도전하지 않는 삶보다는 실수와 실패의 위험을 감내하며 한 걸음씩 앞으로 나아가는 삶의 주인공이 되고 싶어졌다. 온갖 욕심과 미련 때문에 삶을 바라보는 눈이 흐려질 때는 헨리 데이비드 소로의 문장을 읽는다. "나는 생을 깊게 살기를, 인생의 모든 골수를 빼먹기를 원했으며, 강인하고 엄격하게 살아, 삶이 아닌 것은 모두 때려 엎기를 원했다." 《월든》을 읽을 때마다 나는 그토록 닳고 닳아버린 생이 눈부신 축복으로 다시 시작되는 소리를 듣는다. 아름다운 문장들 속에서 나는 내가 반드시 내 손으로 헤쳐나가야 할 생의 장애물들을 바라보며 이렇게 생각해본다. 우리가 그토록 원망하고 증오하고 타박한 모든 시간 속에 반드시 우리가 놓친 눈부신 생의 진실이 있을 거라고.

《알록달록》중에서

글쓰기를 통해서 진짜 내가 되는 시간, 내 안의 참매를 예쁘게 길러서 하늘 높이 날아오르게 해주는 시간을 이 책이 선사한다면 좋겠습니다. 다른 많은 일은 싫증 나서 그만두기도 했는데, 글쓰기만은 그만두지 않았어요. 단지 직업이라서가 아니라 진짜 좋아서 그랬던 거예요. 정말 좋아하는 일은 결코 싫증 나지 않거든요. 특히 글을 쓸 때는 매번 다른 글감을 찾아야 하고 다른 애정의 대상을 찾을 수 있으니까, 권태나 매너리즘에 빠지지 않을 수 있지요. 여러분의 가장 내밀한 기쁨 bliss이 바로 글쓰기가 되기를! 멀지 않은 훗날, 여러분의 싱그럽고 애틋한 첫 작품을 들고 제 글쓰기 수업에 찾아와주세요. '작가'가 된 여러분이 '독자'가 된 저에게 친필 사인을 해주시기를!

나오며.

기다림의 아픔이
창작의 불꽃으로 타오르기까지

　얼마 전 제가 보낸 문자 메시지를 보고 지인이 가슴 아팠다고 말해서 깜짝 놀랐습니다. '연락 기다리겠다'라는 단순한 메시지를 이렇게 표현했기 때문입니다. "저는 기다림에 익숙해요. 때로는 기다림 그 자체가 참 좋아요." 별다른 감정을 실어 말한 건 아닌데 듣는 사람은 가슴이 아팠나 봅니다. 그런데 저는 때론 기다리는 일이 진심으로 좋습니다. 늦은 밤 찻물이 끓어오르기를 기다리는 몇 분 동안 저는 하루를 찬찬히 되돌아보고, 약속 장소에 늦는 상대방을 기다리며 책을 읽느라 잠시 기다림의 지루함조차 깜빡 잊고 책 속 이야기에 푹 빠져들곤 합니다. 이미 탈고한 글이 책으로 나오기까지 꽤 오랜 시간이 걸릴 때도, 그 긴 시간 동안 설레고 두근거립니다. 나는 나 자신조차도 기다립니다. 지금 결코 할 수 없는 일을 언젠가 해낼 수 있을 때까지, 지금 감당하지 못하는 고통을 언젠가 너끈히 이겨낼 수 있을 때까지, 나는 나를 기다립니다. 더 치열한 나를, 더 깊고 너른 나를 기다립니다.

기다림이 힘든 순간은 기한과 목표가 확실히 정해져 있는데 미치도록 시간이 모자랄 때입니다. 새로운 아이디어가 떠올라야 글을 쓸 수 있을 텐데 아이디어는커녕 사소한 한 문장도 떠오르지 않을 때가 있습니다. 요새 저는 그런 강력한 슬럼프를 겪으며 불현듯 라이너 마리아 릴케의 《젊은 시인에게 보내는 편지》를 꺼내 들었습니다. 머리를 긁적이며 시인이 내게 진심 어린 말을 걸어올 때까지 기다려보았습니다. 수많은 문장이 뇌를 자극했습니다. 특히 고독에 대한 시인의 문장이 가슴을 할퀴었습니다. 릴케는 속삭입니다. 당신의 고독이 너무 크다면 오히려 기뻐해야 한다고. 고독의 성장이란 마치 아이들이 자라는 것과 같아서, 아픔도 따르고 봄이 시작되는 것처럼 서러운 것이라고. 그러니까 오직 자기만의 세계에 깊이 침잠하여 몇 시간이고 아무도 만나지 않고 지내보라고 권합니다. 릴케는 고독을 반드시 지켜내야 할 소중한 보물처럼 조심조심 다룹니다. 저는 릴케의 문장을 읽으며 힘겨운 고독 속에서 반드시 무언가 빛나는 창조의 불꽃을 찾아낼 수 있으리라 믿기 시작합니다. 절대적 고독 속에서 자기 안의 가장 빛나는 용기를 찾아낼 수 있으리라 믿습니다.

우리는 앞으로 만날지도 모를 그 어떤 위험과 장애물에 대해서조차 미리 용감해져야 합니다. 우리 안에는 반드시 아픔을 이겨낼 지혜와 용기가 있으니까요. 저는 뼈아픈 고독 속에서 아무도 이해 못 할 환상을 체험하는 것이야말로 창조성의 뿌리가 된다고 믿습니다. 릴케는 환상의 체험, 영혼의 세계, 죽음 등과 점점 멀어지는 현대인의 세속적 삶을 걱정합니다. 우리는 눈에 보이는 것들만 걱정하느라 눈에 보이지 않는 내면의 삶을 보살피는 기술을 잃어가고 있으니까요. 눈에 보이는 것이 아닌 마음속의 일, 아무도 제대로 들여다보지 않는 삶의 어두운 부분들을 보살피는 일이야말로 작가가 해야 할 일이기 때문이지요.

릴케는 그 어떤 고통도 이겨내보라고 조언합니다. 우리 마음속의 해결되지 않은 모든 것에 대해 인내심을 가지고, 모든 질문 자체를 차라리 사랑하라고 말합니다. 지금 당장 해답을 찾으려 조바심치지 말고 수많은 물음을 꼭 껴안고 한 걸음 한 걸음 나아가며, 우리 안의 '영감의 씨앗'이 무르익기를 기다려봅시다. 10년 전 해결할 수 없던 문제를 지금 아무렇지 않게 해결하기도 하지요. 저도 그렇습니다. 오래전 저는 글쓰기 책을 '아직 쓸 수 없다'라고 생각했지요. 최근에서야 용기를 내어 설레는 마음으로 이 책을 쓰기 시작했습니다. 자다가도 한밤중에 벌떡 일어나서 글을 쓸 정도로 신바람이 났고 드디어 여러분께 이 책을 보여드리게 되었습니다.

저는 머나먼 시간의 늪을 건너 우리에게 찾아온 아름다운 시인의 편지를 읽습니다. 기나긴 우울의 터널이 끝날 때까지, 기다림의 아픔이 창조의 불꽃으로 타오를 때까지, 걷고 읽고 생각하며 기다림의 늪을 견뎌내고자 합니다. 지금까지 파도에 휩쓸리는 난파선처럼 아슬아슬하게 글을 써왔다면, 이제부터 씨앗을 뿌려 비를 기다리고 태양에 감사하는 농부의 마음으로 글을 쓰고 싶습니다. 부디 이 책이 여러분의 가슴속에 따스한 영감의 씨앗을 뿌리는 다정한 농부의 손길이 되기를 간절히 바랍니다. 당신이 두드린다면 열릴 것입니다. 당신이 포기하지 않고 글을 쓴다면 세상은 마침내 당신의 간절한 목소리
에 다정하게 화답할 것입니다.

감사의 글。

이 책을 쓸 때 제가 가장 많이 의지한 사람이 있습니다. 바로 김성태 편집자입니다. 그의 끈기 있는 기다림이 한밤중에도 저를 깨어 있게 했고, 그의 놀랍도록 섬세하고 사려 깊은 조언이 제 부족한 점을 고칠 수 있도록 이끌어주었습니다. 여러분이 책을 만든다면 꼭 이렇게 멋진 편집자를 만났으면 좋겠습니다. "이 책을 읽고 저도 정말 글을 쓰고 싶어졌어요." 이렇게 어여쁘게 말해준 박주희 디자이너 님, 사랑스러운 일러스트로 이 책에 다사로운 온기를 불어넣어 준 이내 작가님께 감사드립니다. 저의 입말을 글말로 바꾸는 데 커다란 도움을 준 사랑하는 친구 심희정 님께 애틋한 고마움의 미소를 보냅니다. 제가 마음 편히 글만 쓸 수 있도록 최적의 환경을 만들어주신 고세규 대표님께도 깊이 감사드립니다.

정여울 작가

멀리서 바라보면 빈틈없고 새초롬한 모범생. 좀 더 가까이
서 다가가보니 아주 많이 여리고 상처받기 쉬운 사람. 더
가까이서 오래 바라보니 그녀는 나와 놀랍도록 닮은 사람
이었다. 글쓰기에 미친 불꽃같은 전사. 웃음도 눈물도 넘
치도록 많아 스스로를 주체하지 못하는, 다정도 병인 사
람. 아주 가까이서 오래도록 바라봐야만 비로소 보이는 작
가 정여울의 사랑스러움이 이 책 속에서 비로소 빛을 발한
다. 이런 글쓰기 책은 처음이다. 책을 덮고 나니 작가와 밤
을 새워 술잔을 기울인 듯한 느낌, 그것만으로도 이다음
글쓰기는 훨씬 덜 외로워질 것 같은 행복한 예감이 밀려온
다. 이 책과 함께라면 글쓰기는 고독한 외톨이의 투쟁이
아니라, 혼자 있어도 언제나 온 세상 사람들과 손을 잡고
신명나게 춤을 추는 유쾌한 축제가 된다.

정유정 소설가,《완전한 행복》《7년의 밤》 저자

책을 읽으며 '아' 하는 소리를 몇 번이나 냈습니다. 위로받음과 알아차림의 탄식이었어요. 수십 권의 책을 낸 정여울 작가 같은 분도 글이 써지지 않아 쩔쩔맬 때가 있다니 저 같은 사람이 고심하는 건 당연하다는 걸 알게 된 거죠. 위로가 되더군요.

책을 읽다보면 저 깊은 곳에서부터 쓰고 싶은 마음이 막 올라옵니다. 정여울 작가가 이끄는 대로 따라가면 나만의 글을 쓸 수 있을 것 같아요. 단, 매일같이 써야 합니다! 어쩌면 잘 쓰는 것보다 더 어려울 것도 같지만 매일같이 쓰는 성실함 끝에서 좋은 글이 나온다고 믿습니다. 저부터 글쓰기의 기쁨을 맛봐야겠습니다!

이 책이 유독 반가운 이유가 있습니다. 정여울 작가는 지난겨울과 봄, 저희 최인아책방에서 글쓰기 수업을 했습니다. 그 시간들에서 건져 올린 콘텐츠가 이 책이 되어 나온 겁니다. 정여울 작가의 글쓰기 이야기가 더 많은 분께 가닿으면 좋겠습니다.

최인아 크리에이티브 디렉터, 최인아책방 대표

참고문헌。

직접 쓴 책

《공부할 권리》(민음사, 2016)

《그때, 나에게 미처 하지 못한 말》(arte, 2017)

《그때 알았더라면 좋았을 것들》(arte, 2013)

《그림자 여행》(추수밭, 2015)

《나를 돌보지 않는 나에게》(김영사, 2019)

《내가 사랑한 유럽 TOP10》(홍익출판사, 2014)

《내성적인 여행자》(해냄, 2018)

《늘 괜찮다 말하는 당신에게》(민음사, 2017)

《마흔에 관하여》(한겨레출판, 2018)

《빈센트 나의 빈센트》(21세기북스, 2019)

《상처조차 아름다운 당신에게》(은행나무, 2020)

《시네필 다이어리》(자음과모음, 2010)

《아가씨, 대중문화의 숲에서 희망을 보다》(강, 2006)

《알록달록》(천년의상상, 2018)

《1일 1페이지, 세상에서 가장 짧은 심리 수업 365》(위즈덤하우스, 2021)

《잘 있지 말아요》(알에이치코리아, 2013)

《정여울의 문학 멘토링》(메멘토, 2013)

《콜록콜록》(천년의상상, 2018)

《헤세》(arte, 2020)

《헤세로 가는 길》(arte, 2015)

영감을 준 책

《가르칠 수 있는 용기》(파커 J. 파머, 이종인·이은정 옮김, 한문화, 2013)

《걷기의 인문학》(리베카 솔닛, 김정아 옮김, 반비, 2017)

《그 모든 낯선 시간들》(로렌 아이슬리, 김정환 옮김, 강, 2008)

《근대적 시·공간의 탄생》(이진경, 그린비, 2010)

《나쁜 페미니스트》(록산 게이, 노지양 옮김, 사이행성, 2016)

《내 무의식의 방》(김서영, 책세상, 2014)

《노매드랜드》(제시카 브루더, 서제인 옮김, 엘리, 2021)

《데미안》(헤르만 헤세, 전영애 옮김, 민음사, 2000)

《도리언 그레이의 초상》(오스카 와일드, 윤희기 옮김, 열린책들, 2010)

《라푼젤》(디즈니 스토리 북 아트 팀, 양선하 옮김, 꿈꾸는 달팽이, 2015)

《마르탱 게르의 귀향》(나탈리 제먼 데이비스, 고봉만 옮김, 문학과지
성사, 2018)

《메이블 이야기》(헬렌 맥도널드, 공경희 옮김, 판미동, 2015)

《문학하는 마음》(김필균, 제철소, 2019)

《사랑의 역사》(니콜 크라우스, 민은영 옮김, 문학동네, 2020)

《셰익스피어》(황광수, arte, 2018)

《수레바퀴 아래서》(헤르만 헤세, 김이섭 옮김, 민음사, 2001)

《신화의 힘》(조지프 캠벨·빌 모이어스, 이윤기 옮김, 21세기북스, 2020)

《싯다르타》(헤르만 헤세, 박병덕 옮김, 민음사, 2002)

《영화로 읽는 정신분석》(김서영, 은행나무, 2014)

《우상의 황혼》(프리드리히 니체, 박찬국 옮김, 아카넷, 2015)

《우연의 질병, 필연의 죽음》(미야노 마키코·이소노 마호, 김영현 옮김, 다다서재, 2021)

《월든》(헨리 데이비드 소로, 강승영 옮김, 은행나무, 2011)

《인간의 대지》(앙투안 드 생텍쥐페리, 김윤진 옮김, 시공사, 2014)

《일리아스》(호메르스, 천병희 옮김, 도서출판 숲, 2015)

《잉글리시 페이션트》(마이클 온다치, 박현주 옮김, 그책, 2018)

《자기만의 방》(버지니아 울프, 이미애 옮김, 민음사, 2006)

《작은 아씨들》(루이저 메이 올컷, 강미경 옮김, 알에이치코리아, 2020)

《젊은 시인에게 보내는 편지》(라이너 마리아 릴케, 김재혁 옮김, 고려대학교출판부, 2006)

《차라투스트라는 이렇게 말했다》(프리드리히 니체, 장희창 옮김, 민음사, 2004)

《책 읽어주는 남자》(베른하르트 슐링크, 김재혁 옮김, 시공사, 2013)

《천 개의 고원》(질 들뢰즈·펠릭스 가타리, 김재인 옮김, 새물결, 2001)

《철도여행의 역사》(볼프강 쉬벨부쉬, 박진희 옮김, 궁리, 1999)

《카를 융, 기억 꿈 사상》(카를 구스타프 융, 조성기 옮김, 김영사, 2007)

《피그말리온》(조지 버나드 쇼, 김소임 옮김, 열린책들, 2011)

《피터 팬》(제임스 매튜 배리, 프란시스 던킨 베드포드 그림, 장영희 옮김, 비룡소, 2004)